敬邀光臨　往日診所

# 時光庇護所

# Time Shelter


吉奧基·戈斯波丁諾夫——著

GEORGI GOSPODINOV

李靜宜——譯

# 各界好評

這部小說令人深思，也值得我們警惕；它同時深具感動力，因爲那敏感又精準的語言，以一種普魯斯特式的筆觸，捕捉了過去極度脆弱的本質。

——國際布克獎獲獎評論

最精緻的文學……我把這書放在書架上一個特別的格子，專門收藏那些值得時不時重讀的書。

——奧爾嘉・朵卡萩（Olga Tokarczuk），諾貝爾文學獎得主、《犁過亡者的骸骨》作者

兼具玩味與深刻，《時光庇護所》讓哲學變得迷人，讓日常變得非凡。我非常喜愛這本書。

——克萊爾・梅蘇（Claire Messud），《樓上的女人》作者

戈斯波丁諾夫是歐洲最迷人且無可取代的小說家之一，而這是他最宏大、最有靈魂、最能撼動人心的一本書。

——戴夫・埃格斯（Dave Eggers），《圓圈》作者

《時光庇護所》是一場穿越時間與記憶的奇幻之旅，一部文筆優美且創意豐富的沉思之作，探問過去對我們意味著什麼，我們是否能重新找回它，以及它如何定義我們的現在。這是爲這個幽閉、無時間感的時代所準備的完美小說。

——亞貝托．曼古埃爾（Alberto Manguel），《閱讀的歷史》作者、藏書家

在這部荒誕的歐洲政治幻想小說中，作者戈斯波丁諾夫以虛構的自己爲敘述者，講述一位神祕友人創建了一間「往日診所」——透過重建患者尚能記得的舊日環境，來安撫阿茲海默症者的心靈。作者以「歷史仍是新聞」來巧妙地指出過去如何滲透、甚至侵蝕損害當下的現實。

——《紐約客》，二〇二二年度最佳書籍

這本小說的核心議題是，以人爲手法返回過去的道德爭議，以及這是否眞能予人安慰——沉溺舊時究竟是治癒，還是傷害……作者對那些來自過去的事物懷有同情與感傷之情——過時的物品、老牌咖啡、老唱片跳針的聲音——但他拒絕將全球化、移民與現代化當成這些事物消失的代罪羔羊；我們每個人都參與了歷史的毀滅，而倒退只會帶來偏狹與對傳統懷舊庸俗的吹捧。讀到這裡，很難不聯想到脫歐、「美國再次偉大」或普丁的大俄羅斯復興主義背後的反動情緒，但作者筆法相當細膩，不致淪爲粗糙的政治諷刺……感人又睿智。

——《紐約時報》書評

這是一部關於時間本身的編年史——這正是保加利亞當代最傑出作家戈斯波丁諾夫在《時間庇護所》中所展現的雄心壯志。這部作品於新冠疫情席捲歐洲前夕在柏林完成，讀來不時讓人感到一種不安的先知感，彷彿對身體、政治乃至形而上層面的「感染」提出警告。

戈斯波丁諾夫骨子裡是一位詩人。他能用一句話寫出一整本小說：「往日是我的祖國……」他以保加利亞特有的傷痛與鄉間的荒涼貧窮爲背景，揭開深沉的歷史傷口。

——《Astra 文學雜誌》

這部融合奇幻與現實的小說，以一種新穎療法爲核心，探索懷舊的力量是否眞能療癒人心，是戈斯波丁諾夫繼《悲傷物理學》後又一力作。小說筆法靈巧，將看似荒誕的設定注入濃厚的感傷與渴望……是一部耐人尋味、充滿尖銳諷刺的作品，堪與卡夫卡並肩。

——《出版人週刊》

這本極富哲思的小說，與其說是寫實文學，不如說是一則寓言，警示人們回看過去的危險。小說後半部節奏明快，充滿一種令人著迷的波赫士式奇異感，同時也提出警告：記憶不但會失誤，甚至可能帶來危險。這是一部充滿野心、古怪奇異、玩味時空的小說。

——《柯克斯書評》

戈斯波丁諾夫是保加利亞最受歡迎的當代作家之一，也是一位懷舊藝術家。他的作品和奧罕・帕慕克、安德烈・馬金尼類似，都執迷於記憶，那既模糊曖昧又令人感傷的吸引力……這部非常值得一讀的小說，以歐洲再次來到衝突邊緣的畫面作結——此一想像場景如今因現實事件而變得駭人又眞實。

——《華爾街日報》

這是一部極具突破性的思想類型小說。本書談論記憶——它如何褪去，又如何在迷茫個體的想像以及國家的公共話語中被恢復，甚至重新創造。

——《泰晤士報》

再合時宜不過了……既幽默又荒誕，但同時令人不寒而慄，因爲當戈斯波丁諾夫把這個想法當作虛構玩笑時，讀者開始感受到某種更貼近現實的東西……他是位溫暖又技藝高超的作家。

——《衛報》

小說提出許多引人入勝的問題：如果社會變得如此害怕未來，以致我們注定要不斷重溫熟悉的過去，明知其中藏有恐怖與歧途，我們會怎麼辦？而如果我們已經走在那條路上呢？

——《洛杉磯書評》

這部小說裡所有的真實人物都是虛構的，只有虛構是真的。

*本書註釋除特別標明，皆為譯者加註。

# 目次

還沒有人發明足以抵禦時光的毒氣面罩與防空洞。

——高斯汀，〈時光庇護所〉，一九三九年

但我們感知時間的器官是什麼呢？你能給我說一下嗎？

——湯瑪斯・曼，《魔山》

我們唯一擁有眞正管用的時光機器就是人。

——高斯汀，〈反對烏托邦〉，二〇〇一年

除了在日子裡，我們還能活在哪？

——菲利普・拉金，〈日子〉

噢，昨日來得如此突然……

——藍儂－麥卡尼

……如果這條街是時間，而他在街的盡頭……

——T. S. 艾略特，〈波士頓晚報〉

昨日，昨日，復昨日。

——高斯汀／莎士比亞

這小說來得宛若緊迫危機，眩光四射，警笛尖鳴。

——高斯汀，〈危迫小說。簡明理論與實踐〉

……神使已過的事重新再來。

——《傳道書》，三章十五節

往日和當下有個基本的不同——絕對不會只朝單一方向前進

——高斯汀，《往日物理學》，一九〇五年

她小時候，有回畫了一隻動物，完全看不出來是什麼的動物。

這是什麼？我問。

牠有時候是鯊魚，有時候是獅子，有時候是一朵雲，她回答說。

啊哈，那牠現在是什麼呢？

現在是個可以讓人躲起來的地方。

——G. G.，〈開始與結束〉

獻給我的母親與父親——

在童年永恆的草莓園*裡，他們依舊除蕪不輟。

*「草莓園」出自披頭四歌曲〈永遠的草莓園〉〈Strawberry Fields Forever〉。

第一部

# 往日診所

那麼，主題是記憶。節奏：行板到中庸的行板，持續的（帶有節制）。也許第二拍拉長，適度莊嚴的薩拉邦舞曲很適合開場。比較接近韓德爾而不是巴赫。一絲不苟反覆，同時又往前開展。之後，一切就可以——也應該會——分崩離析。

# 1

一度，他們嘗試估算時間是從什麼時候開始，地球究竟是在什麼時候創造出來的。十七世紀中葉，愛爾蘭大主教厄謝爾[1]不只算出是在哪一年，還算出開始的日期：基督誕生前四〇〇四年的十月二十二日。那天是星期日（當然）。有人甚至說厄謝爾算出了確切的時刻——大約是那天下午六點。星期日下午，在我看來十分可信。還有什麼時間會讓造物主覺得無聊，著手創造世界，給自己找同伴呢？厄謝爾竭盡一生心力，他的作品本身多達兩千頁拉丁文；我很懷疑會有多少人努力去讀完全部。然而，他的書出乎意外受歡迎，這個嘛，也許不是書本身，而是他具體的發現。他們在那個島上印行的聖經，開始印上厄謝爾所推斷的日期與紀年。這個說地球還很年輕（時間也還很年輕，依我看）的理論，讓基督教世界為之著迷。值得一提的是，就連克卜勒和以撒克．牛頓等科學家所估算的這世界被創造出來的神聖行為，年代也約略與厄謝爾的推算相符。但是，在我看來最難以置信的，不是他們推算出來的年分，或那一年離今時今日相對不遠，而是那精準的日期。

耶穌基督誕生前四〇〇四年，十月二十二日，下午六點鐘。

一九一〇年十二月左右，人類性格產生了變化，維吉妮亞·伍爾芙如是寫道[2]。我們可以想像一九一〇年的十二月，表面上和其他的十二月沒什麼兩樣，陰霾，寒冷，有剛飄下的新雪的味道。但有個什麼東西已經脫韁而出，卻只有少數人察覺到。

一九三九年九月一日，清晨，是人類時代的終結。

## 2

多年後，在大部分的回憶已如受驚的鴿子般紛飛四散時，他依舊能回到那個清晨，漫無目標信步穿過維也納街道的那個清晨。有個留馬奎斯式小鬍子的無業遊民，迎著三月清晨的朝陽，在人行道賣報紙。一陣風來，捲起幾張報紙。他想幫忙，追著報紙，抓回兩三份，交還給那人。你可以留下一份，這個馬奎斯說。

高斯汀——我們是這樣叫他的，儘管他自己只拿這個名字來當隱身斗篷——拿起報紙，交給他一張紙鈔，就這個狀況來說，算是面額相當大的鈔票。流浪漢手拿紙鈔翻來覆去，喃喃說：可是……我沒有零錢可找。這句話在維也納的清晨顯得很荒謬，於是兩人都迸出大笑。

對於無家可歸的人，高斯汀既愛且怕，這兩個字都非常精確，而且總是連在一起。他愛他們，也怕他們，就像你對於自己已經或即將成為的那種人，所懷抱的愛與恐懼一樣。套句陳腔濫調，他知道自己遲早會加入他們的行列。他在想像裡耽溺一晌，想見一長排流浪漢沿著克恩滕大街和格拉本大街[1]遊行。沒錯，從血脈來說，他是他們之中的一員，雖然是稍微有點奇特的個案。曾經是流浪漢，你願意這麼說也行。僅僅因為條件俱足，所以他最後有了點錢，讓他形而上的逆境不至於轉化成實質上的折磨。

當時他正在執業——是老年精神科醫師。我懷疑他偷偷竊走病人的故事，好讓自己藏身於內，在某個人的位置與往日裡稍事歇息。否則，各種時代、聲音和地方怎麼都在他腦袋裡攪成一團，他要不是得馬上把自己交到他的精神科醫師同僚手裡，就是必須採取某些行動，強迫那團混亂的東西自己放他一馬。

高斯汀拿起報紙，走一小段路，坐在長椅上。他頭戴博爾薩利諾[2]帽，穿深色防雨外套，露出裡面的套頭毛衣高領，腳上是舊皮靴，手上有只醒目的褪色紅皮包。他看起來像從剛另一個時代搭火車前來，很輕易就可以偽裝成低調的無政府主義者，老嬉皮，或某個鮮為人知的教派傳道人。就這樣，他坐在長椅上，看著報名——**奧古斯汀**，是無家可歸者發行的報紙。有部分內容是他們自己寫的，有些是專業記者寫的。在倒數第二頁的左下角，所有的編輯都知道這是整份報紙最不顯眼的地方，刊載這篇文章。他目光落在上面。一抹苦澀多於喜悅的淺淡微笑掠過他的臉。他必須再次消失。

## 3

不算太久之前，在阿茲海默醫師這個詞主要是出現在笑話裡的時候——**所以你被診斷是什麼症？是某個傢伙的名字，但我忘了**——小報上出現了一篇短短的報導，這則新聞只有五個人讀過，但其中四個人很快就忘了。

以下就是這篇報導的簡單摘要：

他找到一部黑膠唱片留聲機，在診間貼上樂團海報，包括知名的《花椒軍曹》[1]唱片封面……他從跳蚤市場買了舊櫃子，擺進六〇年代的小玩意——肥皂、香菸盒、一組迷你福斯金龜車、福特野馬和粉紅凱迪拉克、電影海報、明星照片。報導指出，他的診間堆滿舊雜誌，而他本人總是在白外套裡面穿套頭毛衣。沒有照片，當然，整篇文章只有三十行，塞在報紙左下角。報導的重點是這位醫生發現，有記憶問題的病人在他的診間待得越來越久，也變得越來越愛講話，換句話說，他們彷彿回到家一樣。於是，這家聲望卓著的診所，病人試圖逃跑的事件因而大幅減少。報導沒有署名。

這是我的點子，我已經在腦袋裡構思了好幾年，但顯然有人捷足先登了。（我必須承認，我原本是要拿這個點子拿來寫小說的，但無論如何仍然是我的點子。）

只要有可能，我總是給自己弄來一份無家可歸者的報紙，一方面是我對寫這些報導的人有種特別的情感（這是從另一部小說而來的漫長故事），但也因為我確確實實有種非常清晰的感覺（一種個人的迷信），相信透過報紙的一角，那些必須說出來的事情會拍翅輕飄而下或狠狠敲醒你。而這總會帶我走上正確的道路。

報上只說這家診所在維也納森林，沒多提供其他資訊。我查了那附近的老人中心，至少有三家位在維也納森林。當然，結果我需要的那家是我查到的最後一家。我自我介紹，說我是記者，這其實也不算是謊言。我有報社發的工作證，所以我可以免費進博物館，有時候也真的替報社寫稿。除此之外，這證件可以用來證明我充當性質相近，但更為單純，也更不為人知的專業作家身分，因為沒別的方法能加以證明。

反正，我終於想辦法見到——相當困難，我必須說——診所所長。她一明瞭我感興趣的是什麼之後，突然變得不客氣起來：你要找的這個人，昨天開始就已經不在這裡了。為什麼？他是在雙方合意之下離職，她回答，並開始流利地搬出官僚說法來應付。他被開除了嗎？我問，心裡真的非常驚訝。我已經說了，是雙方合意。你為什麼這麼感興趣？我一個星期前讀到一篇有意思的報導……就在這句話從唇邊溜出時，我意識到自己犯下了錯誤。是那篇提到試圖逃離診所的報導？我們已經跟報社提出要求，請他們撤回那篇報導。

我意識到自己已沒有理由再待在這裡，我也明白所謂合意離職的原因。這位醫生的名字是？我在離去之前轉身問，但她已經在講電話了。

我沒立即離開診所。我找到這位醫生診間所在的側廳，看見有位工作人員正取下右邊第三道門上的標示。當然就是這個名字。我從一開始就猜到會是這樣。

## 4

追尋高斯汀的足跡，是一個世紀僅出現一次的機會，因為他總是從這個年代跳到那個年代，像我們在機場轉機那樣。高斯汀先是我創造出來的，然後才見到真實的本人。又或者恰恰相反，我不記得了。我隱形的朋友，比我自己更真實可見。我年少時代的高斯汀，我置身他地、成為他人、棲身其他時代與其他房間夢境裡的高斯汀。我們對於往日有同樣的迷戀。我們之間的差別非常小，但卻是本質上的歧異。我在任何地方都是個置身事外的外來者，而他在所有的時代都像回到自己家那般自在。我敲著不同年代的門，但他始終都在屋裡，迎接我，然後消失。

我第一次召喚出高斯汀時，是讓他在這三行文字底下簽名。這些句子突如其來浮現在我心裡，彷彿是來自另一個時代。我苦苦掙扎好幾個月，但還是無法再增添任何字句。

吟遊詩人所創造的女人，
我可以再說一遍，
她創造了造物主。

有天傍晚，我夢見一本皮面書封上有個名字：**亞爾**[1]**的高斯汀，十三世紀**。我記得當時在睡夢中的我對自己說：就是這個。接著，高斯汀本人現身，又或者應該說，是看起來像他，而我暗自決定叫他這個名字的人，現身了。

那是八〇年代即將結束之前。我一定把這個故事收在什麼地方了。

# 5

## 高斯汀（簡介）

我希望用這樣的方式把他介紹給你們。我第一見到他，是在九月初的海邊，一場傳統的文學研討會上。在接近傍晚的午後，我們坐在海岸邊上的一家小酒吧，我們每個人都寫作，都未婚，也都未曾出版作品，全是介於二十到二十五歲的美好年紀。服務生幾乎忙不過來，匆匆記下我們點的白蘭地和沙拉。我們終於安靜下來時，坐在長桌盡頭的那個年輕人頭一次開口。他顯然還沒點任何東西。

一小壺奶精，謝謝。

他就像其他人點法式橙汁鴨或藍柑利口酒那樣，口氣自信滿滿。繼之而來的漫長沉默裡，唯一的聲音是海上來的傍晚微風，吹跑一只空塑膠瓶。

不好意思？服務生勉強擠出這句話。

一壺奶精，麻煩你了，他以同樣莊重自持的態度說。

我們都很困惑，但餐桌上的交談很快就重拾先前的熱鬧。桌布上擺滿餐盤和酒杯。服務生最後端上的是一個鑲細金邊的小磁盤，盤子正中央是一小壺奶精，非常精緻（在我看來是如此）。高斯汀小口小口慢慢喝，喝了一整個晚上。

這是我們的第一次見面。

隔天我窮盡各種方法想認識他，接下來的幾天，我們對研討會置之不理。我跟他都不是很愛講話的類型，所以我們把美好的時間花在兩人一起默默散步與游泳。然而，我還是想辦法打探到他自己是一個人生活，父親很久以前就過世，母親在一個月前第三度非法移居美國——他很希望她這次能成功。

我也發現他偶爾從上個世紀末寫小說，他是這樣說的。而我很難壓抑好奇心，但努力表現得這是再正常不過的。他對往日格外著迷。他會去逛空的老房子，挖掘廢墟，清理閣樓、行李箱，找出各式各樣的老廢物。他不時想辦法賣掉一些東西，不是給古董商人就是給熟人，靠這樣勉強維持生計。我想，他那天晚上點奶精時的泰然自若，並不能激發他做這一行的自信。也正因此，當他說他手邊有三包一九三七年的托瑪西香菸[1]，儲藏良好，品質格外優異，我這個死性不改的老菸槍馬上提出三包全買了。真的嗎？他問。我總是夢想可以品嘗這年代久遠的托瑪西香菸，我回答，而他馬上就衝回他住的小屋。看著我用貨真價實的一九二八年德國火柴（這是他隨香菸附贈的）點菸，他露出非常心滿意足的表情，問我一九三七年的精神如何？嚴酷，我回答說。這菸真的很烈，沒有濾嘴，抽起來簡直像瘋了似的。一定是那年轟炸格爾尼卡[2]的關係，高斯汀平靜地說。再不然就是因為世界最大的飛船興登堡號[3]在那一年爆炸的緣故。我想是在五月六日，離地面一百公尺，即將降落時，船上載有九十七人。所有的電臺播報員都在播音時哭了。這樣的事情一定會黏附在菸葉上……

我差點嗆到，趕緊踩熄菸蒂，但沒說什麼。他講得一副自己就是目擊者的模樣，費盡巨大心力才勉強度過這樁意外。

我決定突然改變話題，那天，我頭一次問起他的名字。叫我高斯汀，他說，面露微笑。幸會，就叫我以實瑪利吧[4]，我也用開玩笑的口吻說。但他彷彿沒聽見，說起自己喜歡亞爾的高斯汀所寫那首有卷頭語的詩，我必須承認，我受寵若驚。此外，他繼續以相當嚴肅的口氣說，這名字剛好結合了我的兩個名字：奧古斯丁－加里波底[5]。要給我取什麼名字，我爸媽意見始終不同。父親堅持要用加里波底[6]來給我命名，因為他狂熱崇拜這個人。母親呢，高斯汀說，是安靜且睿智的女人，顯然是聖奧古斯丁[7]的追隨者——畢竟，她修過三個學期的世界哲學——堅持應該給孩子加上聖人的名字。她繼續叫我奧古斯丁，而我爸在世的時候則喊我加里波底。所以早期神學和晚近革命終於合而為一。

在研討會即將結束的那五、六天期間，我們交換的具體資訊多少讓人筋疲力竭。我當然記得有幾次格外重要的沉默相對，但我沒辦法重述那個經過。

噢，對了，最後一天還有另一次簡短的交談。我直到那時才知道，高斯汀住在巴爾幹山脈山腳下小城的一棟廢棄房子裡。我沒有電話，他說，但信是收得到的。他似乎孤獨得不得了，而且……沒有歸屬。當時我心裡浮現的就是這個字彙。不屬於這世界上的任何事物，或更精確來說，是現今的世界。我們看著壯麗的夕陽，沉默不語。一整片蜉蝣團成的雲從我們背後的灌木叢中升起。高斯汀的目光緊隨蜉蝣，他說，對我們而言，這夕陽就只是一天的夕陽，但對今天的蜉蝣來說，這是牠們一生的夕陽。差不多類似的話。我蠢頭蠢腦說，這只是個用濫了的隱喻。他很意外地看著我，但什麼都沒說。過了整整幾分鐘之後，他說：對牠們來說，這可不是隱喻。

……一九八九年十月和十一月，發生了許多事[8]，都已經被書寫，被描述，也被叨叨絮絮談論不休。我出入各個廣場，始終找不出時間寫信給高斯汀。此外也有其他問題，因為我的第一本書已經準備好要出版了。而且我結婚了。當然，這全都是薄弱的藉口。但在那段時間，我常想起他。只是他也沒寫信給我。

我收到第一張明信片是在一九九〇年一月二日——是張可以打開來的聖誕卡，有個黑白的雪姑娘[9]，高斯汀在上面添了顏色，讓她看起來像茱蒂．嘉蘭[10]。她手拿某種魔杖，指著寫在前面大大的一九二九幾個字。卡片背後是個地址和簡短的訊息，鋼筆字，用的是那個年代約定俗成的古雅拼字。底下署名：「你的（原諒我太過厚顏）高斯汀」。我坐下來，馬上寫信給他，謝謝他捎來如此愉快的驚喜，說我真心欣賞他精緻優雅的神祕感。

在那個星期，我就收到回信了。我小心打開，裡面有兩張帶浮水印的淡綠色紙張，只有單面書寫，同樣優雅的筆跡，用的是保加利亞二〇年代改良後的拼字，一絲不苟。他說他沒到任何地方去，但覺得非常之好。他訂閱了《黎明報》[11]，「克拉普切夫[12]先生發表的文章相當客觀」。他也訂閱了《金羚羊雜誌》，以便掌握近日文學的發展方向。他問我對於這年一月六日[13]南斯拉夫亞歷山大國王暫停適用憲法，解散國會的事有什麼看法，因為《黎明報》在隔天就報導了這個消息。信的最後，他添上附註，說他很抱歉，不明白我所謂的「精緻優雅的神祕感」是什麼意思。

我反覆把這封信讀了好幾遍，在手中翻來覆去，希望能在裡面嗅出一些諷刺的意味。徒勞無功。如果這是一場競賽，那麼高斯汀邀我入局，卻沒給我任何清楚的規則。嗯，好吧，我決定參賽。既然我對命運多舛的一九二九年一無所知，接下來三天我就必須待在圖書館，挖出舊的《黎明報》來。我仔細研讀亞歷山大國王的事蹟。為防萬一，我也瞄了即將發生的事件：「托洛斯基[14]離開蘇聯流亡」、「凱洛葛－白里安公約[15]對德國生效」、「墨索里尼[16]與教宗簽署條約[17]」、「法國拒絕給予托洛斯基政治庇護」，以及一個月之後，「德國拒絕給予托洛斯基政治庇護」。我一路讀到十月二十四日「華爾街崩盤[18]」。我在圖書館裡寫給高斯汀一封簡短，而且在我看來很是冷淡的回信，迅速分享我對南斯拉夫情勢的看法（很可疑地竟然和克拉普切夫的看法意外吻合），並請他把正在研究的東西

（不管是什麼）寄給我，我希望能點點滴滴蒐集起正在發生的一切。

他的下一封信直到一個半月之後才到。他道歉，說他染上了可怕的流感，什麼事也沒辦法做。他也順帶問我，是不是認為法國會接納托洛斯基。好長一段時間，我忖思是不是應該讓這整件事畫上句點，寫給他一封犀利的信，釐清所有的情況。但我決定讓這個偽裝遊戲再拖得久一點。我對他的流感給了些建議，反正他肯定也已經在《黎明報》上讀過了。我建議他不要太常外出，每天傍晚用加鹽的熱水泡腳。我高度懷疑法國會給托洛斯基政治庇護——而且，德國也不會。他的下一封信寄達時，法國已經拒絕接納托洛斯基，高斯汀欣喜若狂在信中提到我具有「極高的政治敏銳度。」這封信比前幾封信長，因為有兩個欣喜的理由，一是《金羚羊》發行了第四期，這期刊登了艾麗莎維塔．巴格瑞亞納[19]那群詩人的作品。其次是一部無線收音機，真正的德律風根產品，他正在想辦法讓這機器正常運作。為此，他請我到阿克薩柯夫街[20]五號的賈巴羅夫倉庫，寄德國富豪牌真空管給他。他用了相當長的篇幅描述柏林萊瑟博士的十二管設備，可以自動調整頻率，接收短波：有了這個，他們可以直接收聽美國的音樂會，你相信嗎？

收到這封信之後，我決定不再回覆。他也沒再寫信給我。下一個新年，或下下一個新年都沒有。慢慢的，這整個故事淡去，若不是有我留存至今的那少少幾封信，我自己肯定都不相信這事曾經發生過。幾年之後，我再度收到高斯汀的一封信。我有不好的預感，所以不急著拆開。但我很好奇，經過這麼久之後，他的理智是不是恢復了，又或者情況變得更慘。最後我在當天晚上打開信封。裡面只有幾行字。我把全文引述如下：

請原諒我，在這麼久之後又打擾你。但你親眼目睹我們周遭發生的一切。讀報紙，同時又這麼有政治意識的你，許久之前肯定早已預見如今在我們門前發生的屠殺。德國在波蘭邊界集結重兵。在此之前，我從未提過家母是猶太人（請記得去年在奧地利發生的事，以及德國的「水晶之夜」[21]）。這個男人的行動不會停止。我已下定決心，採取必要的安排，在明天早晨搭火車前往馬德里，轉往里斯本，再從那裡去紐約……

再會了，

你眞誠的，高斯汀

一九三九年八月十四日

今天是九月一日。

# 6

一九三九年九月一日，威斯坦・休・奧登[1]在紐約醒來，寫下日記：

我醒來頭痛，因爲一夜惡夢。在夢中，崔[2]對我不忠。報上說德國進軍波蘭……看，真正的開始所需要的一切都齊備了——惡夢、戰爭，以及頭痛。

偶然讀到奧登的日記時，我人在紐約公立圖書館。這本日記原本存放在倫敦，但因為某種愉快的巧合，他的檔案恰好出借到此。

只有日記可以把個人和歷史像這樣合而為一。這世界不再相同了——德國進攻波蘭，戰爭開始，我頭在痛，還有那個白癡崔竟然厚著臉皮在夢中對我不忠。夢裡的是今天，醒來的是明天。（奧登是這樣想的嗎？）讓我們回想一下，《一千零一夜》裡的沙赫里亞爾[3]在發現這樣的不忠行為之後，開始他的屠殺女人之舉。奧登是不是意識到，這兩行文字承載了多少事件，多麼的精確，從個人與憤世嫉俗的層面來看都極其精確？記錄這個世紀最重要一天的兩行文字。當天稍晚，他的頭痛略微緩解，他會開始寫下幾行詩。

這首知名的詩一開頭是心神不定且害怕地坐在中城的一家小酒館[4]。中城的小酒館、頭痛、出軌、惡夢、進軍波蘭，都發生在這一天，九月一日星期五——而今已全部成為歷史。這也正是這首詩詩名的由來：一九三九年九月一日。

每一天都成為歷史，是從什麼時候開始的？

等等。這首詩末尾經常被引用的「我們必須相愛，否則就死」，奧登後來並不喜歡，不時想擺脫的這句話，其實是不是和夢見的出軌有關呢？誰想要記得那樣的夢魇？

我很想知道那天的一切，一九三九年夏末的那個日子，和世界上的每一個人一起坐在廚房裡，翻開他們必須翻開的報紙，喝著咖啡，飢渴閱讀一切——從德國在波蘭邊界集結的軍隊，到夏季大拍賣的最後一天，以及下曼哈頓新開的琴夏諾酒吧。秋天已經在門口了，報紙上已預先付款的廣告，如今和倒數計時的歐洲傳來的簡短公報併肩刊載。

# 7

另一個九月一日，我坐在布萊恩特公園[1]，五十二街的小酒館早已消失，我剛從歐洲來，疲憊（連靈魂也有時差），看著人們的臉孔。我拿出一小本奧登，我們都欠自己一個儀式，不是嗎？在圖書館待了一天，我和奧登一樣焦慮不安。我睡得不好，沒夢到什麼出軌的事，也許我有，但忘記了……這世界的焦慮程度和當年不相上下，本地警長和遠方國家的警長相互威脅。他們是在推特上進行，全都在限定的字數之內。沒有古老的修辭，沒有滔滔雄辯。一只公事包，一個按鈕，然後……世界工作日結束。一部官僚啟示錄。

是的，都已經消失了，老酒館和老主人，戰爭，當時迫在眉睫的戰爭已經結束了，其他的戰爭來了也又走了，只留下焦慮。

附近不知哪裡播著門戶合唱團的〈阿拉巴馬之歌〉，我突然覺得彷彿有場祕密對話正在進行，是莫里森[2]在對奧登講話。在這副歌，這重覆的歌詞，彷彿解決了奧登最不愛的那行詩句的遲疑。「**我們必須相愛，否則就死。**」在莫里森的歌詞裡，不再有任何遲疑，答案是絕對的：「**我告訴你我們必須死。**」[3]

經過一番搜尋之後，我發現這首歌其實是貝托爾特・布萊希特[4]一九二五年所寫，由寇特・威爾[5]譜曲。威爾本人曾在一九三〇年代演出這首曲子，極為狂亂，近乎駭人……但這只讓情況更纏結難解。奧登從布萊希特的歌曲裡抓了一句，加以扭曲，事實上是在講給自己聽。一九二五年的布萊希特和一九六六年的莫里森都已踏上死亡之旅。「**我告訴你我們必須死。**」在這樣的背景之上，奧登看來還願意給我們一線機會——我們必須相愛，否則就得死。只有在戰前，即使是在戰爭爆發前夕，我們才會抓緊希望。九月一日，這世界很可能還能獲得拯救。

我來這裡是有緊要事務必須處理，大家來紐約通常都是這樣，匆匆拋下某件事，尋找其他東西。我逃離往日的歐洲大陸，來到一個宣稱自己沒有過去的地方，儘管此地在這段時間裡也已經積累了不少往日。我帶著一本黃色筆記本。我在找某個人。希望在我的回憶離我而去之前，說出這個故事。

# 8

在此之前幾年，我站在一座沒有一九三九年的城市。一個很適合生活，甚至更適合死亡的城市。安靜得像墳墓的城市。你不會無聊嗎？卡內提[1]、喬伊斯[2]、迪倫馬特[3]、弗里施[4]，甚至湯瑪斯・曼[5]，都曾經覺得無聊。拿你的無聊來和他們相提並論，實在有點放肆。我不無聊，我說。我怎麼會是覺得無聊的人？雖然我偷偷渴望一嘗無聊的頹廢滋味。

自從在維也納失去高斯汀的足跡之後，時光流逝。我一直在等他從某個地方捎來信號，我翻開最鮮為人知的報紙，詳讀每一頁，但他顯然已經更加謹慎小心。有一天我收到一張明信片，沒有名字，也沒有寄件地址。

來自蘇黎士的問候。我有個想法，如果奏效，我會寫信來。

這只可能是他。接下來幾個月，他什麼也沒寫來，但我匆匆接下此地文學館的短期駐館邀請。

於是——我已經在這裡待了將近一個月——我星期天在空蕩蕩的街道上漫步，享受在山上流連得更久的陽光。到了黃昏，望向眼前這片風景的盡頭，你可以看見阿爾卑斯山的一座座山峰顏色變成清冷的淡紫色。我明白為什麼大家最後都來到這裡。蘇黎士是適合變老的好城市，也適合死去。如果有所謂的歐洲年齡地理學，那麼分布的情況應該如下：巴黎、柏林和阿姆斯特丹適合年輕人，因為不拘形式，大麻煙味瀰漫，柏林圍牆公園喝啤酒，草地打滾，週日跳蚤市場，隨興任意的性愛……接下來是維也納和布魯賽爾的成熟。節奏變慢，舒適自在，有軌電車，合宜的健康保險，孩子讀的學校，有點事業發展，單調的歐洲辦公室工作。好吧，對那些還不希望變老的人——羅馬、巴塞隆納、馬德里……美食和溫暖的午後，可以彌補交通、噪音和輕微的混亂。在年輕的尾巴，我會加上紐約，沒錯，我可以把紐約納入歐洲城市，因為一連串的事件，讓你跨海過洋就來到此地。

蘇黎士是個適合變老的城市。世界慢下來，生命之河停駐成湖，湖面舒懶平靜，無聊的餘裕和山丘上的太陽很適合老骨頭。時間本身是相對的。二十世紀和時間緊密相關的兩大發明在此地出現，絕非意外。在世界上這麼多地方，在瑞士這麼多城市之中——愛因斯坦的相對論，以及湯瑪斯．曼的《魔山》，都發生在此地。

我並不是來蘇黎士等死的，還沒。我四處漫遊，需要這個暫時的休止。我努力想完成一部先前放手不理、半途而廢的小說，也希望能碰見高斯汀，例如在開往蘇黎士山的火車上，或是在山上的弗倫特恩墓園，坐在喬伊斯雕像附近時。我在那裡晃了好幾個下午。喬伊斯抽菸，一腳翹在另一腳上，右手一本打開的小書。他的目光從書中抬起，讓字句有時間和香菸的煙霧揉合在一起，眼鏡後的眼睛微微瞇起，彷彿隨時就要對著你揚起頭，說出什麼話來。我覺得這是我所見過最生動的墓碑。我行遍世界各地的墓園，就像每一個對死亡與垂死怕得要命的人（說真的，我們比較怕的是死亡，或垂死？）想看見自己恐懼藏身的巢穴，證實這地方很祥和寧靜，畢竟是為了人所建造，為了安息……這是早已習慣死亡的地方，儘管死亡根本無從習慣起。這是不是很奇怪，有一次高斯汀對我說，垂死的永遠是別人，我們自己從來就不會。

# 9

就這樣，我沒在墓園或蘇黎士山的纜車上碰見高斯汀。在此地駐館的時間即將結束，我和一位保加利亞女子坐在閱兵廣場的咖啡館，輕鬆聊天，享受小語種的好處，因為我們不管聊什麼，都沒有人聽得懂，這真的讓人很安心。我們恣意批評——從咖啡館老主顧和某些瑞士怪習慣，到身為保加利亞人永恆的悲哀與不幸，交談只要出現尷尬的沉默，永遠可以拿這個話題來填補空白。身為保加利亞人，抱怨就像英國人談天氣一樣，永遠都不會出錯。

就在這時，坐在我們旁邊喝咖啡的一位高貴英俊的老紳士，轉頭用最愉快的保加利亞嗓音（愉快和保加利亞通常是搭不到一起的）說：「請原諒我不小心聽見了，但聽見這麼美的保加利亞語，我根本沒辦法關上耳朵。」

這是只要一聽就知道很有故事的嗓音，而且是移民的嗓音，是跟隨舊移民潮來的。他們還能保有純正、無腔調的保加利亞口音，真是太讓人吃驚了，只偶爾在五〇或六〇年代的語彙裡漏掉了一些母音，微微增添幾許古雅光澤。我們當場被逮個正著的不快立即煙消雲散，畢竟我們又沒說這位老先生什麼。

於是，意外碰見的同胞開始交談，而我在此的角色頂多就只是耳朵。一個鐘頭過去了，但對離開祖國多年的人來說，這是多麼珍貴的一個鐘頭。保加利亞女士告辭離開，我跟老紳士移坐同一張桌子。「你還有一點耐心嗎，讓我講完這個故事，我們就走。」我有耐心，當然有。交談開始時，太陽已經在咖啡館的窗戶上昏昏欲睡，時鐘顯示時間是下午三點，我們杯子的影子拉長了，我們自己的身影也是，暮色的寒意即將降臨，但一點都不急，還慈悲地給我們時間，講完這個長達五十幾年之久的故事。

他是個心思絕對敏銳的人，然而還是不時停下來搜尋更恰當的字彙。「不，我要先從德文翻譯過來，請等一下，有了，喏，就是這個詞……」於是他就繼續講。他是被遺忘的保加利亞作家與外交官之子，大戰爆發前夕，在歐洲的幾個大使館度過童年。我知道他的父親，這讓他很開心，儘管他並沒有表現出來。接著來到保加利亞一九四四年之後的典型故事——父親丟掉工作，被送去集中營，挨揍，飽受威脅，破產。他們的公寓被充公，給了一名「合乎體統」的作家，而他們家人被送到城市郊區某處。

「我父親從未透露他在集中營裡的遭遇，一個字也沒說，」我這位新識的朋友（就讓我稱他為S先生吧）說。「只是，有一次，我母親煮了馬鈴薯，道歉說煮得有點過頭。他說：別擔心，我還吃過生的呢，我從土裡挖起來吃，像豬一樣。然後又陷入沉默，像是說了不該說的話似的。」

S先生自己，一如我們料想得到的，曾入獄十五個月，主要是因為他父親的關係，但也因為一九五六年匈牙利革命之後的一個案子。之後，生活多多少少安頓下來。他告訴自己，不要再想監獄，或是那個一直跟蹤他的密探，但有天晚上，他在等最後一班電車時，看見一個什麼都沒有的商店櫥窗，於是就盯著看。裡面只有一顆電燈泡掛在電線上，發出昏暗的燈光。

一顆燈泡，一條電線，空無一物的櫥窗。

他無法轉開目光。恍如置身夢中，他聽見電車駛來，煞車停住，等了一會兒，然後又關上門，開走了。他站在那裡，瞪著那顆電燈泡發亮的燈絲。單單只有一顆的燈泡像被吊在那裡似的晃動。「這時，我腦袋裡的燈泡突然熄了，」他說，「我一直藏在腦袋裡，甚至瞞著我自己的那顆燈泡——我必須離開這裡。我腦袋裡的燈泡熄了，」他說，笑起來。「那是一九六六年二月十七日，我三十三歲。」

自此而後，一切都以這個想法為最高目標：他有個計畫。他換工作，去做替東德找工人的工作。他對每一個人告別，但沒讓他們知道。他先是向他最要好的朋友，接著是和他在一起的女人。他沒對任何人說溜嘴，甚至在家裡也沒提。他要離開時，他父親只說，「小心。」然後給他長長的擁抱，比平常的擁抱更長。他母親拿了一碗水，灑在樓梯上，這是保加利亞祈求好運的老習俗，她以前從未這樣做過。他自此未再見到他們。

搭上開往東德的火車，他在貝爾格勒[1]火車站下車抽菸，消失在人群裡。他把行李箱留在火車上。他父親曾經是派駐貝爾格勒的外交官，S 先生在這裡度過他的童年的第一段歲月。他還記得戰爭是怎麼開始的——是一九三九年九月一日透過外交郵件傳送的一封電報開始的。「還是小孩的我，總以為戰爭就是那樣開始的，透過一封電報。從此以後，我一直不喜歡電報。」S先生說。

幾個月之後，他經過多次交通轉換，歷盡艱辛，抵達瑞士。他父親的一位朋友就在這一天和S先生喝了他在蘇黎士的第一杯咖啡，就在這個地點。太陽也在相同的位置。此後，他每年的這一天都到這裡來。

有任何遺憾嗎，思鄉，至少在剛開始的時候？

「沒有，」他迅速回答，彷彿早就準備好答案。「沒有，從來沒有，沒有。我對這個世界充滿好奇，這是我小時候住過的地方，我可以講這裡的語言，我終於逃離讓我在牢裡待了十五個月的地方，我逃離了監獄。」

他說這句話時的倉促，讓我懷疑他始終未曾停止思索這個問題。

他提起他和朋友喬治．馬可夫[2]在倫敦一起吃午飯，三天後馬可夫便遇害。這件事顯然讓他至今仍不寒而慄。

「我是開車去的，而傑瑞，我們都是這樣叫喬治的，他想和我一起走，因為他要去德國參加某個活動。但他要三天之後才能啟程，而我又得趕回家。所以我和他一起去BBC的編輯辦公室見他老闆，看能不能讓他提早一點走。他們說，他得要找到代班的人，他便揮揮手，放棄這個念頭。我自己一個人啟程，在德國停留幾天，然後到蘇黎士。我在車站買了份報紙，打開來，出現在我面前的是——傑瑞的照片，一個星期前才和我擁抱的這個人，死了。」

對話轉向其他主題時，天色已經全暗了，和我講話的這人心一驚，說他應該要打電話給太太的。我們在門口要分手前，他突然說，「你知道嗎，這裡還有我們的另一個同胞，我和他已經是朋友了。他就像你一樣，有雙善於聆聽往日的耳朵。我幫助他，他開創了某個事業，一家關於往日的小診所，他是這麼說的……」

高斯汀？我大聲喊了出來。

「你認識他？」S 先生回答說，真的非常意外。

「沒有人認識他。」我說。

這就是高斯汀這回選擇出現在我面前的方式。透過與 S 先生，這位保加利亞移民的意外見面，在蘇黎士的羅麥霍夫咖啡館，將近傍晚的午後。

我保留了和 S 先生見面時的筆記。我已經迅速在筆記本上記下這天午後聽來的幾個故事。後來，我回想他是如何匆忙否認懷念自己在保加利亞的往昔。我清清楚楚寫下，為了要在新的地方生存，你必須切斷過去，丟去餵狗（這我可以做到）。

必須對往日無情。因為往日本身就是無情的。

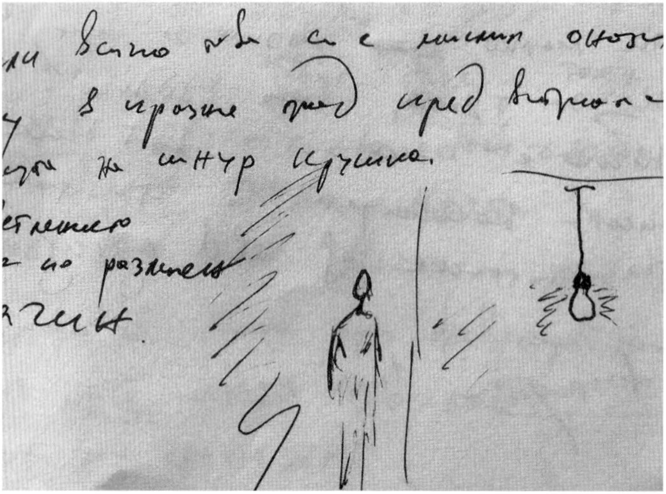

如果不切開它，就會發炎、抽搐、疼痛，像那無用的盲腸一樣。如果沒這些東西你也活得下去，那最好是切除、摒棄；要是沒這麼做，那麼，你最好就忍耐。我忖思，那天晚上在首都索菲亞，他站在商店空櫥窗前，看著單一顆懸在那裡的電燈泡時，腦袋裡浮現的是不是就是這樣的想法。以另一種方式觸發的啟示。在我那潦草的筆記結尾，我畫了一張圖：老S先生活了很長的時間，最後的時日是在往日療養所度過，也就是他本人協助創建、高斯汀開的診所。在我看來，他過世的時候很愉快，是在他最喜歡的一段回憶裡，我們第一次見面時他就告訴過我了。那天高斯汀和我站在他旁邊，他問我們要了一片吐司。他已經打了一個月點滴，無法進食，但光是那香味就夠了。

他還是孩子的時候，父親回到家，因翻

譯工作而拿到一筆酬金，用這筆錢在店裡買了果醬和奶油。捱了幾天只靠馬鈴薯之外什麼都沒有的日子，他父親幫他烤了一大片白麵包，塗上厚厚一層奶油果醬。他們笑起來，平常一向很嚴格，不願寵壞孩子的父親，把他抱起來，讓他坐上肩頭。他們在房間裡繞來繞去，停在中央。年紀還小的 S 瞪著燈泡發亮的燈絲，此時他視線與之齊高的燈絲。

# 10

隔天早上，我第一件事就是到赫利奧斯大街，S先生給我的地址。我找到這棟杏色的建築，在湖的西岸，和其他建築之間隔著小丘。這棟房子很大，也很明亮，樓高四層，五樓是個閣樓，二樓有共用的露臺，其他樓層則各有較小的陽臺。所有窗戶都面向西南方，讓下午長得無窮無盡，白晝的最後一縷藍光可以停歇在那裡，直到最後一刻，淺藍色的木窗板和樓房的淡杏色立面形成柔和的對比。

屋前的整片草地綴著一朵朵勿忘我，牡丹四處盛開，幾朵大大的紅色罌粟迸放。但纖小的勿忘我在瑞士綠的草地裡綻放一朵朵藍色笑顏——我確信有「瑞士綠」這種顏色存在，我不信還沒有人拿去申請專利。在老年精神醫學中心門口種勿忘我，是某種玩笑哏嗎？我爬到頂樓，也就是高斯汀診所所在之處。S先生已經為這裡預付了七年的租金。我按門鈴。身穿套頭毛衣，戴大大圓眼鏡的高斯汀本人來開門。

我最後一次見你的時候，一九三九年，你是不是正要去紐約？我盡力裝出輕鬆隨意的態度。什麼時候回來的？

戰後，他回答，泰然自若。

那我們現在要做的是什麼？

首先是，通往不同時間的房間。

往日房間？聽起來像個書名。

沒錯，往日房間，或者是往日診所，或城市……你要加入嗎？

我剛剛離婚，模模糊糊有個想法，覺得自己可以靠編故事謀生。六〇年代是我的軟肋。我很容易就撞進往日裡，但當然，我也有自己最喜歡的幾年。我沒有什麼理由不在這裡待上一小段時間，一個月，或頂多兩個月。（我想漢斯・卡斯托爾普[1]原本只打算在魔山待三星期。）

頂樓有三間公寓，高斯汀用了其中一間。靠近大門最小的空間，「僕傭住房」，他是這麼說的——這裡原本的用途非常有可能就是這樣——現在是他的辦公室。公寓的其他三個房間，包括玄關，都屬於另一個時代。你打開門，就直接跌進一九六〇年代中期。走廊有一套古典的大衣架和長椅，深綠色，人造皮，加上銅鉚釘。我們家裡也有一套像這樣的東西。我應該這麼說，雖然我是出生在一九六〇年代尾聲，但我清清楚楚記得那個年代，從頭到尾，那是我在保加利亞童年的一部分，不是為了什麼神祕的原因（雖然我一直相信回憶會從父母直接傳給子女——你爸媽的回憶變成你的）。我腦袋裡之所以有這些回憶的理由其實很微不足道：一九六〇年代，就像保加利亞的一切，都是晚了十幾年才到我們的生活裡。很可能是一九七〇年代來的。

大衣架上掛著一件有雙排木釦的淺綠色大衣。我記得我那天早上第一次踏進來時，才看見大衣就愣住了。那是我媽媽的大衣。彷彿她隨時會推開客廳的門，典型的斜角玻璃會閃閃發亮，然後她就出現在那裡：年輕，二十多歲，比我現在的年紀還輕。雖然媽媽變成二十幾歲出現的時候，你會自動變成小孩，但仍有一瞬間尷尬和喜悅同時上湧，心想著究竟該擁抱她，還是簡單隨意喊一聲：嘿，媽，我回來了，我回房間去了。而這只維持一秒鐘……或一分鐘。

歡迎來到六〇年代。高斯汀微笑，觀察我在入口處對這個年代的驚詫反應，他露出狡猾得意的笑容。我還不想脫離這個變身，立即轉進孩子的房間。兩張單人床沿牆邊擺放，床上罩有黃色絨毛蓋被，某種假纖維做的（我們當時稱為雷狄卡，應該是某種縮寫）。兩張床垂直擺放，中間放了個棕色櫃子。我瞄一眼高斯汀，他理解，點點頭，於是我躺到床上，就這樣，我——這穿著外套鞋子的五十歲身軀——躺進自己八歲的身體倒在讓人發癢的蓋被流蘇裡……

這壁紙，我怎麼忘得了，這壁紙是真正的天啟啊。這圖案——有城堡和綠色藤蔓——非常類似我以前房間裡的壁紙，有淡綠色鑽石和纏繞交錯的植物，只是我的壁紙不是城堡，而是深藏樹林裡的小木屋，前面有一座小湖。每天晚上我入睡，總會安頓在壁紙的小屋裡，直到鬧鐘討人厭的鈴聲響起，突然把我踢回這水泥塊建造的公寓。我目光掃向書桌，沒錯，鬧鐘就在那裡，不是完全一模一樣，而是更……我該怎麼說，更有色彩，更西方，鐘面還有隻米老鼠。

差異就從這裡開始。這個西方男孩有一整套火柴盒小汽車，漆上我們當時稱為「金屬化」的顏色，看起來就像真的車子。有可以開的門，和真正的橡膠輪胎。從福特野馬到保時捷，到布加迪、歐寶和賓士，甚至還有輛小小的金屬勞斯萊斯……這些車型我全都熟知於心，還知道他們的最高時速，這對我們來說是最重要的。我知道每一輛車時速從零加速到一百哩需要幾秒鐘。我也有相同的一組車，只不過是寒酸地印在口香糖包裝紙上。我從床上起身，拿起一輛車，用食指打開關上車門，滑過書桌。我有個同學有一輛像這樣的車子，是他那位當卡車司機的父親買的。（噢，當年能有位開大卡車的父親或叔叔多麼重要啊，因為他們可以去那些名為「國外」的不知名國家，帶回真正的 Levi's 牛仔褲，硬硬的瑞士三角巧克力棒，不過這款巧克力我從來就不喜歡，還有會唱歌和發亮的威尼斯貢都拉模型，可以拿來當夜燈用，以及雅典衛城菸灰缸等等。）還有一份舊的耐克爾曼雜誌，這其實是一本德國商品型錄，裡面的東西我們無論如何都無法購買，所以也就失去商業本質，變成純欣賞，以及色情。我必須說，按照我自己十歲時的標準來說，那本型錄是帶有色情意味的，特別是女性內衣的部分。我永遠忘不了在同學家客廳大理石圓形茶几上看到這本雜誌，就擺在電話旁邊——有段時間，電話也被認為是家具。但真正的寶藏是耐克爾曼。你知道你永遠也無法擁有型錄上那些晶亮的東西，但它們存在於某處，而它們存在的那個世界也確實存在。

男孩房間牆上的海報也有點不同。從報上剪下來裝飾我當年房間的一九七六至七七年賽季的索菲亞列夫斯基足球隊，換成了一九六七至六八年的阿姆斯特丹阿賈克斯足球隊。這是張巨大的亮面海報，天哪！有約翰．克魯伊夫[2]的親筆簽名。他是我爸的偶像，意思是他也是我的偶像……我崇拜克魯伊夫，我弟則喜歡貝肯鮑爾[3]。

我牆上有披頭四海報，那是我所擁有最珍貴的西方物品，和我的同班同學，也就是卡車司機的兒子，以物易物換來的。代價是十五顆淚滴彈珠，加上三顆「敘利亞」彈珠。這個鏡像般的西方世界男孩擁有滿牆雜亂無章的訂製海報，仔細察看，可以看出他一整個青春期的成長故事。從蝙蝠俠到超人，這些東歐童年所缺少的英雄（取而代之的是，較為接近我們的馬可國王[4]和威尼圖[5]），再到花椒軍曹，一張蘿莉塔風格的黑白照片，年輕的碧姬．芭杜[6]穿比基尼在海邊漫步，髮絲飄揚，是羅傑．瓦迪姆[7]某部電影的場景。接著是三個火辣嬌娃，不知名，很可能是六〇年代的花花公子玩伴。最後是穿皮夾克，帶吉他的巴布・狄倫。我的海報上是維索茨基[8]。

這是專屬男生的房間。我指出。

我們也有女生的房間，如果你想去看看芭比和肯尼的話。

我們往前走吧。

客廳明亮寬敞，窗旁牆角的綠蔓絨，以及照片牆前高瓷瓶裡的燈芯草，再次讓我回到那個年代。我回想起我們以前常拿浸泡過啤酒的濕抹布來擦綠蔓絨（真是個好名字！）這是當時備受推薦的方法，所以每家客廳都有酒精味。

但風景照片牆才是真正的神來之筆，也是庸俗的代表。感謝另一位國際貨運卡車司機，我爸的朋友，讓我們家也能擁有風景照片牆。一片秋天的樹林，閃閃陽光穿透樹梢。我有個同學家，牆上是夏威夷海灘，前景是幾位穿泳衣的美女。現在眼前的這幅風景照更近似那位同學的懷舊之情：無垠的海灘與映照大海的夕陽。不然你在瑞士要在牆上放什麼風景照？當然不會是馬特洪峰和阿爾卑斯山。

還有一部正方箱型的小電視，不太穩地以四支木腳立著，和我們以前的電視一模一樣。

這是歐普拉牌的電視機嗎？我很詫異地瞥一眼高斯汀。

不，這是飛利浦，他回答說。但猜猜是誰從誰那裡偷了設計。

的確，這外形和其他的一切都百分之百相似，保加利亞人民共和國工業間諜部可是很認真工作，沒偷懶睡覺。但鬱金香椅呢？我們的人幹麼不順便把那個設計也偷來？我只在電影和耐克爾曼型錄上看過。拉長的線條，極富空氣力學的設計，深紅色，單一只椅腳，或者應該說是一支花莖。當然，我馬上就想坐下，像是無法克制自己，想伸手拿茶几上那盒裹錫箔紙的巧克力糖一樣。我伸手，但停住。

等等，這巧克力是什麼時候的？

是新鮮的，從六〇年代來的，高斯汀微笑說。

往日也有有效期限嗎……？

客廳很寬敞，有道拉門把東側隔成像書房的空間。高書桌上有架紅色的奧利維提小型打字機，滾筒裡還捲著紙。我馬上就想要——我的手指想要——敲打幾個字，感受字鍵的抗力，聽每一行打到底時發出的噹一聲，然後用手把小鐵桿拉到下一行。這是一種渴望，來自於寫作仍然必須耗費體力時代的渴望。

書房是我的點子，高斯汀承認，我總是希望有我自己的房間，一個小窩，有書和這樣的打字機。這不完全是六〇年代的風格，當時大家都把書到處亂堆，甚至堆在地板上，只要有空間就放……但我可以告訴你，這打字機可是大亮點，不管是誰，只要看到就眼睛一亮，把紙捲好，手指開始敲鍵。

他們打什麼？

通常都是他們自己的名字，大家都喜歡看見自己的名字打印出來。當然，我們談的是患病初期的人。其他人就只是亂敲鍵盤。

我回想起自己小時候也是這樣在我媽的打字機上亂敲，弄出一大堆奇怪的字。

Жгмццпрт№№№№ккТррпхггфпр11111111. . . .

внтгвтгвнтгггг777ppp . . .

很可能是一組密碼，我們永遠破解不了的密碼。

## 11

為什麼是在這裡，在瑞士？我問高斯汀。這時我們坐在六〇年代的客廳裡。這樣說吧，是因為我很喜歡《魔山》。我也試過其他地方，但在這裡，我找到支持我的理念，願意投注資金的人。這裡有夠多的人準備好要付費，快快樂樂死去。

高斯汀有時候可以這麼憤世嫉俗，實在太讓人吃驚了。

我們就來談談對《魔山》的喜愛吧，我說。（事實是，瑞士是理想的國家，因為這裡的「時間零度」。一個沒有時間的國家是最容易把任何可能的時代移植進來的地方。你可以想辦法矇混過去——即使是在二十世紀——不留下任何足以辨識你人在哪個時代的痕跡。）

還有很多工作需要做，高斯汀邊說，邊擦擦他的圓眼鏡鏡片。你在這裡看見的是六〇年代的中產階級，這樣的往日所費不貲，不是每個人都負擔得起。但你一定明白，並非每個人的往日，每個人的年少時代都是像這樣的。我們必須有可以提供給工人、學生宿舍形態……的六〇年代，也必須為在東歐的人提供他們的六〇年代，呃，是我們的一九六〇年代。有一天，等這個產業真的起飛之後，高斯汀繼續說，我們會在不同國家設立這樣的診所或療養院。往日也是要根植本土的。以後到處會有各種不同年代的房子，小小的街坊社區，等到有一天甚至可以有小城市，或許還有一整個國家，提供給喪失記憶的病人，阿茲海默症、失智症，隨便你想怎麼稱呼這個症狀。給那些已經獨自生活在他們過往裡的人，也是給我們，他短暫停頓之後，呼出一大口煙說。如今有大批人突然喪失記憶絕非巧合……他們是來告訴我們一些事情的。相信我，有一天，要不了多久的某一天，大部分的人會開始自願回到往日，他們會開始心甘情願地「失去」他們的記憶。等越來越多人希望躲進往日的洞穴，回到過去時，這時機就來臨了。順帶一提，他們這樣做，並不是為了追求快樂。我們需要為往日的炸彈準備好防彈庇護所。如果你想的話，可以稱之為時光庇護所。

當時我並不懂他說的是什麼意思。因為我從來就不確定他這句話是不是在開玩笑，又或者他是不是從一開始就是在開玩笑。

據高斯汀的說法，對我們而言，往日就是往日，甚至在我們踏進往日時，也還知道通向現在的出口是敞開的，我們隨時可以回來。但對那些喪失記憶的人來說，這門一旦關上，就是永遠關上。對他們而言，現在是個陌生的國度，而往日則是他們的故鄉。我們唯一可做的，就是創造一個和他們內在時間同步的空間。如果你腦袋裡的時間是一九六五年，高斯汀說，也就是你二十歲那年，正住在波蘭工業城克拉科夫或索菲亞大學後面租來的閣樓，那麼就讓外在的世界，至少是在這個房間封閉的空間裡，也成為一九六五年。我不知道這樣有什麼療效，天曉得這樣會給神經突觸什麼刺激。但這樣會帶給這些人幸福的權利，更精確來說，是幸福回憶的權利。我們假設幸福的回憶就是快樂的回憶，但誰知道呢？你會看到，高斯汀繼續說，他們開始說故事，回憶往事，雖然他們之中有些人已經好幾個月沒說半句話了。「噢，我清清楚楚記得那座燈，就在家裡的客廳，後來被我弟弟的球打破了，然後……你怎麼會弄到我們的這張沙發……不是應該擺在這裡，靠牆近一點？」

我問他要了根菸。我五年前就戒菸了，但現在我處在不同的時間，該死，是在我戒菸之前的時間。更準確來說，甚至是我開始抽菸之前的時間，但別管這個了。我們默默坐了一會兒，看著六〇年代的菸煙在圓燈下飄散。一九六八年一月的《時代雜誌》與《新聞週刊》隨意散落在茶几上。其中一本的封底是寶馬金牌香菸的滿版廣告，強調有加長的濾嘴，廣告詞是「因為兩端都格外長」[1]。

我記得多年前第一次見到高斯汀時，我們抽的是一九三七年的托瑪西香菸，是他給我的。嗯，從那時到現在，我們至少前進了三十幾年。我正想要提醒他這件事，但又忍住。我知道他會給我一個奇怪的表情，彷彿那件事從未發生過。

聽我說——他又點起一根菸，微微停頓，才繼續講下一個句子（我記得這是六〇和七〇年代電影裡常用的技巧：你抽一大口菸，把煙含在肺部，再瞇著眼睛緩緩吐出來）——我需要你。

「我會給你一個你無法拒絕的條件」，就像經典電影的場景一樣。但這時我故意假裝不感興趣，表現出生氣的樣子。

嗯，在這個情況下嘛，你沒給我任何訊息，我找到你純粹是意外。

你不可能找不到我的。畢竟，我是你構思出來的，不是嗎？他喃喃說，幾乎懶得掩飾他的不屑。我偶爾會看你的書，也不時看見你的專訪。況且你是我的教父，是你為我取教名，否則我現在就會叫奧古斯丁·加里波底，你忘了嗎？

還真的一點都看不出來高斯汀什麼時候是在開玩笑。

話說回來，六〇年代究竟喝的是什麼酒？我岔開話題說。

什麼都喝。高斯汀接收到我的暗示，從迷你酒吧裡拿出一瓶四玫瑰波本，斟滿兩個厚重的水晶杯。看看，這樣的沙發，桌子，和波本（乾杯！），這樣的燈和燈座，還有六〇年代的音樂和流行藝術——這一切我們都可以自己控制得很好。但你很清楚的是，往日並不只是一組東西。我們會需要故事，很多故事。他摁熄香菸，馬上又伸手拿另一根。（我都忘了六〇年代有多少人抽菸。）我們需要日常生活，一大堆一大堆的日常生活細節，氣味、聲音、靜默、臉孔。簡而言之，是可以敲開記憶的所有東西，混雜著記憶與欲望，就像我們常說的。你有過埋藏時間膠囊的經驗，對吧？嗯，我講的就是這樣的東西。四處旅行，蒐集氣味與故事，我們需要不同年代的故事，帶有「某個奇跡的預兆」，就像你讓我在你的文學鬧劇故事裡說的，他說著說著笑起來。各式各樣的故事，大的、小的、更輕盈的，這次就更輕盈一點吧。畢竟，對這裡的某些人來說，這會是他們所踏進的最後一個故事。

外面變暗了，湖上的雲迅速聚攏，雨水像長長的水柱傾洩而下。高斯汀起身，關上窗戶。

呃，你知道嗎，一九六八年的今天也是星期四，他說，瞥看以各個洲的模特兒為主題的泛美航空掛曆。那天下午也下雨，如果你還記得的話。

我起身離開。但在準備下樓時，他幾乎是脫口而出說，「他們說你不能進入同一個故事兩次的說法是錯的。你可以。而這就是我們要做的。」

# 12

就這樣，高斯汀和我創設了我們的第一家往日診所。

事實上，是由他創立，我只是助手，是個往日的採集者。這並不容易。你不能就只是告訴每一個人：好，這是你一九六五年的往日。你必須知道那個時代的故事，如果你沒辦法重新取得那些故事，就必須自己編造。你必須知道那一年所有的事。流行的髮型是什麼樣子？鞋子的鞋頭有多尖？香皂聞起來是什麼味道？要一整套氣味型錄。那年的春天是不是多雨？八月的高溫是幾度？排行榜冠軍的暢銷歌曲是哪一首？那年最重要的故事？不只是新聞，還有謠言八卦，都會傳說等等。情況有時會更加複雜，端視你想召回你面前的是什麼樣的往日而定。你是想要你的東歐往日嗎，如果你來自牆的東邊的話？或者恰恰相反，你想要的是那段充滿剝奪感的日子剛剛結束之後的生活？讓你可以貪婪大啖往日，就像你大啖一輩子都夢想能大吃特吃的香蕉一樣？

往日不只是發生在你身上的事。有時候，那還是你想像出來的東西。

# 13

出身圖爾努莫古雷萊[1]的米爾恰就是這個情況。

他只記得沒發生在他身上的事。他不記得社會主義，不記得他在工廠的工作，無休無止的黨部會議、餐宴、遊行和冷得要命的倉庫——他的心智還能運作的時候，就已經抹掉這一切了。他的記憶開始空白的時候，只留下了他年輕時候所渴望（這是絕對正確的字彙，沒別的解釋）的東西。在當年，他已經知道美國的所有事物，全都深埋在他的心、他的靈魂裡。他說他一向覺得自己像個美國人。當時他有個朋友想辦法逃到紐約，他們不時通信。另一個人，他的這個朋友，總是抱怨，在這裡他們這樣，在這裡他們那樣……最後米爾恰受不了了，寫信回他：「嘿，笨蛋，那你幹麼坐在那裡浪費這個機會？……回來，我們交換。命運之神給了圖爾努莫古雷萊該得的一份好運，而在所有人當中，這好運偏偏就掉在你頭上，你這個他媽的牢騷鬼。」

有天下午，他兒子帶他來診所。置身在唱片、沙發、桌子和海報之中，雖然這些其實都不是他的往日，我們的米爾恰卻覺得像是回到家一樣。他回想起所有這些東西的細節，取代了在社會主義宰制下的圖爾努莫古雷萊所分配給他的命運。那些並沒有發生在他身上，全是他想像出來的事情，卻比真正發生的事留在他記憶裡更久。他繼續走在他只從書上和電影裡得知的街道，整夜在格林威治村的夜店混，鉅細靡遺回想賽門與葛芬柯[2]一九八一年在紐約中央公園的那場露天演唱會，那全是他從未去過的地方。他也記得他從未交往過的女人。

他是個怪人，無論是在診所，或在當年的羅馬尼亞故鄉小城。

發生過的故事都很類似，而沒發生過的故事都以各自的方式沒發生過。

## 14

這對我來說是個完美的工作。說到底，這也是我向來在做的工作——我像個遊手好閒的人，在各個往日拱廊裡漫遊。（在高斯汀聽不見的地方，我可以說我創造了他，所以他才能創造這個工作給我。）這工作讓我可以旅行，表面上漫無目標的四處晃蕩，寫下甚至最瑣碎的東西——除此之外，我還想要什麼呢？拾揀一九四二年的彈殼，或看看那殘破但仍然重要的一九六八年還留下什麼？過往的年代具揮發性，就像打開瓶子的香水那樣，很容易蒸發掉，但你的鼻子如果夠靈，總是可以聞到香水的氣味。你擁有可以聞到另一個時代的鼻子，這是高斯汀有一回說的。可以聞到另一個時代的鼻子，這對我來說非常有幫助。所以我正式成為某種設陷阱捕捉往日的人。

這些年來，我理解到，往日最常藏在兩個地方——在下午（也就是光線褪去時）和氣味裡。這也是我布下陷阱的地方。

我所構思出來的並不是一場表演，高斯汀總是這樣說，在任何情況之下都不是。這不是《楚門的世界》，不是《再見列寧！》[1]，也不是《回到未來》。（但他的批評者總想把這些標籤貼在他身上。）這不是影片上的紀錄，也不是廣播，事實上這裡頭完全沒有表演的成分。我沒有興趣維持某些人想讓社會主義繼續存在的幻想，更沒有什麼時光機。我們沒有時光機，只有人。

有一次（並不算太久之前），我在布魯克林漫步，第一次察覺到從另一個時代來的光線如此明晰。我可以非常精確的界定，這光線來自八〇年代，是那個年代剛剛開始的時候，我認為是一九八二年，夏末。彷彿是拍立得照片裡的光，欠缺亮度，但柔和，讓一切看來都稍微褪色。

往日棲息於午後，這是時間明顯慢下來的時候，在牆角昏昏打盹，像貓透過細細的百葉窗往外看，眨眨眼。你總是在下午想起一些事情，至少對我來說是這樣。那光線裡有著所有的事物。我從攝影師那裡得知，下午的光線是最適合曝光的。早晨的光線太年輕，太銳利。下午的光線是老年的光線，疲憊，緩慢。這世界與人類的真實生活可以用幾個下午寫就，在幾個下午的光線裡，這就是世界的下午。

我也明白，如果不是有某種特別的氣味同步出現，那來自和我童年相同年代的氣味，我也不會認得一九八二年的光線。我想我們從童年留存至今的一整個氣味記憶，儲存在大腦負責早期記憶的區塊。那是刺鼻的柏油味，焦油在太陽下融化的味道，油膩膩的，沒錯，是石油的那種油膩味。布魯克林讓我聞到這個氣味，或許是因為天熱的關係，或許是附近某處在修馬路，也或許是有大卡車駛過這個街區，或者是綜合了以上這些因素。（我還要再加上褐色防水包裝紙的味道，有天晚上，爸媽就用這樣的包裝紙裹著巴爾幹自行車帶回家給我。那味道混雜著不耐煩、新穎、倉庫、商店與喜悅的味道。）

對於光，你可以藉由一些可憐兮兮但不太有用的方法去想辦法保存，拍下照片，或像莫內一樣，在一天的不同時間去畫一座教堂。他知道自己在做什麼——那教堂只是一個詭計，一個捕捉光線的陷阱。但氣味，我們沒有這樣的技巧可以運用，沒有影片或紀錄裝置能派上用場。在漫長的一千年裡，沒有這樣的裝置被創造出來，人類怎麼會忽略掉這個呢？

沒有記錄氣味的裝置很令人詫異嗎？其實是有個紀錄裝置的，唯一一種，非常落伍的技術，也可以說是最古老的一種技術。那就是語言，當然。目前沒有別的方法，所以我被迫用文字來捕捉氣味，把紀錄增添在另一本筆記上。我們都只記得那些拿來形容與比較的氣味。最值得一提的是，我們甚至沒有替氣味命名。上帝和亞當都沒完成他們的工作。氣味不像顏色，例如我們有各種顏色的名字，如紅色、藍色、黃色，淡紫色……我們卻沒有直接替氣味取名字。相反的，總是透過比較，更多時候是透過形容來描述氣味。這聞起來像紫蘿蘭，像吐司，像海藻，像雨，像死貓……但紫蘿蘭、吐司、海藻、雨和死貓並不是氣味的名字。太不公平了。或者，在這個不可能之下隱藏著某種預兆，是我們無法理解的……

所以我到處旅行，採集氣味與午後，分門別類。我們需要精準且耗神竭力的描述，記錄下哪一種氣味會帶回哪一種記憶；受這氣味影響最強烈的是哪個年齡；我們召喚出來的又是哪個年代。我鉅細靡遺描述，並把我的發現寄給高斯汀。在診所裡，倘若有需要，就可以重新創造那些氣味。雖然也曾嘗試保存某些特定氣味的各種分子，但對高斯汀來說，那太費氣力了。只要烤片麵包或融化一小塊柏油，來得簡單許多，也更可靠。

# 15

找到高斯汀和這家診所時，我正要開始寫一部小說，講往日這頭謹慎小心的怪獸，它那自欺欺人的純真，以及我們因為治療目的而開始帶回往日，將會發生什麼樣的事情。我為診所做的工作和同時寫作這本書，宛如兩艘相互連接的船。有時候我會迷失意識，分不清什麼是真實，什麼不是。兩邊的故事互相流通。

無論如何，兩者基本的問題都在於，往日是如何製造出來的？

會有人像救世主那樣降臨嗎？有人會可憐往日那已僵硬破碎分解的肢體，那慘白的臉與停止跳動的心臟，然後說：「拉撒路，出來！」[1]然後呼吸便逐漸恢復，血開始在蠟黃的皮膚下流動，身體的各個部分也活動起來，塞住的耳朵通了，眼睛睜開。

或者，在我們等待的時候，各個不可靠的預言家、誘惑者和瘋狂科學家會在屍體上做各種實驗，每一次都搞成科學怪人慘劇收場。往日可以復活或重新組合起來嗎？應該要嗎？

一個人可以承載多少往日？

# 16

## N先生

有個人，我稱他為N先生，在他餘生將盡時坐在窗邊，努力想要讓已經終結，不再有關係的東西起死回生。他的記憶正離他而去，就像他列入黑名單時，朋友紛紛離他而去一樣。他沒朋友，沒有在世的親人，沒人可以打電話。如果我們並不在其他人的記憶裡，那我們還算是存在嗎？

有時候隨便什麼人會告訴他一些故事，故事裡有他，但他自己並不記得，聽來像是捏造的，彷彿是發生在其他人身上的事。他還遇見以他名字寫成的作品——他以前很可能非常出名，但之後他們抹去了他的存在。醫生建議他去查他在社會主義時代的檔案。結果那些檔案也被抹除了，幾乎什麼也沒留下。但他還是想辦法去搞清楚（有人悄悄告訴他）當時主要負責監視他的是哪個特務。

所以他被迫打電話給當時的那個特務。起初那個特務畏縮，根本不肯見他。N先生無意報復他，甚至還為打擾他而致歉，並說明是他失去了記憶，必須在離世之前撿拾回他自己。而如今還在世，並且最熟知他往日的人就是這位特務。

你很了解我的過去，比任何人，包括我自己，都了解得更詳細，先生，拜託，我們見個面吧。

所以他們開始見面，每天下午有段冗長緩慢的交談。他倆如今都在現世之外，至少是在體系之外——那個他們曾經年輕，也曾經是敵人的體系。如今他們是最親近的敵人。

有些故事對N先生來說沒有任何意義，彷彿和他完全無關。有個女人常來找你，很漂亮的女人。每星期四下午三點鐘。那個時間你自己一個人在公寓，你妻子不在家，那名特務很沒禮貌地回憶說。

N先生努力回想，但想不起來。沒錯，是有像這樣的下午。他頂多只能想起當時有些隱隱約約的罪惡感和興奮。但那女人是誰？她後來又為什麼消失？她顯然很勇敢，因為她決定要和他發展婚外情。她必定知道有人監視他。有著像他這樣過往的人，這情況是不可避免的。那女人長什麼樣子？特務詳盡描述她。她是怎麼走過人行道？街坊的老頭是怎麼轉頭凝望她（簡直像荷馬史詩裡的情節）？她是怎麼輕盈移動，挽著編織購物袋，像尋常婦女那樣，不疾不徐？她的秀髮又是如何隨著她的步伐飄漾？

特務頭一次如此渾然忘我，滔滔不絕，彷彿進入某種出神狀態，彷彿他們一起走在栗樹斑駁的樹影下，在被暑熱曬得褪色，空無一人的城市裡。追捕者和他的受害者終於在一起。

我和高斯汀在蘇黎士見面大約一年後，我們的診所已經在保加利亞設有分院。一座寬敞的莊園，建於一九三〇年代，離索菲亞市不遠，就在科斯泰內茨郊區。我很愛來這裡，我指派自己為院長，但實際上所有的工作都是醫生和員工在做，老實說，他們根本不太需要我。我坐下來，看著我在保加利亞的過往，將要和這些在生命盡頭來到我們診所的人一起消逝。老年人向來很吸引我，我小時候跟著他們一起生活的。我們在祖父母身邊長大，能跟他們談話，其實這樣的我們是錯失了一整代：我們的父母。如今，我發現自己也加入他們的行列，而我受吸引的動機再加上：要如何面對死亡，看生命逐漸遠離？要如何拯救那無可挽回的？就算只是記憶。事後，這些個人的往昔又會到去哪呢？

和這裡的人產生情感連結是很痛苦的，因為你很清楚，你不能和很快就要離開你的人產生情感連結。我感覺自己和 N 先生格外親近（他很像是逆行性失憶症患者）。他剛開始來診所時，一週兩次，那名特務像影子似的跟著來。顯然那位特務也很喜歡，或覺得有必要這麼做，因為他每次都是從城裡來，一待就是一整個下午。剛開始的時候，我們派車去接他，但後來他婉拒，開始自己來。大家都需要講故事，我想。就算是像他這樣的人。以前他不能講，而現在，他能講，卻沒人在乎了。但他突然發現有人緊抓著他的每個字不放。這人會豎起耳朵，聽這些來自過去的故事。這人準備好要聽所有的故事，只是他曾跟蹤的這人，漸漸失去了記憶，最終要落得被抹除兩次的下場。

告訴我，我是誰。

這名特務感覺像個可以操控他人的人，他一直擁有這樣的力量。這要歸功於他的職業。但以前的權力再大，也沒有現在這麼大。他現在可以為一個不再記得自己人生的人，編造出一整套人生。他可以餵給N先生完全是捏造的記憶。好吧，他還是需要考慮到N先生仍然存在的某些記憶錨點。他永遠不知道些遺失的細節什麼時候會浮現，又有哪些面孔或語句會跨過破碎的神經之橋而來。但目前，這位特務，我們姑且稱他為A先生，顯然並沒有多想這些問題。他也只希望回到往日的溫暖洞穴裡。

有一回，A先生告訴N先生，你走過來，在我的桌子旁邊坐下。那是在長春藤咖啡館，離你的公寓大樓入口不遠，就在同一條街上。我那時常坐在那裡，監看有誰進出。有天下午你出門，走到咖啡館，四處張望後，坐到我這一桌來。咖啡館還有其他的空桌，因為幾乎沒有人，但你坐到我這桌，甚至沒問我：「可以坐嗎？」我嚇壞了，以為是被識破身分了。我等著看你怎麼說，在心裡盤算各種情境。你點了伏特加——當時我們都喝伏特加。甚至是伏特加加可樂。那漂亮的玻璃瓶，所以，看，我們當時已經有可樂了。反正。我喝我的伏特加，等你亮出你手裡的牌。只是你什麼也沒說。那是我這輩子被折磨得最慘的半個鐘頭。你不時瞄著我。我覺得自己完全被識穿了。即使是現在，我都還很好奇，你知道我在跟蹤你嗎？大家通常都會察覺的。但你知道嗎？

我不記得了，N先生無助地聳聳肩。

N先生非常興奮且期待這些會晤。我覺得，他只有在聽到自己的人生故事時才像活著。我喜歡坐在他旁邊，偶爾小聊一下，接著陷入沉默。我懷疑他記得的，比他透露的還多。也許他也在玩自己的遊戲，遺忘的遊戲，這遺忘的受害人，表面上是讓說故事的人引領他，假裝自己完全不記得，其實是誘使說故事的人放鬆警戒，逼迫其說出一切，來和他沒打算揭露的細節相對照。

告訴我，N先生這麼說，我穿哪種襯衫？哪種鞋？我是咧嘴笑還是咬牙皺眉？我走路時低頭？我彎腰駝背？……我快樂嗎？最後他迸出這句話。這讓特務心一驚，他可以說出襯衫、外套、大衣、香菸，以及監視對象所點的啤酒與伏特加，這一切的一切，但是……

沒有其他人記得這些細節，就連情婦和妻子在過了一段時間之後也都忘了。只有祕密特務記得細節。讓我們試著站在特務的立場想想。他必須坐在那裡監視，描述所看見的一切。而特務眼前所見的，微不足道到讓人悵然。說真的，那個年代的五十歲男人，日常生活能真的發生什麼了不得的事？他出門。他走過人行道。他停下腳步。他掏出火柴，圈起手，點亮香菸。他抽的是哪一種菸？當然是空姐牌。他當時穿什麼衣服？灰襯衫，袖子捲起來，長褲，皮鞋，噢，看哪！皮鞋是義大利製的，很貴，鞋頭尖尖，這點特別要說。還有，他戴了頂博爾薩利諾帽。當時沒太多人戴博爾薩利諾帽。這值得一提。要是有人不厭其煩像研讀文獻那樣，詳讀五〇、六〇、七〇、八〇年代每位監聽且寫下筆記的特務所留下的幾萬頁文書，那肯定會是一部沒寫出來的偉大小說，那個年代的保加利亞小說。點點滴滴都和那個年代本身一樣平庸無能。

## 17

# 關於那不可能的史詩

在所有的古代史詩裡，都會有個強大的敵人要奮戰對抗——天牛和吉爾嘉美什[1]、魔怪格倫戴爾、他的母親[2]，以及後來出現的火龍，給了年歲已高的貝奧武夫致命傷口；奧維德[3]筆下《變形記》[4]裡的怪獸和牛等等；《奧德賽》裡的獨眼巨人，諸如此類……在當代小說裡，這些怪物消失了，英雄也不見了。沒有怪物，也就沒有英雄。

然而，怪物依舊存在。有個怪物偷偷潛行於我們每個人之間。死亡，你可能會這麼說。沒錯，當然，死亡是他的兄弟，怪物其實是年老。這是真實（也是注定）的戰役，沒有亮光，沒有煙硝，沒有鑲聖徒彼得牙齒的劍，沒有神奇盔甲和出人意料的盟友，不能指望詩人以詩歌吟詠頌讚你，沒有儀典……

一場沒有史詩的史詩級戰役。

漫長而孤獨的奮鬥，等待著，更像是壕溝戰，躺在那裡等，躲起來，迅速突襲，潛行在「時鐘與床之間」的戰場，就像孟克[5]最後一幅自畫像的標題。有誰會讚頌這樣的死亡，這樣的老年？

# 18

## N先生（續）

A先生回憶，要在報告中捏造那些胡言亂語有多困難。就某種程度來說，他也碰上了寫作瓶頸。他對自己的職業有更多期待，要像電影或小說裡那樣，有飛車追逐，有神祕訪客，跟蹤的對象半夜跳出窗外。他需要的是陰謀，雖然他並不知道這個詞。但沒有陰謀，只有生活，深深反電影邏輯的生活。不是出門，就是回家，此外什麼都沒有。就連目標最親近的朋友也不來探訪，像是怕惹上什麼煩人事。沒錯，星期四的情婦是個還有點看頭的例外，當然要寫入檔案。但就連這個也算不上是什麼冒險犯難。況且，這只是日常生活的一部分，誰沒有情婦（或愛人）呢？

有時候我會很納悶該寫什麼，A先生坦承，因為沒發生什麼有意思的事。N先生覺得苦惱，因為自己造成了A先生的麻煩，他覺得自己過著如此無聊的生活，實在很尷尬，讓人沒東西好寫。他應該要做更多的，你知道，親愛的，他應該要在特務面前開槍自盡，這樣人家就可以輕輕鬆鬆填滿兩頁。另一方面，N先生對這日常生活的平靜無波，對這生活的所有細節都很感興趣（也許是我投射到他身上的，因為我很感興趣）。這正是他希望回想起來的。他很有條理地抹除所有的例外情況，如果這算是正確的用語，他沒去描述自己的被捕，他在莫斯科街五號地下室挨揍，忍受帕扎爾吉克[1]監獄擁擠牢房的污穢與尿臭，訪客的逐漸消失，外界來信的停止。這些事情都被撕去。但伴隨著這些，似乎也有其他東西消失了，那些正常的東西，組成我們的東西。記錄他日常生活的東西，在入獄前搜索時全被沒收了，接著又歸還，但自此而後，他未再碰觸那些東西。兩張小時候的黑白照片；一張他在軍中的照片；一本婚禮的小相簿（他離婚之後擁有了這本相簿），同樣是黑白的；幾張他走在大街上的照片，按下快門時他正舉步，大衣在風中揚起，他在笑，對著拍照的人打個手勢。就只有這樣。沒有那個每星期四到訪的女人的照片，當然。

有一天，A先生帶著幾封信來——N先生寫給那女人的信。你怎麼弄到的？他問。A先生只挑起眉毛，很驚訝他竟會問這麼天真的問題。N先生打開來，發現信很短。他讀了信，意會到自己完全不記得。他真心好奇地讀，彷彿他不是寫信的那個人。他承認，他很感動。信寫得很好，用字恰到好處，很浪漫，但也不過度。在某些建議上相當堅毅大膽。這是嶄新的體認，他描述自己是個溫馴害羞的人。最後一封信的結尾是個警告，說她最好別再來，因為他們肯定在監視他，某個戴報童帽的矮小走狗整天在對街的咖啡館混。這時，N先生很抱歉地從信裡抬起眼。別擔心，我已經不在意了，A先生說。

N先生把信留在桌子中央。他不知道是不是該留下這些信，或者該還回去。A先生明白他的問題，鼓勵似的點點頭，沒錯，這是你的。他們繼續用很有禮貌的敬語交談，儘管他們如今最親近的人就是此刻坐在桌子對面的這人，再也沒有別人了。

過一段時間，星期四到訪的這個女人開始在N先生的思緒裡占有越來越大的分量。但不知為何，這情況讓他非常害怕，比其他事情都害怕。她的影像開始從虛無之中浮現，就像照片在暗房的化學藥水裡顯影一樣。她紮馬尾，瀏海有幾縷銀絲。儘管這確實是他自己一開始所希望想起的，但如今她的出現卻似乎讓他害怕起來。原因很簡單——他懷疑這女人會讓他這些年精心築起的水壩裂開，釋放出他想辦法控制住的一切。他不確定自己能不能承受得了。另一方面，如果以前曾有人愛過他，那就表示他確實存在過，儘管他自己並不太記得了。

如果他曾經愛過某人，那就可以當成他存在的證明。但這又怎麼樣呢？

下一次到訪時，A先生又帶來另一個驚喜。他從皮革小背包裡拿出細心包好的一張照片，交給N先生。這是張黑白照片，明暗對比強烈，可以看見一條無人的街道，N先生站在人行道的樹蔭裡，一名女人挨著他，或許是想對他咬耳朵，或是吻他，很難判斷。樹葉的影子落在她的洋裝上。

全索菲亞最美的女人，最後A先生這麼說。她不屬於這裡，這個時代，這個地方。我知道有很多人願意陪她一起死去。你的問題有一部分就是因她而來。當然，你之所以惹禍上身，最主要是你寫的東西和在咖啡館裡講的那些話，特別是在一九六八年，有那麼多事情發生的那年。但同時也是因為她。順便告訴你，她是位老作家的女兒。老先生受不了你，願他安息。他是個沒有天分的御用文人，這是那個大時代的專門術語。好笑的是，她是老作家創作出來的唯一佳作。她知道她和你在一起沒有未來。因為你自己就沒有未來。我想這也是她之所以愛你的原因。

再談到未來。如果可以的話，N先生會記得自己總是對未來毫不在意。談論共產統治下的未來，激發他對黨提出尖酸刻薄的批評。在他看來，跟宇宙的未來同樣模糊可疑的，是這新秩序、新人民——聽來都極其遙遠，而且空洞。光明的未來讓我消化不良，他有一回對一群朋友說（這句話當然馬上被記下來）。不久之後，如果我記的沒錯，布羅茨基[2]把這段話寫得更美，但理念是一樣的：「我對這個體制的反對，基於美學更甚於政治。」然而，我更喜歡N先生的闡述。他對這個體制的反對是基於生理學。

# 19

也有已經死亡，卻如同木乃伊般被保存下來的往日。

我們這一代人，記憶中第一次看到屍體，是一段共同的經歷。好像是教育部下的命令（他們當然只會下這種命令），要小學一年級生都去格爾奧基．季米特洛夫[1]的陵園謁陵，到這位領袖和導師的面前去鞠躬。他生前很疼愛兒童，在忙碌的工作行程裡還會抽空和他們合照。我們是去向這位萊比錫的英雄致敬，正如我的一位同學所說，因為他英勇燒掉德國國會[2]，只是這話害他惹上天大的麻煩，連他爸媽也被叫去狠狠斥責一番。戈培爾[3]都不敢定他的罪，你竟然有膽子說他是縱火犯，我們老師痛罵我這位可憐的同學。

反正，第一次見死人的經驗會一輩子跟著你。陵園保證讓你對死亡有活生生的真實體驗，如果可以這樣說的話。接下來的所有死亡與屍體都會拿來和這具屍體比較，所有的屍體都是這第一具，也是模範屍體的翻版。我們知道我們運氣很好，因為這世界沒被陵園和填充人塞爆，從縫線整個撐裂開來。這是我們還沒走進裡面時，偷偷互相咬耳朵說的，走運的是，沒人聽到「填充人」這句話，否則我們就死定了。

他們帶我們遠從保加利亞的另一邊來到此地。在最慢最慢的客運火車上搖搖晃晃一整夜，免得要在首都付旅館費。早晨，我們還昏昏沉沉，睡眼惺忪，就直接從火車站踏進十一月的濃霧，來到陵園前。輪到我們進去時，恐懼升起。我們經過門口的儀仗隊，他們一動也不動站著。說不定他們也是填充人？裡面走道陰暗，只有電火炬照明，而且冷得像冰箱。陵園就是個冰箱，當然。很像我們家裡媽媽用來塞豬腳和雞肉，讓肉不會壞掉的那種冰箱。

我們接近屍體所在的房間時，可以看見玻璃棺木蓋。課堂上坐我隔壁的胖丹比在外面輕聲對我說，要是你仔細看，可以看見他的眼皮微微抽動。這是他哥哥告訴他的，因為哥哥已經來過了。

這個死人看起來像塑膠做的，西裝外套和長褲看來還比他像活的。衣領掛滿勳章，鬍子毛像洗衣刷。就在這時，我緩緩走過他頭部旁邊，清清楚楚看見他的眼皮在那幾分之一秒間抽動了。答—答，兩次，左眼皮。我差點就要忍不住尖叫，彷彿是他剛給我打了暗號，在玻璃蓋的棺材裡對我眨眼。但小心，因為季米特洛夫同志什麼都看得見，我們老師在學校就曾指著牆上的肖像，警告過我們。是的，沒錯，他看得見～才怪，我當時在心裡暗暗說，但現在他對我眨眼，懲罰我的心存懷疑。他真的會永遠活著，就像他們一向告訴我們的那樣。

還好有胖丹比，拯救我免於一開始的抽象恐懼。我不確定他有沒有看見眨眼（或者這是只給我一個人的暗示），但胖丹比是個生物學愛好者，已經津津有味讀完哥哥的課本。他用教科書裡提到的死青蛙實驗，以具體的細節對我解釋這一切。青蛙雖然死了，四條腿垂掛身側，但如果給牠個小小電擊，腿會開始踢得像還活著似的。我們六年級會做這個實驗，他說。所以這裡的這個死人就像青蛙一樣，永遠不會活過來，只剩下肌肉還在動。

碰到我的恐懼升高到太過超乎現實層面時，我仍然用這個解釋。

## 20 N先生（終）

所以她究竟為什麼偏偏要和我在一起呢？N先生問。

她是你一位朋友的妻子。他轉投我們這一邊，因為有不可告人的醜事，所以我們對他施壓。老實告訴你，他也沒怎麼抗拒。他是我們主要的情報來源，但你始終懷疑的是別人，至少你在電話裡是這麼說的。

你們竊聽我的電話？A先生甚至沒打算回答。那天你朋友高升到某個要職，她第一次單獨來找你。那天是星期四下午，緊接而來的許多個星期四下午的第一個。

N先生聽著，慢慢開始想像那個女人，一頭長髮，瀏海幾許銀絲，還有那輕鬆自在的步伐。她走過街道，街上的每一個人都轉頭凝望她。有個知名的劇院導演也為她瘋狂，那人籌導的一齣戲裡有個女演員造型就像這樣——紮馬尾，瀏海有白髮絲……每個人都知道她在演誰。這位導演馬上被調到其他劇院，這齣戲取消，他的婚姻告終。這女人什麼本事沒有，就是會惹麻煩，A先生說。

但這個祕密特務A先生為什麼還繼續來呢？最初，純粹出於好奇，或是怕被勒索。他很快就明白，並沒有風險或類似的情況。那是為了其他的原因。如果 N 先生完全或幾乎什麼也不記得，那麼 A 先生就不必有罪惡感，至少從某種意義上來說是如此。雖然無法說清楚，但 A 先生意識到，如果沒人記得，那麼一切都是被允許的。「如果沒有人記得，就等同於沒有上帝。而如果沒有上帝，」杜斯妥也夫斯基說，「那麼一切事情都是被允許的。」上帝什麼都不是，就只是巨大的記憶。罪孽的記憶。一朵有著無限大容量的記憶雲。一位健忘的上帝，有阿茲海默症的上帝，會讓我們從所有的義務中解放出來。沒有記憶，沒有罪行。

那麼，A 先生為什麼還要來這裡講這些故事呢？

或許是因為人無法把祕密存太久。看來祕密是在進化過程中很晚才發展出來的東西。動物沒有祕密，就只有人有。如果我們必須描述祕密的整體結構，那應該會是個凹凸不平，瘤節突起，像是一團腫瘤的東西。就 A 先生的情況，這並非隱喻。這腫瘤真實存在，他有好幾個月的時間都企圖忽視，但三個星期前看過醫生，一切都明朗了。病到末期的事實讓他擺脫了很多事情，但也鞭策他去做其他事。如今，追獵者哀求獵物聽他傾訴。年齡是個很大的平衡器。他們變成同袍戰友，越過陣線，投入在這場戰役戰敗的一方，結局已無疑義。A 先生終於說出一切，而 N 先生也終於可以聽見自己的全部故事。

A 先生有千百種方法可以避而不談這件事。週四女子不是監視行動感興趣的目標，而他也從未和她有過任何交流——這是最唾手可得的官方說法。或者他也可以說其他的行動特務接手這部分的調查工作，諸如此類的。A先生沉默一晌，轉著一根菸，雙手顫抖。N先生似乎到現在才發現，他的對話者近幾個月已明顯變老，皮膚泛黃，臉色憔悴。兩三個星期之前，他還打電話來說不能來了，他要去做幾個檢查。

然後，A先生坦承一切。說他們逮捕N先生之後，她是怎麼告訴她丈夫，說他如果不為他的朋友盡力，她就要離開他。她又是怎麼收拾行囊，隔天離開家，自己走訪一間又一間辦公室。她想要去探望N先生，但他們告訴她，犯人根本拒絕見她。到最後她又是如何找上A先生本人。她有天晚上到他家，想談N先生的事。她求他告訴她N先生人在哪裡，幫她安排會面。她什麼都願意做……

N先生眼前突然清清楚楚出現他們兩人之間的全部場景。只有一點違反常情。女人赤裸身體站在房間中央，年輕且美麗；A先生站在她面前，但他是現在的年紀，一個乾癟老頭，瘦得皮包骨。突然之間，那可怕的胃灼熱又回來了，這噁心的感覺並非抽象，相反的，那是非常具體且生理層面的反應。他整個胃都在灼燒，彷彿有人倒了醋進他的胃裡。

對不起，A先生說，僵直坐在那裡，等著看N先生怎麼說。無論怎麼樣，這都是故事的結局。

N先生什麼也沒說，他只覺得非常想吐。胃灼熱又出現了，他的身體記得這個感覺，而且很厭惡。他拿起照片，起身離開。如果這是一部電影，那麼在最後跑工作人員名單的銀幕背景裡，我們會聽到一聲槍響。

這是那個世界的那個午後。一個人走在人行道上，在有樹蔭的那一側。最重要的是，那是八月——那一年的那個午後。陽光穿透樹葉，在人行道映下斑駁的光影。周圍什麼都沒有，房舍和烘烤得熱熱的牆一起安歇，某處有部被遺忘的收音機，從敞開的窗戶流洩出聲音。場景簡化了，幾乎像是電影的場景。一個女人從街的那頭出現，停在這男人旁邊，兩人站在樹蔭下。（這個毋庸置疑的往日就像這樣——那個世界的那個午後，樹蔭下的藏身處。）街道稍遠處，他們看不見的地方，有個男人站在那裡拍下他們的照片。這張照片簡直可以說是藝術品，清楚捕捉映在人行道與這兩人身上的樹葉影子，女人傾靠的身體和那午後街道的空蕩。在這張照片拍攝之後所發生的一切，當時都還沒發生。

照片上的這個男人此時把他自己和這女人的影像握在手裡。樹下的兩人，只剩他活著。還有拍下照片的那人。拍照的人是唯一一個永遠忘不了這個場景的人。因為這個故事，他一面講一面回憶的這個故事，是他單調生活裡唯一的故事。這個女人，他生命中唯一的女人（她在神祕狀況下消失），自此而後一直追索他不放，同樣追著他的還有照片中的男人，那天站在樹下，如今記憶已離他而去的這個男人。有人說這是在追索罪行。但就像大部分人一樣，A 先生到最後的最後，還是找不到正確的字彙。

# 21 往日樓層

N先生加入我們之前的一年，蘇黎士診所發展得相當好，甚至超過我們的預期。高斯汀占用了整棟公寓建築的頂樓，我們可以創造六〇年代的各種變化形態。不久之後，我們獲得擁有整棟樓房的老年精神醫學診所邀請，進一步把我們的理論應用在他們的病房，所以我們實際上可以自由運用整棟建築，於是便開始設置往日房間，同時也在幾個其他國家，包括保加利亞，開設小型診所。

阿茲海默症，或更為一般的記憶喪失，成為世界上蔓延最迅速的疾病。據統計，每三秒鐘，世界上就多出一個失智症患者。登記的個案超過五千萬人——往後三十年間，數量會達到三倍。由於壽命的拉長，這是無可避免的發展。每一個人都會變老。老先生會帶著妻子前來，或反過來，慎重戴上鑽石的老太太帶她們的伴侶前來，被帶來的人尷尬微笑，問他們現在是在哪個城市。有時候是兒子或女兒帶父母親來，他們通常都拉著手，不再認得自己兒女的面容。他們會來幾個鐘頭，或一整個下午，待在他們年輕時代的房間。他們進到裡面，彷彿回到家一般。茶具應該放這裡，我通常都是擺這裡的……他們坐在扶手椅裡，翻看黑白相片的相簿，突然在某幾張照片上「認出」自己。有時候陪他們來的人會帶來他們自己的舊相簿，我們會事先擺在茶几上。也有人會步履蹣跚走幾步，然後回到客廳中央，站在燈具正下方。

有個被帶來的老人家常喜歡躲在窗簾後面。他會站在那裡，像個想玩躲迷藏的老男孩。但這遊戲拉長得沒完沒了，其他孩子早就宣布投降，他們已經回家，他們已經變老，卻沒有人來找他。然而他站在窗簾後面，偷偷往外看，想知道他們為什麼拖這麼久。躲迷藏最恐怖的事情是，發現再也沒有人在找你。我不認為他會醒悟過來，感謝上帝。

事實上，我們的身體天生就相當仁慈，到最後不是感覺麻木，而是失去記憶。我們的記憶離開我們，讓我們可以玩得更久一點，在童年的淨土樂園再玩最後一次。幾次苦苦哀求，再五分鐘就好，跟從前一樣，到街上玩。在我們被永遠叫回家之前。

就這樣，往日和高斯汀逐漸接管了診所的其他樓層。我們需要區分四〇年代和五〇年代。一開始我們是從六〇年代著手，彷彿下意識地為我們自己準備好房間。但九十歲的病人也需要他們的童年和青春。於是，第二次世界大戰進駐一樓。結果這是個好的選擇，第一，因為這樣可以省去他們爬樓梯的麻煩；第二，往下的地下室可以當成防空洞，讓我們重建的那個年代更顯真實。大部分人都有空襲期間躲防空洞的回憶。

我們應該喚起恐懼嗎？那恐懼的記憶呢？傳統的記憶療法堅持只喚起正面的記憶。然而據高斯汀說，每一個被喚起的記憶都很重要。恐懼是喚起記憶的最強大觸因，所以我們應該加以利用。當然，到地下室去的情況並不多，但總是可以產生效果。顫抖，驚悸，這是大家從防空洞出來的心情，驚魂未定，但還活著。

五〇年代占據往上的一層樓。這裡是貓王、胖子多明諾[1]、迪吉．葛拉斯彼、邁爾士．戴維斯[2]的領地，你可以聽到一整個驚人的音樂混搭，爵士、搖滾、流行音樂，還有如今顯得老派和諧的法蘭克．辛納屈。這裡有電影《北西北》、希區考克、卡萊．葛倫[3]、電影《卡比莉亞之夜》、費里尼、馬斯楚安尼、碧姬．芭杜、迪奧……這世界剛從大戰中復原，需要生活。在世界的某個部分，要這樣做比較容易。至於其他部分，我們在走道盡頭有個分隔開來的區域，幾間房分配給東方集團[4]的國家。一間是五〇年代的東歐，另一間——單獨的一間給五〇年代的蘇聯（順帶一提，他們的經濟情況比較好）。同樣的，五〇年代的中國房也設置好了。往日也是一種資金投資。古巴革命和卡斯楚[5]沒有獨立的莊園，但在這個區域漫步的人，有一半都穿切．格拉瓦[6]的T恤，在這位司令官肖像前駐足。西方與東方之間的走道以「鐵幕」[7]從中分隔。這其實是一道巨大的木門，平常都上鎖，只有診所員工可以穿梭。你永遠不知道另一邊的人會想出什麼點子來。

企圖逃離東方走道的事情只發生過一次，有個人想從迷你柏林圍牆頂端（在牆頂和天花板之間還有幾呎的空隙）爬過來，但摔下來，跌斷腿。在這樁意外之後，就有個護工穿上舊時的軍服巡邏東側。

記憶喪失也會影響年輕人，所以七〇年代樓層的需求也增加了。五樓就作為七〇年代之用，而六〇年代則搬到四樓。閣樓留給八〇和九〇年代——他們有一天也會需要的。

22

# 牙醫的回憶

他不記得臉孔，也無法把這些臉孔和名字連在一起。張開嘴，我們看看，啊哈，現在我認得你了，你是下排左邊第六顆牙有牙髓炎的那個，柯邱，對吧？

創造牙齒考古學，依據使用的填補方式與材料不同，清楚建立每個年代，這當然是有可能的。喔喔，我的牙醫總是說，你的牙齒是九〇年代簡史，當時的混亂，危機，金屬陶瓷倉促的首度實驗，根管治療的大量使用，歪斜的牙齒置入牙釘，全是惡夢啊。如果牙醫是考古學家……

我長大的那個小鎮的牙醫診所，在通往診間的走廊門上掛了整個中央政治局[1]的照片，天曉得為什麼……我們雖然還是小孩，但已經知道「中央政治局」這個名詞，而這事本身就讓人很反感。我可以認出其中幾張面孔，他們的肖像到處都是，也常上電視。所以你坐在這裡發抖，看著一條大理石走廊，一扇扇一模一樣的門，聽著鑽牙機的鑽磨聲，有人在診間裡慘叫。而在這條消毒過、冰冷無感情的走廊，這些人的臉低下來看著你。難以形容的老人面孔，毫無感情的面孔，一點希望都沒有。

某個程度來說，這就是一九七〇年代，大理石與老人。

這些面孔永遠烙印在我心裡，就像帕夫洛夫[2]的狗被制約那樣，一聽見牙醫鑽牙的聲音，他們就出現在我面前，宛如疼痛的冰冷守護神。反之亦然，在某些檔案報紙裡一瞥見他們，我的牙齒就開始發疼。

## 23

每天早晨，我翻看剛送到的報紙和雜誌。一九六八年一月第二個星期的《時代雜誌》。史托帕德導演的《君臣人子小命嗚呼》在百老匯上演。電影院則是上映維斯康堤導演剛拍完的新片《異鄉人》。幾乎所有版面都提到：戰爭。你會以為第二次世界大戰還沒結束，或是再度爆發。當然，這裡指的是越戰。在一個角落，小小的一格方塊，有一九六七年美軍陣亡的人數：九三五三人。有兩欄談捷克斯洛伐克，其實真正的風波還沒發生，標題是「懷抱希望的理由」，文中提到杜布切克[1]的選舉，希望很快可以塵埃落定。但這時是一九六八年初，我們什麼都還不知道。歷史仍是新聞。

突然雜誌上有一行文字出現保加利亞，說路上將近百分之二十的汽車是由司機駕駛，專為接送政府官員和階級不一的組織負責人。不知道是不是巧合，在跨頁照片上閃閃發亮的，是一輛巨大的紅色龐帝克，車身和街道一樣寬，是一九六八年款龐帝克邦斯維爾車款的廣告。

同一時間，在一九六八年一月的第二個星期，一輛綠色的鄉村吉普車（是本地集體農場[2]的車，《時代雜誌》說的沒錯）蹦蹦跳跳駛過泥土路，開往附近小城的婦產科醫院。坐在吉普車上的是我媽，我媽肚子裡是我，開車的是我爸。我正在趕往出生的路上。

看看《時代雜誌》的統計數字對我個人的影響：村裡沒有其他車子。也許是因為擔心到時候找不到車送我媽去醫院的沉重壓力，我爸把我們家的存款全提出來，還貸了款，才買下一輛二手的華沙，這讓村裡個人擁有私家車的平均比例很誇張地大幅提升。這輛華沙馬力強大，肥嘟嘟，轟隆隆，不像紅色的龐帝克。據鄰居說，軍方密切注意這款車的動態。萬一動員時，就會把所有的華沙收歸國有，在車頂架上輕型砲，汽車直接轉化為小坦克，駕駛也成為坦克駕駛。這讓我爸很憂心，因為當時已經是一九六八年五月，春天正在布拉格躍舞[3]，同一位鄰居（他究竟是特務還是愛開玩笑的人，我們始終沒搞清楚）說我們必須拯救我們的捷克兄弟。從誰的手裡拯救？我爸很天真地問。你說從誰手裡拯救是什麼意思，從他們自己手裡啊，這位鄰居回答。我爸一聽便可以想見自己開著他被動員的華沙開往布拉格的情景了。

《時代雜誌》在撰寫布拉格的希望與保加利亞私人擁有車輛不足的報導時，是否對我父親的憂心與我的出生（發生在趕往醫院途中，一輛集體農場所有的生鏽吉普車上）略有所知呢？我父親對《時代雜誌》是否也有所知呢？很令人懷疑。儘管如此，一切還是互有關聯的。吉普車，龐帝克，杜布切克。

讀四、五十年前的報紙和雜誌。當年擔心的事，如今已不必再憂慮。新聞成了歷史。

即時新聞早就已經不即時。報紙微微泛黃，雜誌的光滑頁面隱隱有濕氣味道。那麼廣告呢？以往讓我們覺得很煩，不屑一顧的那些廣告，如今卻有了新的價值。廣告突然成為那個時代的新聞，是踏進那個時代的入口。日常生活的回憶，是所有回憶裡最快變質，最快長出一層又一層黴菌的。當然，廣告要賣的這些東西早就不在了，但因此更增添了它們的價值。讓人體察到那個曾經有過好時光，如今卻已消失的世界，開龐帝克，穿白色休閒褲，戴寬邊帽，喝琴夏洛香艾酒，在地中海城市聖特佩羅漫步。也正是這個世界，三十年前的一九三九年，還曾大排長龍為了買特價收音機，以便能拿來聽戰爭即將到來的消息，彷彿那是場棒球賽……

巧合的是，一九三九年，收音機的使用率急遽上升。收音機成為戰爭的媒介。他們會在收音機上宣戰，會為前線戰士播送致賀音樂會，所有的宣傳都透過短波與長波傳送，打勝仗就得意洋洋，撤退或傷亡則在所有的媒介上一字不提，每個人都圍在這個小木箱旁。

這一切都哪去了……收音機和圍在旁邊的人，以及雜誌裡的彩色插頁都怎麼了？兒童廣播時間廣告中的那個金髮小女孩，如今已是住在安寧病房的老太太，很可能連自己的名字都不記得了。

# 24

透過另一個房間半敞的門，看見一名老太太，對我來說是猶如天啟。老太太來的時候面無表情，沒有喜怒哀樂，眼神空洞，但一看見旋鈕上有城市名字的木製收音機，整個人突然活過來似的，開始大聲唸那些名字。

倫敦、布達佩斯、華沙、布拉格

土魯斯[1]、米蘭、巴黎

索菲亞、布加勒斯特[2]……

噢，索菲亞，她說，索菲亞。在這樣的情況下，我的工作就是要很有技巧地拉近距離，開始交談，準備聽故事，鼓勵她回憶。結果她是保加利亞移民。她父親原本是德國工程師，娶了保加利亞太太，住在索菲亞近郊村莊一幢有院子的漂亮房子。她的姪兒，帶她來診所的這位，站在我們旁邊，不敢相信她姑姑竟然振作起來，開口講話了。她講的一定是她的語言，保加利亞語，他說。

就一個很多年沒講這種語言的人來說，她講得算是相當流利。當然，她的故事破碎不連貫，因為她的記憶，她的語言裡有些空白的點，但她會在其他地方再拾綴起來。她記得那些夜晚，他們是如何圍在收音機旁歡度音樂時光。至於新聞，只有她媽媽和爸爸聽。但他們會一起聽播給前線官兵聽的音樂會和古典樂演奏會。她談起收音機上閃爍的光，她是怎麼像數數字那樣，逐一唸出旋鈕上的城市，想像在每一個名字背後有著什麼。

我記得我小時候也是這樣，那個旋鈕是我的第一個歐洲，我以為每個城市有不同的聲音，如果轉動旋鈕，也就是電容器，你就會聽見巴黎街道嘈雜的聲音，或倫敦廣場人們的吵架聲。天曉得為什麼，我老是想像倫敦有人在吵架……世界封閉了，而那些城市名字是唯一的證明，證明在這時強時弱、吱吱嘎嘎，受到蓄意干擾的聲音之外，還有某個地方，是這些城市確實存在的地方，在那裡，其他人也帶著孩子圍坐在他們的收音機旁，而我要是耳朵豎得夠用力，就能聽見他們在夜裡的交談。

老太太一直講，一直講……當時……收音機命令我們，快，快，我們必須跑，俄國部隊，我是九歲的 kleine Mädchen（小女孩），藍色開襟毛衣，釦子……媽媽……這裡有隻小兔子，她指著身上開襟毛衣的右手上側，媽媽在這裡繡了隻 Kaninchen（兔子）……我們得要跑，爹地是德國人，德國人，他們會殺他……奶奶大聲喊……這裡不好，不好，快跑……最後一班火車，快，快，快跑，飛機，開槍射火車，停下來，下車，我們躺下……草，草……

草……

停頓許久，彷彿她的思緒列車已迷失……

草……

再次停頓，接著記憶回來了，宛如飛機轟隆飛過她頭頂……她的臉扭曲，因為害怕，舉起雙臂……

（我在想，我有可能在哪裡認識這位老太太嗎……）

她的姪兒摟住她……我不確定老太太是不是注意到他，他在她的回憶裡並不存在，她現在是在一九四四年……她講的話變得支離破碎，夾雜更多德文……Achtung（小心）……這班火車載送最後一批德國員工、難民、家庭……飛機丟下炸彈，火車停了，他們必須跳車，躺在地上。泥土的味道，飛過她身邊的子彈，她媽媽的身體，她沒提到她爸爸……但有隻母牛出現，朝他們走來，開始奔跑，停下來，東張西望，接著又開始跑，被炸彈和子彈嚇到……離開這裡，小牛，老太太喊著，那小女孩喊著，快離開這裡，小牛……他們會殺了你……但牛顯然不聽，哞，對著小女孩叫……這時一片砲彈碎片（這故事不清楚的部分，是我補充的）射中牛的臀部，牠開始流血，一跛一跛的，哞，哞，哞，老太太也哞哞叫，嘿，小牛，嘿，小牛……她站起來，開始跑向牛。她媽媽猛力把她往下拉，她倒下來……那裡，在那裡……哞，哞……噢，小牛，噢，小牛，你不會死，我來救你……母牛躺在她前面，搖著頭……沒錯……牛有雙眼睛，在哭，這女孩／老太太說，牠在哭，哭，她在哭……

姑姑，姑姑，她姪兒一直用德文說，不知所措，彷彿目睹刺青場景的人，你冷靜啊。想辦法做點什麼吧，他轉頭對我說，她在哭……

她在回憶，我說，所以她才會哭……

希爾達！這名字突然浮現在我腦海。希爾達，我大聲說出來，抓住老太太的手。這姪兒愣住了，你怎麼知道她的名字？——他們是第一次來，而我不是幫他們辦掛號登記的人。她抬起頭，看著我。她不認得我。大約二十年前，我坐在她法蘭克福家裡的客廳，妻子和我在她那裡住了兩夜，是個朋友幫我們居中聯繫的。當時我寫了一些她的事。希爾達，這個救了德國的女人。

她不認得我。我握著她的手，用保加利亞語對她說，說我看見那頭牛，牠在上帝的右手邊吃草，因為牠死的時候並不孤單，牠看見有個小女孩對牠講話……牠死得很幸福。其他的牛死得不幸福，但這隻是被擁抱的，所以一切都很好。牠很好。我意識到我並不是在和這位老太太講話，而是在對九歲小女孩說。她安靜下來，坐在沙發上，頭往後靠，睡著了。

# 25

## 希爾達，她……

我在飛機起降場等你，希爾德在電話裡說。她嗓音清朗，講的是一九四〇年代的保加利亞語。有些字彙突然打開了出乎意料的門，通向另一個時代。我們在法蘭克福機場（這確實是飛機起降場）碰面時，我有一晌很納悶，這是一九四五年，還是二〇〇一年（那是我們對話進行的年代）。彷彿就從此刻起，「飛機起降場」就會是我記憶裡的「瑪德蓮[1]」，把我和希爾達連結在一起。此外，這個故事裡還有兩樣東西——一只鍋子，和最普通不過的工廠量產麵包。

當然，希爾達準時在飛機起降場等我們，那年才七十出頭的她光彩耀眼。在保加利亞國界之外，人們老得比較美，也比較慢，其他地方的歲月比較仁慈。

我們應該在這裡補充一下，希達爾出生在保加利亞，在紅軍[2]入侵之前想辦法搭上了最後一班火車。她的家人想留下來，她父親是位德國地質學家，和軍方並沒有關係，但他們警告他，在這裡等待他的絕非好事。希達爾和她的保加利亞籍母親與弟弟一起離開，她父親留下來收拾家裡的一些東西，準備搭一個星期之後的火車。他們隔天晚上就槍殺他……那年希爾達九歲。他們母子差不多在路上過了整整一星期，火車不停遭轟炸。她清楚記得青草與泥土的味道，當時他們躺在鐵路旁邊。她是坐在她家客廳告訴我這些的。她家的客廳永遠停留在六〇年代，有立燈，有木頭扶手的陳舊扶手椅。

這時我想起，她在電話裡請我帶來的工廠製麵包，便趕忙拿出來給她。我必須坦承，這個要求讓我很不解。我找了好幾家店，才能在保加利亞買到這平凡無奇的工廠製麵包。現在還有誰買這個？希爾達小心翼翼接過麵包，顯然非常感動，她走到外面的走道，讓我看不見她。過了一會兒，她回來，說她記得這童年麵包的味道。她把麵包切成三片，撒上一點鹽，一片給我，一片給我太太，我從沒看過有人吃普通的工廠製麵包加鹽巴，能像她這麼津津有味。

之後，她帶我們到廚房，給我們看個非常特別的東西。她打開側櫃下方的櫃門，從深處拉出一個鍋子。這是個很大，很重的鍋子，用粗糙結實的金屬做成。彷彿是熔化坦克鑄成的鍋子，我當時心裡這麼想，也說出口。希爾達微笑，說我不知道自己說的有多對。這鍋子是當時慘遭摧毀的德國發給各個家庭最有價值的東西。一個用熔化的武器與砲彈做成的大鍋子。因為這個鍋子，我們才能活下來，希爾達說，你甚至可以用這個鍋子煮骨頭呢。

我想像年輕的希爾達，在四〇與五〇年代飽受摧殘的德國，和其他女人一起清理廢墟，搜尋完整的磚塊、建築，為弟弟縫補衣服，等待幾顆馬鈴薯，坐在黑暗裡搶救電力。沒有怨言，像個注定該把已夷為平地、只見地基的國家重建起來的人。

我們坐在她簡樸的公寓裡，我心想，總有一天我必須說出希爾達的故事，她雖然自己並不明白，但就是她重建了德國。靠著一只破舊沉重的鑄鐵鍋，以及一片撒鹽巴的工廠製麵包的回憶。

# 26

高斯汀的診所慢慢有了粉絲。幾年下來，往日的房間與房舍開始在各個不同地方出現。例如在丹麥第二大城奧胡斯，他們就利用老式房舍組成的民俗村，來向學生和遊客展示祖先的生活方式，看他們是如何養鵝、綿羊、山羊和馬。鵝、綿羊、山羊和馬都不是十九世紀的。

這激起了我的好奇心，於是以丹麥的一個文學節當藉口，提前幾天去，搭火車到奧胡斯。我事先請一位丹麥朋友幫忙打電話，讓他們知道我是對社會計畫有興趣的作家與記者，諸如此類的。她顯然不只是打個電話而已，因為我抵達的時候，有位和顏悅色的年輕女子等著帶我參觀。

事實上，這個地方和高斯汀的診所並沒有太多相似之處。這是個和其他博物館沒有兩樣的博物館，但每個月有兩天，他們會提早結束一般參觀時間，利用這段時間接待退休之家的團體，主要是罹患失智症的病人。視他們的體力和記憶程度，其中有些人會進到農場，餵養鴨和羊，給菜園澆水，或在院子曬太陽。這些活動對部分人可能沒有意義，因為他們已經不記得鄉村生活與農作了。這樣的人，他們會直接帶到保存一九七四年樣貌的公寓。我很喜歡確切指出年分這一點，雖然我並不清楚，這公寓和前一年的一九七三或後一年的一九七五有什麼不一樣。廚房餐桌、冰箱、客廳的軟墊沙發都不可能在一年之間就像鬱金香那樣褪色。我語帶嘲諷地對我的導覽人員指出這一點，當然。

這位年輕女子很親切，對我的懷疑、問題與典型南方人的直截了當笑話，都用典型北方人的方法冷靜忍受。在公寓裡，女人總是直接走向廚房，她說。彷彿打開了某個隱藏的羅盤。在自己公寓裡都很難辨識東西南北的這些女人，卻直覺地知道自己的方向——制約反射轉變成直覺。她們會被香料的氣味所吸引，伸手打開一罐罐羅勒、丁香、薄荷、迷迭香，把鼻子埋在裡面，縱然不再記得這些叫什麼名字，搞混在一起，但心裡確實知道它們是什麼。

她們會去尋找如今已失傳的現磨咖啡香味，女孩繼續說，我們的庫存裡有五〇和六〇年代最受歡迎的那幾種咖啡豆。她們喜歡自己磨。咖啡豆都磨好了，她們還是握著磨豆機的把手轉個不停。

我思索著，氣味是最晚離開記憶空白房間的回憶。也許因為那是比較早期的意識，因此是最後離開的，宛如小獸一般，頭貼著地嗅聞而去。我眼前清楚浮現這些女人不停搖著磨豆機握柄的畫面，不管那是方形的木頭磨豆機，還是已失光澤的銀色高圓柱形，有著銅製握柄的款式。那應該是十七世紀的場景，值得梅維爾、哈爾斯[1]和林布蘭這些古代荷蘭人用畫筆捕捉，鉅細靡遺的寫實主義與絕美的日常生活合而為一。無休無止轉動的磨豆機，鼻子吸收的香味，有些東西歷經幾個世紀也不會改變。我想像她們就像咖啡豆一樣，磨過許多年歲，許多季節，許多日子，許多小時。她們轉動這些磨豆機的握柄時，戴珍珠耳環的女孩[2]（我就是這麼稱呼為我導覽的女孩，她自我介紹說她叫蘿特）說，她們就像踏進另一個時代似的。我們也有圖書館，收藏六〇和七〇年代的書，但對這些女人來說，文字不再具有任何意義。有時候她們會翻閱童書，很喜歡裡面的圖片，但也僅止於此。

事實上，在十七世紀剛剛開始時，一名荷蘭人彼德．范登布羅克[3]想辦法送了一些咖啡種籽遠渡重洋，讓歐洲開始種植咖啡。承繼他的，不是別人，就是動植物學家卡爾．林奈，他深受這些植物的吸引，接手照料。林奈自己老年時也飽受記憶喪失之苦。曾為這世界命名，給無法理出秩序的東西分類、並整理出秩序的他，突然開始遺忘這些名字。我可以想見他坐在勿忘我前，拚命回想自己給這花取的拉丁文名字。

我們穿過不同時代的房舍，停在一九二〇年代的郵局，緬懷這一整個產業的結束，那曾讓人懷抱期待，讓人在旅行多日才抵達的音信裡得到遲來滿足的產業。我們和過去幾世紀的貴族、牛奶工人、沒有羊的牧羊人相遇，我們和坐在店舖前面的鞋匠點頭，穿吊帶短褲戴軟帽的小孩在某處玩跳馬背遊戲，交叉路口有個乞丐溫順地遞出破舊的帽子。他們多半都是志工，我的導覽員說，歷史系學生或退休人士。他們不收任何酬勞，但加入的人一年比一年多。有時候街友也來。他們打扮成什麼呢？這個問題激起我的興趣。我們會給他們某個特定時代保暖乾淨的衣服，但他們大多不願換掉身上的衣服。他們想保留自己原來的樣子。就像他們自己說的，他們一直都是流浪的人，沒錯，你們有哪個世紀需要我們呢？

這些街友說的一點也沒錯，當然，我事後想。無家可歸的人沒有歷史，他們是……我該怎麼說呢，附加的歷史，沒有歸屬。就某種程度來說，高斯汀也是這樣的人。

最後我們坐在七〇年代最受歡迎的甜品連鎖店，他們的蛋糕、蛋白酥、可頌都是從頭開始，以麵粉、香草、檸檬皮、肉桂和那個時代的其他原料製作，用的是當時使用的蛋糕模具和糖霜，如同蘿特所強調的。我們坐在那裡喝當時流行的某品牌熱巧克力，用的是鑲金邊的瓷杯。七〇年代的女服務生在我們身邊轉來轉去，她們身上有種很熟悉的感覺，帶我回到過往——我最初的綺思回憶就和這種高過腳踝的白色鞋子有關。

蘿特，我直截了當地問蘿特，妳會選擇哪個年代——六〇、七〇或八〇？

她沉默一晌，給出了對這個問題所能給的最好答案：我希望能在各個年代度過我的十二歲。

這也會是我的答案。

# 27

沒錯，奧胡斯的實驗奏效，但那裡感覺仍然像是博物館，就像星期天去迪士尼樂園一樣。高斯汀的實驗有不同的目標。

我們下去一九六八年吧，我回去之後他說。

很不錯，這句「我們下去一九六八年吧」，聽來像奧菲斯[1]要衝入冥府一般。六〇年代就在一樓之隔的下方。我們坐在兩張檸檬黃的扶手椅裡。他在大拍賣上以簡直荒謬的價格買到這兩把椅子，那是本地一位崇拜安迪．沃荷的有錢人公寓裡出清的。

他掏出一包菸，這次是「吉普賽女郎」，點起一根，那辛辣的煙緩緩在房間裡飄蕩。他打開一瓶施格蘭特辛口琴酒——也就是《新聞週刊》最後一頁廣告上說，「完美的辛口琴酒——你只要拿顆橄欖來，其餘的都交給我們了。」

所以，告訴我，他開始進入正題……丹麥還是個監獄嗎？

我說現在比較像是博物館，並詳盡告訴他那些不同年代的房舍，那間一九七四年的公寓，還有蘿特帶我參觀的幾個房間，保存得就跟有普通家庭居住時一樣，有他們的故事、相簿、衣架、麵包盒，冰箱上還有插人造花的花瓶。有間公寓是土耳其移民住的，爸爸差不多五十歲，兒子二十左右，是外來的移工，菸灰缸裡的菸蒂滿了出來，菸味仍然還在。我很好奇，他們是不是常常要換菸蒂。

這個問題是，高斯汀說……他謹慎遣詞用字，彷彿要在此刻說出他在夜裡思索的事情。我有沒有提過，高斯汀患有失眠？我睡在診所的時候，會聽見他走來走去，停下腳步，泡茶，或出去抽菸。他就像「博聞強記的富內斯」[2]。有一次我建議他，要是我們可以重建，比方說，一八八二年四月二十日早晨雲朵的形狀，那我們就達到完美的境界了。還有那天下午三點十四分，狗的側影看起來是什麼模樣。高斯汀加入這個遊戲。

就高斯汀的看法，丹麥模式的問題是暫時進入懷舊的疆域，從下午兩點到五點造訪往日，然後再次回到如今已不熟悉的當下，這太難以適應，也太痛苦了。就像打開兩個季節之間的門，直接從夏天進入冬天。又或者不停從黑暗到光明，或從年輕到年老，沒有任何轉換期。一次只打開往日的窗戶幾個鐘頭，時間實在是太短了。他給自己多斟了點一九六八年的琴酒，說依他所見，這個短暫的片刻應該進一步擴充，嘗試更激進的方案。

簡單來說，他想創造一整個設定在某特定時代的城市。是真正的城市，而不是只有一條街和幾棟玻璃纖維房舍的模擬城市。比方說，先設定在一九八五年。我們可以從這裡開始著手。我回答說，我想不起來那年有什麼值得重視的事；除非算上我們念完高中，被送去入伍服預備役這件事，但我只在心裡這麼想。那是藏在隔年影子裡的一年，因為隔年有車諾比[3]，沉默的放射線雨，碘片缺乏[4]，我們偷偷囤積……

那一年並不見得需要有什麼特別的事情，高斯汀回答說。時光尋求的是寧靜祥和的地方，而非不尋常之處。如果你發現另一個時代的蹤跡，那一定是在某個平凡無奇的午後。一個沒有任何特殊事情發生的午後，除了生活本身……這是誰說的？高斯汀哈哈大笑。

你，我回答說。

你總是想把突然浮現心頭的一切歸因於我，但也許這個想法真的是你從我心裡偷走的。所以這城市一開始會設定在一九八五年——高斯汀開始規畫起來——我們得把那年從裡到外翻轉，讓大家一提到一九八五年就覺得非常吸引人。戈巴契夫[5]、雷根[6]、柯爾[7]都沒問題，他們已經留下清楚的足跡。但我們還要找出當時他們覺得什麼很酷，當時流行什麼俚語，大家都為之瘋狂的演員是哪幾位，家裡掛的是什麼海報，看的是什麼居家雜誌，什麼電視週刊，天氣預報，還有那年一整年的《星火》雜誌[8]。青花菜和馬鈴薯的價格如何，還有東歐的拉德汽車[9]，西方的寶獅汽車。當時人們的主要死因為何？在臥房裡又會為什麼事情吵架？我們要逐日印出那年的所有報紙。然後我們再繼續複製一九八四年……

接下來不應該是一九八六年嗎？我問。

我不知道，也許我們一開始必須先往回走，他回答說。另一方面，我們這些喪失記憶的病人會往過去越走越遠，不斷回憶更久遠以前的事。對他們來說，接在一九八五年之後的是一九八四年，然後是一九八三年，以此類推……我知道你並不怎麼迷戀八〇年代，但你必須適應。你必須重建那個年代，用故事加以填補。八〇年代的哪些事情會讓人哀傷？當然，我們可以在同一年停留更長的時間，可以一再重覆。然後我們可以用同樣的方法複製一九七〇年代，那會是完全不同的一個街區。

但會有新的遺忘者到來，對他們來說，九〇年代也是往日，我打岔說。我猜我們必須讓各種不同的年代都唾手可得。往日就像野草蔓長。

無論如何，一旦來到七〇年代之後，高斯汀繼續說，一切就會變得比較多采多姿，繽紛迷幻，你在診所就可以體驗到。當然，跟那些城市比，診所就跟小孩玩遊戲似的。在那裡，大家可以待一天二十四小時，一週七天，一年三百六十五天。他們彼此之間會有各種事情發生，我們不知道情況會如何發展。接著是一九六〇年代的街坊，你可以在那裡置入你的元素。如果你堅持的話，我們還可以從一九六八年再擴充個兩、三年，他笑著說。有些年分比其他年分更長一點。我們也可以回到一九五〇年代。那個時期，你站在歷史的哪一邊就非常重要，雖然對兩邊來說都是很清苦的年代。

那一九四〇年代怎麼辦，我說，有戰爭在進行？

高斯汀站起來，走到窗前，足足一分鐘之後才回答：我不知道，我真的不知道。聽他說出「我不知道」，是百年一遇的經驗。高斯汀什麼都懂，至少他從未承認與此相反的任何看法。

在一九六八或二〇二〇年的這個午後，其實就是同一個晝光將近的午後，高斯汀某種程度暗示了即將發生的情況。似乎很合邏輯，卻也超乎所有的邏輯，既是無害，同時又很危險——就歷史部分來說很危險。他掏出一本舊的線圈筆記本，草草勾勒計畫，年代、時空、城市與國名。「吉普賽女郎」抽完了，他有時會忘記自己抽了一半的菸，又點起一根，香菸煙霧讓我眼睛泛淚，沒錯，是因為煙，或者我是這麼認為的。灰色的雲不祥地飄過未來或往日，隨便我們怎麼稱呼，高斯汀就在我面前畫出草圖。當然，這只是一種隱喻，我那時這麼想，並試著甩開我心中不祥的預感。

這整個實驗對他來說是什麼，他又為什麼需要擴展往日的領域？他所完成的，是其他人甚至未曾夢想過的。他是第一批引進往日診所的人。這些機構以他的經驗為基礎，陸續在不同國家開設。老年醫學專家渴望能與他接觸，與他共事，或邀請他擔任顧問。他從未親自現身，而是派我去更多地方轉達他的婉謝。客氣，但堅定的婉謝。雖然他拒絕所有的採訪和公開活動，但眾人提到他的名字總是尊敬且崇拜，這通常是提到某個天才和罕見的怪人才會有的態度。這也更增添他的傳奇色彩。

# 28

## 逃跑

我稱他為「孤獨長跑者」，名字來自於當年一篇英國的憤怒派小說[1]。我必須承認，我從沒讀過這本書，但這書名一直牢記在腦袋裡。最近我比較常回想的不是我讀過的書，而那些沒讀過的。我覺得這就像擁有不幸的往日一樣，並沒有什麼不正常。

反正，他真的曾經是（至少他是這麼對我說的）長跑者——身材結實強壯的前運動員，彷彿他的身體並不願意遺忘。他以前是個充滿活力、有強烈好奇心的人，但疾病吞噬了他過去三、四十年的記憶，儘管有時出乎我們意料，他的記憶會突然回來。藥物試圖讓病程變慢，我們也努力讓他回到他記得的時代……（這病顯然沒有治癒的方法，但就算是生病的人，也有幸福的權利，高斯汀會這麼說。）這是和往日的搏鬥，和每一分記憶的搏鬥。

非常有可能的是，再過兩三年，長跑者的體力也會離他而去，他的肌肉記憶會衰弱，僅存的那一絲記得的時光會變得更細，甚至完全消失。但他現在體態仍然很好，甚至是好得驚人。他很愉快地住在我們阿茲海默中心的一九七〇年代街區。我們把他分配到第七十九軍團，高斯汀和我喜歡開玩笑這麼說。

他每天上圖書館去看重新發行的一九七九年報紙。我們蒐集那一整年的新聞事件，逐日印出來。只有天氣預報偶爾會取消。但還是一樣，因為沒有人會太期待天氣預報，所以也沒有人會真的注意到這點。長跑者讀很多新聞，對發生的每一件事都感到興奮。他是喜歡聽音樂的人，始終無法接受披頭四已解散的事實，他是支持藍儂的。波布[2]政權的覆亡，教宗若望保祿二世首度出訪莫斯科——他追蹤所有的消息，從那一年的一月開始。接著他會有段時間心情低落，無精打采，因為讀到中國攻擊越南邊境的消息[3]。看見航海家一號太空船[4]傳送回來的第一張木星環照片，他雀躍得像個孩子。他一直滔滔不絕想談那些環上可能有什麼，那些顏色又是從那裡來。是不是有可能發現那上面有生命存在……我試著想要分享他對奇蹟的盼望與預感，就像高斯汀說的，感受到相同的興奮。

但最能讓他感到興奮的，莫過於約翰．藍儂。當時 ABBA 和狄斯可風靡全球，披頭四無疑開始走下坡。然而，他在雜誌和報紙上追蹤藍儂的一舉一動。報導說，他成為戀家的男人，在家烤自製麵包，逗弄三歲的西恩。長跑者覺得這樣沒什麼不對，而藍儂的前妻辛西亞在另一家報紙發表尖酸的評論，說他事實上整天都待在電視機前面時，長跑者真的非常生氣。有一回他帶著新一期的《生活》雜誌來找我，若我沒記錯的話，他唸裡面的文章給我聽，說藍儂最近正在寫自傳，同時已經錄製好錄音帶，口述他在便士巷[5]的最早期童年記憶。我迫不及待想讀，長跑者一次又一次情緒激動地說。

有一回他半夜來找我，進來之後用力關上門，但不打算坐下。約翰．藍儂會遇害，他急糟糟地說，很快就會發生。他真的很擔心，但他無法解釋自己是不是夢見的。有個瘋子對他開槍，我甚至還看見他的臉。就在他回家的時候，在達柯達公寓大樓，他住所的門口。我們得立刻報警。他必須馬上離開那個地方。

我不知道該怎麼反應。這是回憶的突然閃現（這代表治療有效！）又或者是他從外面獲知什麼走漏的消息？我答應他，隔天一早就會報警。我們談了更久，然後我陪他走回他的房間。

隔天早上，長跑者失蹤了。

社區有隱密但強大的保安隊，主要原因是喪失記憶的人通常也會喪失方向感，一離開受保護的區域，很容易發生意外事故，長跑者體格還很好，保全說他們只看見他翻過圍牆的那個最後瞬間，接著就消失無蹤了。

對每個相關的人來說，有病患逃跑都是罕見且不快的事件。最嚴重的問題是病人本身可能碰上性命攸關的危險。眼前的這個個案，他跳過的不只是圍牆，同時還跳過了三十或四十年。我們不知道和另一個現實的碰撞會帶來什麼效應。尤其這意外最終可能會引來調查與社區關閉，同時也會引發業內對這個療法適宜性的爭論，也就是我們究竟有沒有權利「綜合」內在與外在時間，諸如此類的。

我們通知本地所有的警局這起意外事件，並請他們對這名「居住」在另一個時代的病人要非常小心。我在腦海裡勾勒各種情境，同時也到鄰近城市尋找他的下落。我想像他是怎麼停在他第一個看見的警局，說出他的擔憂，說我們必須馬上警告聯邦調查局，以及紐約警方。為什麼？警察會問。我有個祕密訊息，約翰・藍儂會被殺害，凶手已經上路了。真的，這警察會用他那種警察特有的幽默感輕鬆說，你是不是有點太後知後覺了，老兄？呃……你這是什麼意思，難道他已經遇害了，我永遠無法原諒自己了，長跑者嗚咽。

我真的很不願意讓他經歷這一切。

謝天謝地，一切很快落幕，而且是所有可能情況裡最好的一種情況。長跑者——從這事件之後，我們改叫他「逃跑者」——在鄰近的城市晃蕩幾個鐘頭（我本來很怕他會直接衝去機場，找一班飛往紐約的班機），然後找上警察局，但警方早已獲報這件意外。他要求找主管，主管很仔細聽他說，還記下來，說他會馬上讓體系開始運作。他在逃跑者面前拿起電話，直接和ＦＢＩ總部通話，然後提議用警局最好（沒有警局標示）的車送他回社區。

我不知道該拿逃跑者怎麼辦。他從「另一個」世界回來，已經把時間搞混了。在這樣的情況下，治療很可能必須中斷，他應該出院。又或者他應該自行提出這個要求。我想像他可能跟人說起外界的時間流逝，而在這裡，我們只是把二手時間強塞給他們。進入這個社區的時候，病人（至少是還在發病初期的病人）和他們的家人都知道這是一種治療的形式。然而，為了實驗純度的問題，最好是不讓任何現實的因子滲入。環境必須保持無菌狀態，避免受其他時代的污染。

逃跑者回來之後會怎麼做，完全無法預期。晚飯過後，我聽見他告訴其他人說，外面的世界正在進行某種實驗。他們假裝是未來，你敢相信嗎，各位……有人耳朵戴著電線走來走去，手裡有小電視機，他們從來不抬頭，眼睛死盯著螢幕。他們如果不是在拍攝花大錢的瘋狂科幻電影，就是在測試五十年後的生活會是什麼樣子。這是逃跑者的結論，他公開宣稱，最近剛在《時代》雜誌上讀過一些預測，所以很確信他們是在進行實驗。但每個人看起來都好假，沒人會相信他們的。值得慶幸的是，我們用圍牆把他們隔離在外，最後他說。

別擔心，他後來告訴我，我沒跟任何人說現在是哪一年，所以我並沒有破壞實驗。

他為自己造成麻煩而道歉，然後問我，我是不是相信警方會採取行動，去保護藍儂。

我想了想說——會的。在報紙證明我的說法是錯的之前，我還有一整年的時間可維持這說法。

# 29

## 數字

你可以看見世界朝哪個方向前進，高斯汀有天早上說……全盤失敗，我們之前幫未來二十年所預測的一切全都沒發生。你自己知道，未來的失敗，有部分也是醫學的失敗。世界變得越來越老，每三秒鐘就有一個人喪失記憶。

他最近沉迷於統計數字。他追蹤各種統計，用世界衛生組織、歐洲總部和幾個較大的國家中心所得到的資料，不斷比較與分析各種記憶失調的增高曲線。例如，美國的患者人數極度驚人——患失智症的大約有五百萬人，另外還有五百五十萬人得阿茲海默症。全世界加總超過五千萬人，高斯汀說，而這還只是接受診斷的個案人數，已經超過西班牙總人口，再過七、八年，數字會增加到七千五百萬，而且同樣的，這也只是接受診斷的人數。比方說在印度，百分之九十的失智症患者從未接受診斷，而歐洲也有幾乎一半的患者從未就診。幾乎一半，你能想像嗎，這代表我們現在看到的數字還會再加倍。我們周遭的人都已經扣下扳機，只是他們自己還不知道而已。你和我甚至可能就是他們其中的一員……你有沒有去做過檢查？

沒有。

我也沒有。某種全球失智浪潮就要來臨了。

高斯汀知道如何挖掘出我隱藏的恐懼。最近我每天都有這樣的感覺，名字和故事都在棄我而去，像黃鼠狼那樣悄悄溜走。

還不只這樣，他繼續盤點他的數字，說這是當前三大最花錢的病症之一。美國人計算過，每年兩億一千五百萬元，而這還是五年前的數據。這金額包括醫藥、社工、醫生、居家護理協助，你能想像這個病症需要多少協助嗎？有些政客很快就會想到要抓住這股浪潮，鼓動大家的不安，說沒人想花大把金錢在**心智失調**的人身上，**這些人是社會的負擔**，**這種病是不能治癒的，需要仁慈助死**，政客會要求採行激進的醫療政策，正視某種醫療衛生的政治現實……這些你以前都見過吧，一九三〇年代發展出來並大加利用的煽動性言論。

幸運的是，我想我們並不需要重新創造三〇年代，儘管我曾略窺那個年代。我記得一九三八年的《新民族》月刊[1]，那是國家社會主義的旗艦雜誌，當期封面照片是個罹患「無法治癒疾病」的人，標題寫著：「六萬馬克，這個患先天疾病的人每年花掉我們的社會這麼多錢。親愛的同胞，這也是你的錢。」

而我們的病人會首先登上黑名單。在一九三〇年代，一切就是這麼開始的——從精神病房和老年診所開始。

# 30

有一回他們帶一名老太太到診所。這位胥太太不肯進浴室，一看見蓮蓬頭就變得歇斯底里。這樣的情況偶爾會有，病程發展到嚴重階段的人會變得有攻擊性，頑固，像小孩一樣，拒絕做以前很習慣做的事。碰到這樣的個案，我們會找出正確年代的肥皂和洗髮精（仍然保有香味的），當年的盥洗用品和浴帽，有名字縮寫圖案的厚浴袍，帶象牙柄的鏡子，木梳……所有會讓浴室變得舒適且熟悉的東西。但在胥太太身上，這些東西都沒發揮作用。她還是拚命排斥，哭著哀求護士放過她。所以高斯汀和我開始查檔案。我們搜尋這老太太還在世的親人和檔案，發現——事實上我必須承認，是高斯汀先猜到的——胥太太是奧茲維辛集中營的倖存者。她顯然努力想要忘記，也不願談起。但如今，到了她這病的晚期，她一直努力想抹去的整個人生宛如火車般衝回來，她卻無法逃到其他記憶裡。普里莫·萊維[1]曾在某篇作品裡說，集中營是無法逃脫的現實，你知道你遲早會醒來，發現自己置身人生的夢境。歲月流逝，但這感覺始終不會淡去。

這一切突然說得通了——她每天早上都不停地問，他們是不是找到她媽媽了？或她的兄弟是不是還活著？我們也明白她為什麼要偷偷帶麵包皮和食堂的其他剩菜，藏在她的櫃子裡。能喚起她記憶的一切都必須避免——淋浴，以及護士高跟鞋踩在走廊的聲音。（我們讓她們改穿軟質拖鞋。）白天的光線弄得比較柔和。食堂有一部分隔成比較小，也比較舒適的雅座，避免寬闊的公共空間和餐具的叮噹響。你會在無意之間發現，診所有多少東西具有隱藏的暴力，就像傅柯說的。所有東西都不再可能是無害的——浴室、食堂、瓦斯爐、穿白袍來幫你打針的醫生、照明、屋外的狗吠、尖銳的聲音、某些德國字彙……

極其罕見的是，高斯汀這回竟然克制自己，不去挖掘病人的回憶。

31

# 【迫在眉睫的新診斷】

## 家庭崩潰失調

在瑞士的一座小村，有個父親回到家，發現屋裡有陌生人：一個女人和兩個年輕人，在屋裡待得舒舒服服的。他把他們鎖在屋裡之後，報警。警察來了，包圍房子。

爸，你是怎麼回事？他的兩個兒子在屋裡喊他。

據說即將來臨的記憶大喪失可能會像病毒一樣，侵襲海馬迴，損毀腦細胞，阻斷神經傳導物質。而大腦，這大自然最厲害的創造物，會在大約一年左右的時間裡，變得一團混亂。好幾位世界知名的科學家以蜜蜂為例，提出警告，因為蜜蜂神祕失蹤即是所謂的「蜂群崩潰失調」[1]所帶來的後果，這也將是阿茲海默機制對人類家庭所帶來的影響。

跳針症候群

有天早晨，他們在徹夜騷動不安的睡夢裡醒來之後，人還躺在床上，卻發現自己已經變形……

時間跳過了，就像唱片常常會有的情況那樣。

一個年輕男人和女人，晚上去睡覺時是大學生，醒來卻已是二十年後。他們察覺到身上有些什麼東西不見了，僵硬，疼痛，並非真的變形成了節肢動物[2]，但也沒好到哪裡去。幾個陌生的孩子衝進房間，對著他們尖叫。

媽，爸，快醒醒，你們睡了一整天……

你們是誰？在這裡幹麼？躺在床上的這兩人問……快滾出去！

我的頭髮怎麼回事？我們昨天晚上喝了什麼？我們在派對上的時候……你記得你夢見什麼了嗎？

不，完全不記得。

我也不記得。

嗯。等等，好像有一些人，他們在恭喜我們，不知道什麼事，然後……不，就這樣，一片模糊。你努力想想看。

我應該要回我爸媽家——我才剛考完大三期末考。

我們是同系，對吧？

我應該打電話給他們，讓他們知道我不會回家。她看看錶，我該現在打嗎？現在是哪一年？

我的頭髮究竟怎麼回事，天哪？他又摸摸自己的禿頭。

我們已經交往幾個月。在我們喝醉的那個晚上，你說你想結婚。人喝醉的時候，就會說各種蠢話。

這個嘛，我們顯然……

我什麼也不記得了。這不是我們以前住的公寓。

我們一定是結婚了。我們一定找到工作了。我們肯定有朋友。我什麼也不記得，什麼都想不起來。也許我們在海邊度假，我們一定是去海邊了。你知道我們的孩子叫什麼名字嗎？

不知道，該死。什麼孩子我完全沒印象。

我們得去看醫生。

看醫生？那我們要怎麼說？

呃，就說我們今天一覺醒來，就已經過了二十年。

你看過日曆了嗎？

對，我看過了，是二〇二〇年。兩千又二十年。我的意思是，已經是另一個世紀了。

等等，我們念大三，去參加那場派對的時候是哪一年？

一定是一九九八年。

噢，好吧，所以我們考完試之後喝醉酒，再想一下……你住在我家。我們做了以前也做過的事，然後睡著。但當時我二十三歲，而且有頭髮，該死。

你也沒這麼……你當時比較瘦，我的意思是。

妳也變得不一樣了。

所以我們要怎麼跟醫生說？說我們今天早上醒來，記得的最後一件事是一九九八年六月上床。我們睡了二十年。這個嘛，你們沒睡那麼久，醫生會這麼說。有其他症狀嗎？

呃，我就只是禿了頭，你會這麼說，因為變老了。而我們什麼事也不記得。半點都不記得。

他們拉起被子蓋住頭，再次睡去，希望這次能把時間睡回去，到以前的公寓裡醒來。

# 32 受保護的時間

到了下一個階段，高斯汀決定不只替病人，也替他們的朋友和家人開設這些往日診所。接著有人找上門來，希望生活在特定的某一年，是和病人一點關係都沒有的人。他們在當今的時間覺得不自在。我懷疑就算不是大多數，其中肯定有部分人，是因為懷念他們人生最快樂的那幾年，而其他人則是擔心這世界無可逆轉地走下坡，沒有未來可言。奇特的焦慮氣氛瀰漫，吸氣時，你可以隱隱聞到那股味道。

嚴格來說，我不太確定讓心智健康的人往到診所來，有沒有道德問題。讓他們和病人混在一起，沒有道德問題嗎？也許對每個人來說，接觸往日的權利都是神聖不可侵犯，就像高斯汀老愛說的那樣。大家都需要，如果這裡沒有，他們也會去別的地方找。事實上，各種倉促拼湊，粗製濫造的往日旅館已經開始如雨後春筍冒出來。

高斯汀不像我這麼左右為難，他慢慢開始設置收治更廣泛病患的診所。對沉迷於往日的人來說，這領域的任何擴充都是值得歡迎的。然而，高斯汀進行得非常謹慎。我不確定他是有策略，或者是期待從中牟利。（雖然這個絕對有賣點）要是你問我，我會說，他所追尋的是，比從過去能賺到實質金錢更為遠大的東西。他希望能進入時間本身的機芯，推動齒輪，讓速度慢下來，讓指針往回走。

高斯汀的想法甚至還要更進一步。他不打算讓你一天只待幾個鐘頭，淺嘗即止，像是上健身房那樣。他希望你留下來……他沒說永遠，也許是一星期，一個月，一年。住在這個地方。我說「地方」，馬上就發現這個詞彙有多麼不恰當。事實上，高斯汀是想為每個人打開**時間**。因為這正是整個計畫的意義。其他人想到的是空間，以平方公尺或英畝來計算，他所測量的卻是年。

這項實驗的重點在於創造受保護的往日，或「受保護的時光」。一間時光庇護所。我們希望打開一扇進入時光的窗，讓病人住在裡面，還有他們所愛的人也一起。給共度漫長人生的老夫婦一個機會，繼續住在一起。女兒和兒子，通常都是女兒，會希望在一切都完全衰敗之前，來和爸媽住一個月，甚至一年。但他們不只是希望在消毒過的白色房間裡，立在他們病床旁邊。構想是讓他們能待在相同的某一年，在唯一可能的「地方」會面——也就是在爸媽逐漸喪失的記憶裡仍舊閃閃發光的那一年。

# 33

## 最後的比賽

我走在一九七八年六月溫暖的傍晚。街上不知哪裡飄來一首歌，老鷹合唱團的〈加州旅館〉，這是當時大街小巷都在播的歌。憂鬱但醉人，某些部分甚至沒有道理，但接著又回到主軸，最後的吉他尾奏簡直讓人心醉神迷。這幾個男生真不得了。音樂雜誌預言他們有光明前程。三十多年之後，他們所有的唱片只有這首歌留下。

……有些人跳舞為了記得，有些人跳舞為了遺忘……

中央大街兩旁餐館林立，所有的餐桌旁都坐滿人。肚子鼓鼓的膠木電視正在播放世界盃最後一場比賽，是從布宜諾斯艾利斯實況轉播的。我停下來看。荷蘭對阿根廷，歐洲對拉丁美洲。我非常清楚這場比賽會怎麼收場，因為這是四十幾年前，我和父親看的第一場球賽。我們支持荷蘭，但因為阿根廷不斷使出骯髒手段，荷蘭顯然就要輸球了。在第九十分鐘，羅布·倫森布林克[1]會在無止盡的傳球之後拿到球，起腳一踢……踢中球門柱。我們押注在輸掉的球隊上。我們早該習慣才對，因為保加利亞老是輸球，況且，我們甚至沒參加這場比賽。但你永遠不會習慣，而且荷蘭向來踢得很棒。不公平，好人不是應該要贏的嗎？我的小拳頭敲著桌子。我想辦法讓自己比爸爸更生氣。我爸轉頭對我說：聽著，老傢伙（他都是這麼叫我的），人生不只是一場輸掉的比賽而已。

有些事情你會一輩子記得。也許因為當時的父親們——我爸也不例外——通常都是高高在上對孩子講話。所以我父親告訴我人生不只是一場輸掉的比賽，是很不尋常的事。這肯定是父親的指令。但我從沒真正搞清楚，他指的是人生會有很多輸掉的比賽，而這只是第一場，或者人生總是不只輸掉的比賽而已。說不定兩者皆是。

餐廳嗡嗡響，每個人都因為比賽而緊張。在桌子盡頭有位年高八十，高高瘦瘦的老先生坐在那裡，全白的頭髮，淡色的眼睛。他的眼睛始終沒離開電視，但他似乎也沒和眾人一同沉浸在興奮情緒裡，至少外表看不出來。他沒眨眼，也沒動。我朝他走過去，坐下。可以坐嗎？我問。他頭轉也沒轉地瞥我一眼，下唇難以察覺地微微顫動。

比賽已接近下半場尾聲，比數緊繃。體育場一片瘋狂。踢中球門柱的場景尚未發生。延長賽也還沒發生。所有的人都大聲喊著肯佩斯[2]的名字。第九十分鐘來了，一條漂亮的拋物線，一桌桌的人都屏息凝神，荷蘭隊的球迷已經站起來準備鼓掌，那顆球來者不善地飛向阿根廷球門，停在倫森布林克腳上，一踢……啊！啊啊！……球門柱。已經準備好要為得分而歡呼的吼叫聲，最後卻粉碎為拉長聲調的歎息……

我看著坐我旁邊的這人。事實上，我一直都是透過他的目光來看這場球賽。倫森布林克那一踢來臨時，他只把擱在桌上的右手握成拳頭。所以他還是覺得興奮的。比數仍然膠著，緊張情緒升高，轉播員聲音沙啞。在這之前是幾分鐘的暫停，觀眾利用時間加點啤酒。我看著他們的臉，很想知道他們看這場球賽，是不是都像第一次看。又或者，他們其中有幾個人還是明白的，還是記得的。他們的看護肯定是記得的。但那又有什麼關係，完全沒影響，每個人的表情都焦慮而興奮。我們不知道四十年前就踢完的這場比賽會怎麼結束。我也一樣，試著像第一次看似的看這場球賽。也許這一次奇蹟會發生。一切都有可能，一切都再次迫在眉睫。

早報會提到這場比賽，會第一手的賽事分析，第一手照片。和四十年前的一樣，只是重印在還聞得到油墨味的新紙上。他們會一整個月談球賽，談肯佩斯在延長賽的進球。談荷蘭人拒絕出席頒獎典禮，談克魯伊夫[3]拒絕加入鬱金香國家隊，提前決定了世界盃的結果。談阿根廷質疑荷蘭球員手上的石膏，導致延誤開賽的小動作[4]……談這些構成歷史的種種細節。

但此時我有興趣的不是歷史，而是傳記。大家不急著離去，他們留下來，喝完他們的啤酒，發表評論，忿忿不平。支持阿根廷的人不敢慶祝。我就坐在這人旁邊。天色暗了，大家開始起身離開。冷風驟起。

我拉著他的手臂，用平靜但清楚的嗓音說：聽著，老傢伙，人生不只是一場輸掉的比賽而已。他轉頭看我，動作非常之慢。他看著我，我不確定他看見的是什麼，從他乾涸的記憶裡緩緩流過的是什麼。但我們上次一起看這場球賽，已經是四十年前的事了。

如果我不在他的記憶裡，那我還存在嗎？

一分鐘過去。他嘴唇掀動，卻仍舊沒有發出聲音；只有嘴唇微動，但我明白，這是密碼，三個音節的密碼：老傢伙……

這是我們最後的交談。他再也不認得我，一切的進展速度快得驚人。他的大腦豎旗投降，身體的其他部分起兵叛變。我帶他一起來到這裡，來到高斯汀剛開幕的社區。

當然，在此之前，我先查探過我的國家境內有什麼可能的設施。我去的那家診所——我說我要「探訪親戚」，他們才讓我進去——非常可怕。大部分的病人都被綁起來，免得難以管束，他們個個狂亂翻著白眼，低聲吼叫宛如野獸，聲音因為嘶喊而沙啞。我覺得這是我一輩子所見過最恐怖的場景，而我是個見識過不少真正可怕之事的人。不然你希望怎樣？在走廊上，一個護工經過我身邊，厲聲對我說。就我一個人面對三十個病人，我沒辦法讓他們守秩序，但最起碼他們不會受苦太久……我衝到外面，用力摔上大門，就在這裡，我看見葬儀社的廣告，一張普普通通的紙上印有好幾個電話號碼。我記得葬儀社的名字：Memento Mori[5]。

我迅速帶走我父親，違反他的意願，帶他到高斯汀位在瑞士的診所。人有死得像個人的權利。過去三年，在他心智還清明的時候，不斷想要「離開」。在他的語彙裡，「離開」

是要我們幫助他死去的意思。他在到手的每一張小紙片上都寫這兩個字，甚至還寫在房間的壁紙上。在他還能動筆寫字的時候。

十個月之後，我屈服，開始查詢安樂死的可能性。就只是去看看而已。

# 34

## 終點的手冊

我們以前從未想過記憶喪失是會致命的。至少我從未有此懷疑。我一直只把這當成是一種隱喻。一個人突然意識到自己身上承載了多少記憶，有意識與無意識的，各種層次的記憶。細胞再生的方式也是一種記憶。一種屬於身體、細胞、纖維的記憶。

記憶開始撤離的時候，會發生什麼情況呢？一開始，你會忘記個別的字彙，接著是臉孔，然後是房間。你在自己家裡找浴室。你忘了你在這一生裡所學到的東西。但你反正學到的也不多，所以很快就會忘光。接著，在黑暗階段——這是高斯汀取的名字——你會忘記在之前累積起來的東西，也就是身體基於本能，在你毫無察覺的情況下，所知道的一切。這時，就變得致命了。

最後，腦袋會忘記如何說話，嘴巴會忘記如何咀嚼，喉嚨會忘記如何吞咽。腿也忘記如何走路。**這東西要怎麼再讓它動起來？該死……**有人替我們記得如何抬起一腳，如何彎曲膝蓋，劃個半圓，然後在另一腳前面落地，接著再抬起此時已落在後面的這一隻腳，同樣劃個半圓，踩在另一腳前面。先是腳跟，接著是腳掌，最後是腳趾。你再次抬起此刻落在後面的那條腿，彎曲膝蓋……

有人切斷了你身體各個房間的電力。

這病的最後階段其實並不在我們診所的治療範圍，雖然確實也有人在這裡過世。大部分人會到醫院的臨終病房，靠維生系統多撐一段時日，儘管跡象顯示，身體已經拒絕供應生命所需。身體逐步殺死自己，一個器官接著一個器官，一個細胞接著一個細胞。身體也受夠了，它們累了，想要休息。

世界上只有少數幾個地方能聽見身體的這個渴望。瑞士除了是現世之人的天堂之外，也是垂亡之人的天堂。一連數年，蘇黎士不可免地成為全球最適人居的城市。這裡也可能是排名第一，最宜死去的城市，但令人驚訝的是，並沒有這樣的排名，至少正式來說沒有。最宜死去的城市。當然，這是針對那些負擔得起的人。死去已經變得相當昂貴。但死亡有什麼時候是不要錢的嗎？用藥丸也許稍微貴一點，用槍則比較困難，至少在你雙手握到槍之前並不容易。但有其他比較簡單，而且完全免費的方法——溺水、從高處跳下、上吊。

我認識的一個女人告訴我：「我想過要從屋頂跳下，但一想到摔落地上之後，我的頭髮會有多亂，而且天曉得我的裙子會有多皺，還沾上污漬什麼的，我就覺得太丟臉了，於是放棄這念頭。畢竟，碰到這樣的狀況，他們會拍照，沒錯，別人會看到……」

喏，這就是身體健康的徵兆——會覺得丟臉，會預見尚未發生的事，會想到未來，甚至想到自己死後，還會虛榮。真正渴望死亡的身體不再有這樣的虛榮心。

簡而言之，如果你想了結自己，有各式各樣免費的方法。但是當你不再有氣力動手呢？甚至不只是沒氣力，連如何動手也不記得了，會怎麼樣呢？你要怎麼離開這個人生？該死，他們把出口藏到哪去了？你永遠無法第一手取得這個經驗，說不定你試過一兩次，但是都不成功。（事實上，自殺未遂才是真正的悲劇，而那些成功的，就只是走完程序了。）到底要怎麼做？求神悲憫哪，人才能殺死自己，退化的大腦很想知道，書裡教人怎麼做來著？應該是和喉嚨有關，喉嚨出了問題，空氣，你不再吸進空氣，或是有水灌進來，把你像個瓶子那樣灌滿……再不然就是深深割幾道，還有繩子，但是我要拿繩子做什麼……？

於是有了幫助自殺。這個表達方式真特別。情況慘到如果沒有人幫助，你就什麼也做不了，甚至連想死都做不到。

在如此絕望的處境裡，有種服務出現了。要是你的狀況是可以自己訂購這項服務，自己付費，那你很幸運。如果不行，那你就是給你最親近、最心愛的人製造了很多麻煩與花費。問題是，他們付錢讓人殺了你，要如何不覺得自己是殺人凶手。確實，人類文明已經相當進化，如今你必須為謀殺取得正當性。千萬別低估文明在這方面的作用。我們總是會為這樣的事情想出美麗的名字。優—蓮—埃—夏亞（Eu-than-a-sia）[1]，聽起來像是希臘女神的名字。這是善美之女神，美好的死亡。我想像她手裡拿的不是權杖，而是細長的針筒。「安樂死是為了受死之人的利益而執行的死亡。」這文字聽起來好拗口，但是必須為這個舉動取得正當性，所以痙攣，扭曲，最後變成無止盡的迴圈。我殺你，是為了你好，你會明白（怎麼可能不明白）這樣對你比較好，這樣痛苦會消失。

我認為自第二次世界大戰以來，這一行在這個國家變得越來越強大。安樂死很適合這裡。起初是非法的，接著是半合法。每個人都對此睜一隻眼閉一隻眼，就像許多其他時代一樣，讓私人診所有機會歡迎來自歐洲各地想要尋求死亡的人。更準確來說，是來自歐洲的某一部分。至於另一部分的歐洲，我們這個部分的人，是得不到這個機會的。我們甚至沒有安樂死，也從來都不關心安樂死。在共黨統治下的死亡，可不是睡在真絲床單上那般奢侈的事。更何況，沒有人會發給你護照簽證，讓你在不保證一定回來的情況下，帶著單程機票出國。你去了，死了，就自動成為叛國者。你會因此被判死刑。在你死後，在缺席審判的情況下被判死刑。

瑞士是安樂死國度。如果你想找一個可以住下來等死的好地方，這兒可以幫你。有趣的是，這個死亡產業並未正式納入旅遊指南、觀光手冊。旅遊指南之所以創造出來，前提是建立在某個人活著，並且正在旅行的幻想。這是基本的設定。死亡並未收入在這世界上的任何一份旅遊指南裡。多大的遺漏啊！

但當某人的啟程時間已經接近的時候呢？當他已經是另一種意義上的旅人呢？為什麼我們還在等待寫給這些旅人的旅遊指南呢？說不定這種指南早就存在了，誰知道呢？

死亡之旅（Sterbetourismus），我幾乎可以確定這個詞最早是在瑞士被想出來的。數據顯示，每年有大約一千名外國人，主要是德國人，也有不少英國人，而且不只是絕症末期的人。年老夫婦因為其中一人已到絕症末期，決定提前一起離開。我可以想像他們抵達此地的情況，態度溫和，微微有些不安，手拉著手。就像這樣，他們手拉著手，經歷所有的程序。他們不希望在那無邊無際的極樂天堂某處失去彼此，因為他們不可能約定時間和地點來會合。

費用。費用是多少，究竟？我在這個領域深入挖掘。事前的準備工作大約要七千瑞士法郎。葬禮和全套儀式，要一萬瑞士法郎。若是你僱個殺手來動手，那肯定更貴，也更不舒服。

說不定情侶檔會有折扣。但還是要說，對於這樣的國家來說，七千法郎不算什麼大數目。所以，他們應該是靠來客量夠多賺錢的。你想想其他東西都還要更貴……在萬物漲的時候，人命的價格顯然下滑。儘管有史以來，人類的死亡一向就很廉價，但來到二十世紀，價格更是低到氣死人。沒錯，他們的營業額確實很高。

另一方面，真正的成本又有多少？十五毫克的戊巴比妥[2]粉末？在墨西哥，你可以找任何一位獸醫，說你想讓家裡的老狗安樂死，他們就會開這個藥給你。

我仔細研讀其中一個單位，應該是個非營利組織的網站。網站相當簡陋，是綠色的。我從沒把死亡跟綠色聯想在一起過。最上方的標語是，**活得有尊嚴，死得有尊嚴**。這看起來更像是日本武士的訓示，要真是那樣還比較說得通。一張簡單的照片，是整個團隊的合照，看得讓人心裡不由得毛了起來——他們全都咧開嘴露出大大的微笑，還張開手臂。這團隊有多大？十二個人，就像耶穌的十二門徒。是刻意的嗎？我懷疑。二〇〇五年，其中一個變成猶大，洩露內部消息，說這個組織是「收費高昂的死亡機器」。

網站上沒有評論，也沒有保證退款的服務。

過程**絕對無痛**、**無風險**，他們給我的醫療宣傳小冊上這麼說。但這不是會威脅生命嗎？該死，難道他們真正想說的是，你不會有腸胃不適、便秘、血壓急降或成癮的危險？

夏季的某幾個月也有折扣。大家偏愛的死亡時間顯然主要是冬季。我很好奇，這種折扣會吸引更多人前來嗎？都要為自己唱輓歌了，沒有道理還當小氣鬼吧，你大可以讓自己享受相當程度的奢華。我假設死亡的掮客與祕密經理人（他們勢必存在，以旅行經紀當偽裝）會好好善加利用這個機會。加長型黑色禮車，空間足以放進擔架，你若是臥床，要能載你沿著歐洲的高速公路奔馳。如果病人渴望，同時條件也允許的話，可以在奧地利停留一晚，在蘇黎士湖畔度過下午。回程，禮車當場變靈車，載骨灰罈直接回去，中途不必再到任何地方停留。

死亡之旅是提供給有錢人用的，窮人用不著安樂死。

歷經第二次世界大戰的大量殺戮與集中營的死亡產業之後，歐洲人比較難容許提供優質好死的產業存在。這導致當年出於必要而採取的中立政策的瑞士，成為值得小心呵護的獨占者。正如高斯汀所言，今天你在歐洲抓住的任何事物，都會把你領回到第二次世界大戰。一九三九年之後，一切都不再相同了。

我去看他們進行儀式或程序的那棟建築，完全平凡無奇。看起來更像間外面有塑膠壁板的兩層樓大棚屋。從網站上的照片來看，裡面的裝潢也同樣簡樸。一張床，一個床頭櫃，牆上一幅畫，兩把椅子。有幾個房間的窗戶可以眺望湖景。

我試圖以冷漠且嚴格的態度閱讀所有東西，這樣我就不會去思索最主要的問題。有意思的是，在整個過程裡，我想像的是我自己，而不是我父親。科技非常淺顯明白，但是問題仍在，你如何面對罪惡感？我父親似乎察覺到了，以微妙的方式助我一臂之力。就像父母親一輩子都悄悄為孩子犧牲自己那樣，他自己過世了。在他彌留期間，我陪在他身邊，握著他的手。我很想知道，如果可以的話，他會希望用他僅餘的記憶細胞去感覺什麼。我從我們七〇年代儲藏室的東歐備品裡，拿出空姐牌香菸，點起一根。我父親是我所見過最優雅的抽菸者。我偷偷點燃人生第一根菸時，就是想模仿他。現在我代替他抽一口菸，發現他的鼻孔微微抽動，眼皮也感覺到變化。接著，他就平靜下來了。

最後一個記得我童稚模樣的人離開了，我對自己說。就在這時，我才哭了起來，像個孩子似的。

# 35

個人對往日的迷戀究竟來自何處？為什麼會像我傾身靠近井邊時那樣，拚命把我往裡拉？為什麼那些我知道都已經不在了的臉孔，還會吸引我？那裡究竟還留有什麼，是我沒辦法取走的？那裡有什麼在等待，在往日的洞穴裡？我可以哀求一趟回去的旅程嗎，儘管我沒有神話中奧菲斯的天分，卻有他的渴望？而我很想知道，我想帶出來的那些人和那些東西，會不會僅僅因為我在途中回頭一瞥，僅僅一瞥，就全被殺死了？

我發現自己越來越常回頭讀《奧德賽》。我們總是把這本書當成一部探險小說來讀。後來，我們逐漸了解，這也是一本找尋父親的書。當然，也是一本探討回到往日的書。伊薩卡[1]是往日。潘妮洛普[2]是往日，他離開的那個家是往日。思鄉是吹動奧德賽船帆的風。往日一點都不抽象，而是由非常具體、非常微小的事物所組成的。尤利西斯和女神卡呂普索度過七年的快樂時光之後，她應允讓他長生不老，只要他答應永遠留在她身邊，然而他拒絕了。我曾經對這個神話很好奇。拜託，誠實一點吧，說說看，我們誰會拒絕這樣的提議？天平的一端，是你可以得到永生，得到一個永遠青春的女人，以及這世上所有的歡愉；而另外那端，是你回到大家幾乎都已經不記得你的地方，面對迫近的老年，被歹徒圍困的房子，以及老去的妻子。你會選擇天平的哪一邊？尤利西斯選了後面的這個。因為潘妮洛普和鐵拉馬庫斯[3]的關係，沒錯，但也因為某些特別且瑣碎的，他稱之為壁爐煙的東西，因為他想起他那代代相傳的祖屋裡飄起的壁爐煙。想要再看一次那股煙。（或者想要死在家裡，如同那煙一樣消散。）歸鄉的全部吸引力就集中在這個小細節上。卡索呂普的胴體或永生不死，都比不上那座壁爐飄出的煙。那無法在天平上增添任何重量的煙。尤利西斯掉頭回鄉。

一九八九年剛過不久，一名政治難民，在缺席審判情況下被判處死刑的移民，回到他的家鄉。他已經四十年沒回來了。回鄉的第一件事是想看看他家的房子，那幢由他祖父建造的房子。位在索菲亞市中心的這幢漂亮大宅，已經被收歸國有好多年，原本是中國大使館，後來閒置下來……他們帶他走過不同樓層，他記起一個又一個房間，但沒什麼東西特別觸動他的心。「這些房間完全沒對我訴說什麼，」他隔天說。「我請他們帶我去地下室，以前那裡有間『冰室』，我們都是這樣叫的，那是可以把各種東西儲存在低溫裡的地方。我深吸一口氣，那個時代的所有氣味彷彿瞬間朝我撲來。到了這時，我才哭出來，明白我到家了，我回來了。只因為那間冰室，而不是別的。那間冰室融化了我的心。」

我沒能找出答案的是，尤利西斯的故事後來如何發展，在他回家之後，過一個月，一年或兩年，抵達家鄉的狂喜消失之後的情況。他最愛的狗，唯一馬上認出他來的生物，不需要任何證據（無條件的愛與回憶），應該已經死了。他開始後悔，開始渴望卡索呂普的胸脯，渴望島上的夜晚，渴望他漫長旅途中的所有驚奇與冒險嗎？我想像他起床，從他自己所製作的婚床起身，在半夜裡，為了不吵醒潘妮洛普，偷偷摸摸溜出去，坐在屋外的門階上，回想一切。那整整二十年的旅程已成往日，而往日的月亮對他的吸引力，比以前更強，宛如漲潮一般。往日的漲潮。

## 最短的小說：尤利西斯返鄉後

有天晚上，已然年老，虛弱乏力，而且開始遺忘的他，偷偷離開家。他厭倦了一切，所以他要回去看他曾遇見過的那些地方、那些女人，那些驚異之物最後一眼。他要再次回到已然枯竭的記憶裡，去看看以前是如何？看看他以前是個什麼樣的人？因為拜年歲老去的苦澀諷刺之賜，他變成了無名氏，也就是他當年對卡索呂普自我介紹時，非常機靈地使用的名字。

鐵拉馬庫斯在傍晚時找到他，整個人攤在船邊，離家只有一百碼遠，完全不知道他在這裡幹麼？也不知道他去過哪裡？

他們帶他回家，跟一個他再也不記得的女人待在一起。

# 36

竊取人生（與時間）是怎麼回事，呃？這是什麼土匪……比起伏擊和平車隊那種最惡劣的公路搶匪，還要更惡劣的土匪。搶匪感興趣的只是你的錢，和你藏起來的黃金。要是你乖乖配合，毫不抵抗地交出這些東西，他們就會放過你的其他東西——你的生命、你的錢、你的心、你的老二。但是，搶奪人生與時間的搶匪，他們是要搶走所有的東西——你的記憶、你的心、你的聽力、你的老二。甚至毫不選擇，能搶什麼就搶什麼。而且，彷彿這樣還不夠慘似的，他們不只搶，還要嘲弄你，讓你乳房下垂，屁股沒肉，背部彎曲，頭髮稀疏變灰，耳朵長毛，全身到處長痣，手上和臉上都有老人斑，不是滔滔不絕講廢話，就是沉默不語，心智衰弱，老態龍鍾，因為你所有的語言都被偷走了。那個渾蛋——要稱之為人生、時間，或年老，全都好，反正都是同樣的人渣，同樣的一幫人。剛開始至少還客氣一點，偷得很節制，像個有技巧的扒手。在你不注意的情況下，摸走一些小東西——一顆鈕釦，一只襪子，胸口左上側有點輕微刺痛，眼鏡加厚幾釐米，相簿裡怎麼也想不起的三張照片——這臉孔，又來了，她叫什麼名字……

你鎖上門，不再外出，開始給自己塞各種維生素，還發現某種湖裡深水藻類經實證確認有神奇功效，那叫什麼名字來著，反正是可以讓你再度年輕的；北方乾淨海域小螃蟹的鈣質；保加利亞優格或玫瑰油的絕佳成分；低溫燉煮牛骨髓，能給你的結締組織提供膠原蛋白；遵循杜諾夫[1]的月循環小麥飲食法；接著是更深入迷宮探索靈性，卡斯塔尼達[2]、彼德．杜諾夫、布倫瓦茨基夫人[3]，迷失在神祕學的古老教義裡，還有奧修，你嘗試（沒能成功）轉世、原始吶喊、倒數數字、瑞典梯牆，到附近的健身房做呼吸練習，眼睛盯著雙槓、梯牆、鞍馬，聽他們告訴你身體的幻象，引領你踏進靈界，而你眼前所見，仍是他們以前在學校用來折磨你的那些健身器材，不過你告訴自己，年老的小小喜悅就是，可以不必再爬平衡木或梯牆，你靈性的身體不再需要擔心這些。之後，在掙扎著想站起來時，你迅速理解到，身邊也沒其他的身體了，只剩下你自己的這副軀體——你這瘸腿的老驢，陷入黑暗中，再也不必擔心任何搶匪。

## 37

我們不斷創造往日。我們是生產往日的工廠。活生生的往日製造機，不然還會是什麼？我們吃掉時間，製造往日。就連死亡都無法停止這個過程。一個人或許離開了，但他的往日留了下來。這一堆堆的個人往日哪裡去了？有人買下、收藏或清掉了？或者像舊報紙那樣飄零，被風吹得滿街飛？這些熟悉且未完結的故事去了哪裡？遭到切斷的連結還鮮血淋漓，還有所有被丟棄的愛人；「丟棄」——這兩個字不是碰巧用上的，一個拿來形容垃圾的字彙。

往日是分解了？還是像塑膠袋那樣維持形貌不變，緩慢且深入地毒害它周圍的一切？不是應該在什麼地方設個往日回收工廠嗎？你可以利用往日做出除了往日之外的其他東西嗎？或者可以倒轉循環利用的程序，做成某種未來，雖然是二手的未來？現在，你得面對幾個問題。

大自然消滅歷史時間或加以處理，就像樹處理二氧化碳那樣。北極的冰河並未真正與三十年戰爭[1]接觸，但一切都記錄在裡面，在冰和凍土層裡。解凍一小塊就會露出往日的遺骸，讓往日的猛瑪象再度復活。時間和年代會混在一起，在西伯利亞某處，在土裡冰封三萬年的種子開始萌芽。大地打開它的檔案，儘管不太知道是否有讀者存在。

如今，因為人類世的來臨，冰河、龜、果蠅、銀杏樹與蚯蚓，第一次強烈感受到人類時代的某些東西已經改變了。我們是這個世界的末日。從這個角度來說，我們也是我們自己的末日。說來諷刺——人類世，第一個以人類命名的時代，很可能也是人類的最後一個時代。

——高斯汀，《在時間的終點》

# 38

高斯汀慢慢開始改變了。對他來說，往日已經變成白鯨，是他以亞哈船長[1]的盲目熱情追求的白鯨。一步一步的，某些原則、某些顧忌開始消失，因為那些只會阻礙他完成更大的目標。然而有兩件事我不得不佩服他。第一，他明白這個情況，並想辦法控制。第二，他不追求過大的野心，秉持著略帶老派浪漫的理想（如果我們認為革命是老派浪漫的話），透過可以被「馴化」（這是高斯汀的用語）的往日，追求時間的逆轉，尋找弱點加以改變。

我們第一次見面，以及他消失到一九三九年（根據他的年表）之後，高斯汀致力研讀精神病學與記憶失調，彷彿要合理化他的迷戀。沒錯，我後來遇見的高斯汀看來完全正常。只是偶爾，在眼眸深處，在不經意的言詞與動作間，會有其他時代的某個什麼一閃而逝。然而，在我看來，我們一起待在診所的最後那幾個月，這股往日的力量似乎更常征服他，甚至征服他用來保護自己的科學。我看見他抗拒，試圖（越來越吃力）維持鎮靜，表現得像個活在現時現地的人，彷彿往日只是一個計畫，一種懷舊療法，被他發展到超乎預期的程度。

有一兩次，我對他提起我們還是學生那時，第一次在海邊見面的情景，以及他一九三九年九月一日寫來的信，高斯汀的臉色都是倏然一變，趕忙改變話題。彷彿當時的那個傢伙是另一個人，又或者當時只是短時間失去理智，而他已經克服了，不想再有人提起來。我有一瞬間想像，他每天是怎麼起床，他，來自不同時代的同一個人，人還在床上，還沒喝第一杯咖啡，腦袋才要開始建構這一天的世界，他所置身的世界：今天是某某年，在某某地方，我是精神科醫師，是往日診所的記憶失調專科醫師，這診所是我自己創設的，今天是星期六，可別忘了這是哪一年。

任何一種迷戀都會把我們變成怪物，從這個角度說，高斯汀就是怪物，也許是比較隱晦的那種，但仍然是怪物。他不再滿足於他那有一個個房間與樓層的診所，那些不斷成長複製，呈現不同年代的園區也已經不夠了。我想像某一天，整座城市會如何換掉他們的日曆，讓時間倒轉好幾十年。如果整個國家突然決定要這樣做該怎麼辦？甚至好幾個國家？我在我的筆記本上寫下這些，告訴我自己，就算沒別的作用，至少也可以拿這些素材寫成一篇小說。

# 註解

## 1

1 James Ussher（1581-1656），愛爾蘭大主教，亦為歷史學家，在他的《厄謝爾年表》（Ussher Chronology）中推論世界創造於西元前四〇〇四年十月二十二日，星期日。

2 引自伍爾芙（Virginia Woolf, 1882-1941）於一九二四年發表的一篇探討現代性的文章〈卜涅特先生與布朗太太〉（Mr. Bennett and Mrs. Brown）。

## 2

1 Kärntner，Graben，兩條街都是維也納市區知名的購物街。

2 Borsalino，義大利製帽品牌，二十世紀三〇年代開始，好萊塢電影主角常戴此帽款，如《北非諜影》的亨佛萊・鮑嘉。

## 3

1 全名是 Sgt. Peppers Lonely Hearts Clun Band，披頭四的第八張專輯，一九六七年發行。

## 4

1 Arles，法國南部普羅旺斯的城市。

## 5

1 Tomasian cigaretts，創立於一八七〇年代末期的保加利亞菸業公司，全盛時期外銷至歐洲多國。

2 Guernica，西班牙城市，一九三七年西班牙內戰時期，德國、義大利支持佛朗哥國民軍對抗蘇聯、墨西哥等國支持的第二共和政府，在格爾尼卡展開人類歷史上第一次地毯式轟炸，畢卡索為此畫了一幅《格爾尼卡》，描繪受炸彈蹂躪的城市。

3 Hindenburg，德國大型載客式飛船，一九三六年開始營運，往返大西洋多次，一九三七年在美國紐澤西州準備降落時爆炸燒毀。

4 主角在此戲謔引用《白鯨記》開場自我介紹的句子。

5 高斯汀（Gaustine）取用了加里波底（Garibaldi）的 Ga 和奧古斯丁（Augustine）的 ustine 而成。

6 Giuseppe Maria Garibaldi（1807-1882），義大利民族英雄，獻身義大利統一運動，被稱為「義大利統一的寶劍」。

7 Saint Augustine（354-430），早期天主教的神學家與哲學家。著作《懺悔錄》被稱為西方歷史上的第一部自傳。

8 一九八九年十月與十一月，東歐掀起革命風潮，匈牙利、保加利亞、捷克斯洛伐克等國的共黨政權相繼倒臺，矗立三十年的柏林圍牆也在十一月九日倒下。

9 Snow Maiden，俄羅斯童話故事人物，常出現在聖誕節相關的傳說中。柴可夫斯基以此為題創作了歌劇。

10 Judy Garland（1922-1969），美國知名電影演員，以主演《綠野仙蹤》成名。

11 《Zora》，一九一九至一九四四在保加利亞發刊的報紙。

12 Danail Krapchev（1880-1944），保加利亞新聞記者，曾任《黎明報》總編輯。

13 一九二九年一月六日，南斯拉夫國王亞歷山大下令廢除憲法，解散國會，限制新聞自由，建立所謂的「一月六日獨裁」。

14 Les Davidovich Trotsky（1879-1940），俄國革命家，蘇維埃政權成立後擔任人民委員，建立紅軍，被稱為「紅軍之父」，一九二七年被史達林排擠出共黨權力中心，流亡海外，一九四〇年為史達林派人於墨西哥城暗殺死亡。

15 Kellogg-Bruamd Pact，即「巴黎非戰公約」（Pact of Paris），由法國外長白里安與美國國務卿凱洛葛於一九二七年發起，聯手抑制德國軍事力量，於一九二九年七月生效，因欠缺強制執行機制，後來無法充分實踐。

16 Benito Mussolini（1883-1945），義大利政治人物，為法西斯主義創始人，一九二五年建立法西斯獨裁政權，與希特勒聯手加入第二次世界大戰。一九四五年戰敗後於逃亡途中遭游擊隊槍殺。

17 一九二九年二月，墨索里尼與教宗簽署拉特朗條約，承認教宗在梵蒂岡的完整主權，並規範天主教會在義大利之地位。

18 一九二九年十月二十四至二十九日，四個工作日之內，華爾街股市爆跌百分之二十五，引發持續十年之久的全球經濟大蕭條。

19 Elizaveta Bagryana（1893-1991），保加利亞詩人，有保加利亞文學第一夫人之稱。

20 Aksakov Street，保加利亞首都索菲亞市中心街道。

21 Kristallnacht，一九三八年十一月九日至十日凌晨，納粹與反猶人士襲擊德國全境猶太人，超過七千家猶太商店櫥窗遭砸，閃亮如水晶，因而得名。此一事件雖似民間自發，但一般認為是納粹政府在背後主導，是有組織屠殺猶太人的起點。

## 6

1 Wystan Hugh Auden（1907-1973），英國出生，歸化美國，曾以長詩〈焦慮的年代〉獲普利茲詩歌獎。

2 指的應是當時與他有情感關係的美國詩人崔斯特・卡爾曼（Chester Kallman, 1921-1975）。

3 Shahryar，一千零一夜中處死出軌王后的國王。

4 奧登詩作〈一九三九年九月一日〉，開頭的一句是：「我坐在一家廉價小酒館，五十二街，心神不定且害怕……」

## 7

1 Bryant Park，位於紐約曼哈頓，紐約公共圖書館即在此。

2 Jim Morrison（1943-1971），門戶合唱團主唱，亦為詩人。

3 I tell you we must die，〈阿拉巴馬之歌〉的歌詞。

4 Bertolt Brecht（1898-1956），德國劇作家、詩人，因納粹而流亡歐洲與美國，但戰後因美國反共氣氛遭迫害，返回東柏林定居。

5 Kurt Weill（1900-1950），德國作曲家，後歸化美國。

## 8

1 Elias Canetti（1905-1994），保加利亞作家，一九八一年諾貝爾文學獎得主。

2 James Joyce（1882-1941），愛爾蘭作家，為二十世紀最重要的作家之一。

3 Friedrich Dürrenmatt（1921-1990），瑞士劇作家、小說家。

4 Max Frisch（1911-1991），瑞士建築師、劇作家與小說家。

5 Thomas Mann（1875-1955），德國作家，一九二九年諾貝爾文學獎得主。

## 9

1 Belgrade，原是南斯拉夫首都，一九九一年南斯拉夫解體後，為塞爾維亞與蒙特內哥羅首都。二〇〇六年，蒙特內哥羅獨立，貝爾格勒為塞爾維亞首都。

2 Georgi Markov（1929-1978），保加利亞詩人，為異議人士，於一九六九年逃離保加利亞，在英國BBC與自由歐洲電臺主持節目，因抨擊保加利亞政權，為當局痛恨。一九七八年在倫敦意外身亡，咸信為保加利亞祕密警察所為。

## 10

1 Hans Castorp，《魔山》的主角。

2 Johan Cruijff（1947-2016），荷蘭足球明星，多次代表荷蘭國家隊出賽。

3 Franz Beckenbauer，1945-2024，德國足球明星與教練，被譽為「足球皇帝」。

4 King Marco（1335-1395），塞爾維亞國王。

5 Wimmetou，德國作家卡爾・瑪伊（1842-1912）創作的系列小說主角，為美國原住民。這系列小說極為暢銷，並曾改編為電影。

6 Brigitte Bardot（1934-），法國電影明星，被稱為「性感小貓」。

7 Roger Vadim（1928-2000），法國電影導演，第一任妻子為碧姬・芭杜。

8 Vladimir Vysotsky（1938-1980），蘇聯詩人歌曲創作家。

## 11

1 Pall Mall Golds的香菸比一般香菸長，濾嘴與菸本身都加長，所以一九六八年的廣告都強調這菸兩頭長，既有長濾嘴保護吸菸者，也有長菸身提供更佳風味。

## 13

1 Turnu M gurele，羅馬尼亞南部城市。

2 Simon & Garfunkel，美國知名的民謠搖滾樂二重唱。

## 14

1 二〇〇三年的德國黑色喜劇，從一個家庭的角度描繪兩德統一後，東德人民的反應。

## 15

1 出自《約翰福音》十一章四十三節，拉撒路病死埋在洞穴四天後，耶穌叫他出來，他便奇蹟似的復活。

## 17

1 Bull of Heaven and Gilgamesh，典出美索布達米亞的文學作品，是現今發現最早的英雄史詩。英雄吉爾嘉美什殺死帶來旱災的天牛。

2 Grendel，英國八世紀史詩《貝奧武夫》中的夜魔，殺害無數士兵，後為貝奧武夫所殺，格倫戴爾的母親前來復仇，也為貝奧武夫所殺。貝奧武夫晚年，王國中出現噴火巨龍，他再度出征，殺死火龍，但他的生命也走到盡頭。

3 Ovid（43-17 B.C），古羅馬詩人，文學地位崇隆，但被奧古斯都流放到黑海地區，逝於該地。

4 《Metamorphoses》，以詩記錄羅馬與希臘神話約兩百五十個傳說，共計十五冊，對中世紀文學與藝術有深遠影響。

5 Edward Munch（1863-1944），挪威畫家，最知名的畫作為《吶喊》。他晚年的最後一幅自畫像題為：《最後的自畫像：在時鐘與床之間》。

## 18

1 Pazardhik，保加利亞南部城市。

2 Joseph Brodsky（1940-1996），蘇聯出生的美籍猶太裔詩人，在蘇聯期間多次入獄，一九七二年被蘇聯驅逐出境，輾轉定居美國，一九八七年獲諾貝爾文學獎。

## 19

1 Georgi Dimitrov（1882-1949），保加利亞共產黨領袖，為保加利亞共和國第一任總理，共黨中央總書記。

2 一九三三年，德國國會發生火災，納粹黨人稱這起事件是第三共產國際策劃，並逮捕包括季米特洛夫在內的三名保加利亞人，但審判後，無罪釋放。剛透過選舉成為總理的希特勒大力宣傳共黨即將發動革命，通過《授權法》，將原為國會第三大黨的共產黨列為非法，並取締非納粹黨派，開始納粹的一黨專政。

3 Joseph Goebbles（1897-1945），曾任納粹德國宣傳部長，在希特勒自殺後不久亦自殺。

## 21

1 Fat Domino（1928-2017），美國藍調歌手，第一批進入「搖滾名人堂」的十位藝人之一。

2 Dizzy Gillespie（1917-1993），與Miles Davis（1926-1991），均為美國爵士小號手。

3 Cary Grant（1904-1986），知名英國演員，代表作有《北西北》、《謎中謎》、《金玉盟》等。美國電影學會選為百年百大明星的男影星第二名。

4 Eastern Bloc，冷戰期間由蘇聯領導的東歐社會主義國家集團，包括蘇聯與華沙公約組織的成員國。

5 Fidel Castro（1926-2016），古巴政治家，大學時期即投身政治運動，並曾赴南美洲參與革命。一九五三年起推動古巴發動革命，至一九五九年一月成功推翻政府，建立美洲第一個社會主義政權，並擔任古巴總理。與美國關係不睦，甚至曾發生飛彈危機，長期受美國經濟制裁，據悉美國中情局也曾對他策畫六百多起暗殺計畫。

6 Che Guevara（1928-1967），阿根廷醫生，曾騎機車遊歷整個拉丁美洲，深感貧富差距與社會不公，於是加入各國革命活動，後與卡斯楚一起參與古巴革命，建立社會主義政權。一九六五年離開古巴，加入剛果、玻利維亞革命，在玻利維亞遭中情局搜捕，為政府軍處決，一九九七年遺體掘出，重回古巴安葬。

7 Iron Curtain，指冷戰期間，分隔以蘇聯為首的華沙公約組織社會主義國家，與由美國主導的北大西洋公約組織資本主義國家之間的界線。英國首相邱吉爾一九四六年在美國密蘇里州威斯敏特斯學院演講市首次以「鐵幕」形容東西兩陣營的分裂。

## 22

1 Politburo，全稱為「中央政治局」，為共產黨的中央領導機構。一般由黨員選出中央委員會，再由中央委員會選出政治局委員與總書記，是政權決策的最高核心。

2 Ivan Pavlov（1849-1936），俄國生理學家，以狗的唾液分泌，研究出動物先前經驗制約的反射行為。一九〇四年以對消化系統的研究得到諾貝爾生醫獎。

## 23

1 Alexander Dubček（1921-1992），捷克政治家，一九六八至六九年任共黨第一書記，主張溫和改革，引領布拉格之春，但因蘇聯和華沙公約組織三國軍隊入侵而失敗告終。

2 Cco-op，社會主義國家實施集體經濟，基於生產工具共有的理念，強制農民組成集體農場，採取集體勞動耕作。

3 指一九六八年一月開始的捷克民主化運動，被稱為「布拉格之春」。蘇聯視此改革為威脅，於九月聯合華沙公約會員國入侵捷克，武裝鎮壓，運動宣告結束。

## 24

1 Toulouse，法國東北部城市，是人口僅次於巴黎里昂、馬賽的法國第四大城市。

2 Bucharest，羅馬尼亞首都。

## 25

1 Madeleine，法國甜點。普魯斯特的《追憶似水年華》中，主角吃到母親捎來的瑪德蓮，心中充盈幸福，努力翻尋記憶，才回想起童年曾在姨媽家吃過瑪德蓮，那幸福的滋味一直保留在他心裡。有心理學家將這種因氣味而喚起的記憶稱為「普魯斯特現象」或「小瑪德蓮現象」。

2 Red Army，蘇聯武裝部隊。

## 26

1 Frans Hals（1580-1666），荷蘭黃金時代肖像畫家。

2 《Girl with a Pearl Earring》，為梅維爾的知名畫作。

3 Peter van den Broecke（1585-1640），替荷蘭東印度公司工作的布料商，在阿拉伯半島初嘗咖啡，據信是第一位喝到咖啡的荷蘭人。

## 27

1 Orpheus，希臘神話人物，太陽神阿波羅之子，擅長七弦琴，與妻子尤麗狄絲生活美滿。尤麗狄絲遭蛇咬身亡，奧菲斯思念不已，深入冥府想救回她，最終因為違反在離開冥府之前不得回頭看尤麗狄絲的約定，而永遠失去心愛的人。

2 〈Funes the Memorious〉，阿根廷作家波赫士的短篇小說，平凡的富內斯從馬上摔下來之後，擁有不可思議的記憶力。

3 一九八六年四月二十六日，蘇聯車諾比核電廠發生核子反應爐破裂事件，為有史以來最大的核能事故。

4 發生核災時，須服用碘片，讓人體先吸收穩定的碘，避免放射性碘在體內聚積。

5 Mikhail Gorbachyov（1931-2022），一九八五至一九九一年任蘇聯共黨總書記，為蘇聯解體前的最後一任領導人，和平終結冷戰，一九九〇年獲諾貝爾和平獎。

6 Ronald Reagan（1911-2004），一九八一年至八九年任美國總統。

7 Helmut Kohl（1930-2017），德國政治家，在西德總理任內促成東西德統一，一九九〇年成為德國統一後的首任總理。

8 《Ogoniok》，俄羅斯最古老的畫刊雜誌，創刊於一八九九年。

9 Lada，俄羅斯汽車品牌，銷售遍及蘇聯與東歐，成為城市生活的象徵。

## 28

1 〈長跑者的孤獨〉（The Loneliness of Long-Distance Runner）這則短篇小說，為英國作家亞倫・西利托（Alan Sillitoe, 1928-2010）作品。西利托是五〇年代英國憤怒年輕作家的代表人物，這部短篇與他早期的長篇小說都曾改編成電影。

2 Pol Pot（1925-1998），柬埔寨共黨領袖，在多年內戰後，於一九七六年建立紅色高棉政權，改國名為民主柬埔寨，出任總理，實施一黨專政，並展開大屠殺，因與越南交惡，越南出兵入柬，推翻波布政權，波布撤退到泰柬邊境。一九九七年波布遭逮補，一九九八年移交國際審判前突然死亡。

3 一九七九年二月至三月間爆發生中越戰爭，遠因是中蘇交惡，而越南與蘇聯合作，企圖推動亞洲集體安全體制，加上中越長期有領土爭議，而近因則是越南出兵柬埔寨，並推翻紅色高棉政權。戰爭迅速結束，但此後十多年仍間有零星的邊界衝突。

4 Voyager 1，美國於一九七七年發射的太空船，主要任務為一九七九年經過土星系統，是第一個提供木星、土星及其衛星詳細照片的太空探測器。

5 Penny Lane，位於英國利物浦，是約翰・藍儂童年住過的地方。披頭四也有首歌以此為名。

## 29

1 《Neues Volk》，納粹宣傳雜誌，創刊於一九三三年。

## 30

1 Primo Levi（1919-1987），猶太裔義大利化學家、小說家，曾關在奧茲維辛集中營十一個月，是納粹大屠殺的倖存者。

## 31

1 Colony collapse disorder，蜂巢內大批工蜂突然消失的現象，因為沒有足夠的工蜂來照顧幼蜂，蜂巢內的蜜蜂不再造蜜，最終導致蜂巢崩潰。

2 此處應是援引卡夫卡的知名作品《變形記》，主人翁醒來變成巨大的蟲子。

## 33

1 Robert Rensenbrink（1947-2020），荷蘭足球員，曾代表荷蘭國家隊打一九七四與七八世界盃決賽。

2 Mario Kempes（1954-），阿根廷足球員，幫阿根廷贏得一九七八年世界盃冠軍。

3 Hendrik Cruyff（1947-2016），荷蘭足球員，三度奪得歐洲足球先生。一九七八年退出國家隊，傳聞是因為反對主辦國阿根廷軍政府而不出賽，但多年後他出面澄清，是因他在西班牙遇劫，才無法參賽。

4 一九七八年世界盃在阿根廷舉行，賽前就因為七六年阿根廷政變，軍政府上臺，導致多國對出賽有疑慮。開賽之後，又因賽程安排引發讓各國質疑阿根廷影響比賽公平性。決賽出戰荷蘭時，阿根廷隊先是遲到，後又對荷蘭一名球員手上已獲國際足協批准包紮的石膏提出抗議，主審要求拆除石膏，荷蘭不滿威脅罷賽，才協調出妥協方案。但荷蘭認為阿根廷蓄意干擾比賽，賽後拒絕出席頒獎典禮。

5 拉丁文格言，「莫忘人終將逝／人終有一死」。

**34**

1 Euthanasia，即安樂死。

2 Pentobarbital，合成的短效巴比妥類藥物，早期當成安眠藥使用，但副作用過大，已停用，現多用於安樂死。

**35**

1 Ithaca，希臘島嶼，在荷馬史詩中為英雄尤利西斯的家鄉。

2 Penelope，尤利西斯之妻。

3 Telemachus，尤利西斯與潘妮洛普的兒子。

**36**

1 Peter Deunov（1864-1994），保加利亞哲學家與心靈導師。

2 Carlos Castaneda（1925-1998），美國人類學家，因為書寫偶遇印第安巫師，接受心靈引導的系列作品而成為暢銷作家。

3 Helena Blavatsky（1831-1891），以「布倫瓦茨基夫人」廣為人知，俄裔美籍神祕學家，創設融合宗教、哲學與神祕學的神智學會，信眾甚多。

**37**

1 一六一八年至一六四八年由神聖羅馬帝國內戰演變而成的大規模歐洲戰爭，起因源自宗教改革，但也因領土爭端與各王朝之間的爭奪統治權，而使範圍不斷擴大，戰況加劇。直到一九四八年，各國同意簽署西發利亞條約（Peace of Westphalia），結束戰爭。此條約確定「主權國家」概念，亦即各國主權對內最高，對外平等，因此也被視為現代國際關係的開端。

**38**

1 Ahab，《白鯨記》裡追捕白鯨的船長。

第二部

# 決定

那麼，這就究竟是什麼？空氣裡有什麼？愛爭吵，暴躁脾性。無以名之的不耐。惡言相向與怒氣爆發的普遍傾向，甚至拳腳相向。激烈爭辯，失控嘶吼，每日在個人和全部的團體中爆發……

——湯瑪斯·曼，〈狂躁〉

摘自《魔山》，約翰·E·伍德斯　譯

# 1

於是往日開始淹沒世界……

從一個人身上蔓延到另一個人身上，彷彿傳染病，就像是查士丁尼大瘟疫[1]或西班牙流感[2]那樣。你還記得一九一八年的西班牙流感嗎？高斯汀會說。我自己不記得，我會回答說。很可怕，高斯汀說。大家就這樣倒在街上死掉。什麼東西都有可能讓你染上病，光是有人對你說聲「哈囉」，隔天晚上你就死了。

沒錯，往日會傳染。這傳染性偷偷在各地潛行蔓延。但這不是最駭人的部分——有些迅速變異的病株會摧毀所有的免疫系統。歐洲以為他們在二十世紀經歷過幾次理性喪失之後，已發展出抵抗力，可以全面抗拒特定的迷戀，特定形態的全國性大瘋狂等等，誰知他們竟是第一批屈服的。

沒有人死，當然（至少在剛開始的時候沒有），但病毒蔓延。我們並不清楚是不是由氣溶膠傳播，是不是因為有人高聲咆哮時噴出的口水，高喊德國（或法國或波蘭……）über alles[3]，匈牙利人的匈牙利，或保加利亞征服三海[4]，導致傳播病毒。

病毒透過耳朵與眼睛傳播得更快。

起初，在部分歐洲國家開始有人穿著傳統服裝現身街頭，大家或多或少認為是一種恣意誇張，為生活增添幾分色彩，也許是某類節日，或是嘉年華季的開端，又或是某種曇花一現的潮流。這些人經過的時候，大家會對他們微笑，也有些人會嘲笑或低聲交頭接耳。

然而不知不覺的，穿民族傳統服飾的人開始占領城市。突然之間，穿牛仔褲夾克或西裝走在街頭，變得格格不入。沒有人正式禁止穿長褲或現代服裝，但你如果不想看起來齷齪，或引起民族主義者的疑心，如果你不想讓自己頭痛或被踢上一兩下屁股，那最好在衣服外面披上羊毛披風或套上吊帶皮短褲[5]，端看你當時人在何處而定。這是多數的柔性專制。

有一天，中歐某國的總統開始穿傳統服裝上班。皮靴、緊身褲、繡花背心，白襯衫上打黑色小領結，黑色禮帽配上一朵紅色天竺葵。這套衣服讓他看起來像個匈牙利傳統舞蹈查爾達斯的舞者，平時不修邊幅，一聽到婚禮音樂的瞬間就會敏捷起舞。這個打扮獲得民眾好評，電視臺也印象深刻，所以他就開始每天都這麼穿。

歐洲各國首相很快就被捲進這個新風潮。沒過多久，歐洲議會開始仿傚一九八〇年代的德國新年特別活動，就像《歐洲新聞》記者指出的，那畫面隨即讓人想起東德的電視節目《彩色壺》[6]——這是數個世代的東歐民眾共同的回憶。

歐洲東南部某國的副總理也穿上綴有穗帶的寬臀馬褲，配紅色寬腰帶，毛絨絨的牧羊人帽，像古老時代那樣綴有絨毛球。觀光部部長則穿上紅色束腰外套，寬袖繡花襯衫，裝飾在衣服上的銅板像黃金般閃閃發光，謠傳她戴的是出自國家金庫裡那批色雷斯黃金寶藏。漸漸的，所有的部長都開始穿民族服裝，到最後部長會議彷彿是鄉村工人大集會。總理結束會議時不再是宣布：「會議休會。」而是用「工人解散」來代替。國防部部長穿著革命軍裝騎馬出現時，一開始還有點尷尬。他佩長軍刀，一把銀柄納干左輪手槍插在寬皮帶裡。他的馬一整天都繫在部長會議大樓外面，旁邊一排黑色賓士轎車，一名警察會餵給馬一袋燕麥，並乖乖清理馬糞。

幾個網站曾想取笑這個潮流，但他們的聲音在一片歡騰狂熱之中顯得很微弱又惹人厭，所以他們很快就閉嘴了。

新生活就此開始，往日重現的生活。

2

有天晚上，兩輛悄然無聲的特斯拉電動車停在赫利奧斯大街的診所前面，三名穿深色西裝的男人下車找高斯汀。其中一個是政治機關的主席，以前曾經來過，因為他母親是這裡的病人。後來他自己也來過好幾次，和高斯汀談了許久。他的拜訪很隱密，也不透露姓名，因為他是歐盟三巨頭之一。

但這個晚上三巨頭都來了。高斯汀邀請他們到他最喜歡的六〇年代書房，並在這裡待了一整夜，交談，拔高嗓音，然後又陷入沉默。

往日在各地出現，血氣飽滿，活了過來。亟需激進的行動，某種出乎意料，但有先見之明的行動，才能制止這股難以抗拒的離心力。愛的時代已經結束，取而代之的是恨的時代。如果恨是國內生產毛額，那麼有些國家的經濟成長率應該很快就會一飛沖天。稍微延遲一些，想辦法阻礙這個進程，再爭取一些時間——那天晚上三名政界要員之所以來，就是為了尋求這類問題的答案，我是這麼猜。

我們提到阿茲海默症，失憶或記憶喪失時，會跳過某個重要的問題。這些病症之所以讓人痛苦，並不只是他們會遺忘，而是他們完全無法做計畫，甚至是非常近期的計畫。事實上，記憶喪失所帶來的第一個問題，就是失去對未來的概念。

任務如下：面對未來的嚴重不足，我們如何能為明天多爭取一點時間？簡單的答案是：稍微往回走一點。若說有任何事情是絕對確定的，那就是往日了。五十年前比今天的五十年後更加確定。如果你倒轉兩年、三年，甚至五十年，你就可以得到如此確定無疑的未來。沒錯，那或許是已經經歷過的日子，或許是「二手」的未來，但仍然是未來啊。仍然比一無所知地渴望在我們前方的一切要好。既然未來的歐洲已不再可能，那就讓我們選擇往日的歐洲吧。就這麼簡單。在沒有未來的時候，就選擇往日吧。

高斯汀可以提供協助嗎？

他可以創設一家診所，一條街，一個街區，甚至一座小城市，設定在某個特定的年代。但要把整個國家或整個歐洲大陸逆轉到另一個時代——這時醫學就變成政治了。而這樣的時刻顯然已經到來了。

高斯汀可以制止他們嗎？

他想要這麼做嗎？

我無法確定。我懷疑他早就偷偷夢想有這樣的發展，他甚至——請原諒我這麼說——天真地向他政界的熟人提出這個想法。我們無從確定。又或者有，但我不想知道。其實，三巨頭希望得到意見，找到專家，獲得某種指引，但顯然決定早就作成了。況且，對於往日，整個歐陸的往日，高斯汀並未擁有專屬的權利。

事實上，這似乎也不算是個太拙劣的想法，再加上，任何有眼睛的人都看得出來，已經沒有別條路可走了。無論如何，往日已經迸出來了，從「現今」的軀殼上每一個尚未完全被堵塞的彈孔裡迸出來。他們需要富有遠見的行動來控制情勢，賦予某些方圓規矩。好吧，既然你們這麼想要往日，那就給你們往日，只是我們最起碼得投個票，一起來選擇。

針對往日進行的公投。

這是那天晚上他們所討論的。又或者是我自己在房間外，在門口，用我的筆記本所創造出來的。

# 3

我有個夢……我的夢是有一天，往日公投勝利者與失敗者的子嗣們能一起坐在桌邊，享受兄弟情誼……我的夢是，我們所有的人都可以居住在我們最幸福那段時光的國度裡……

我觀察到一步也沒離開他六〇年代書房的高斯汀，是如何迅速採取行動。當然，他從未發表過任何公開演說，但在那三位政界巨頭的每一句談話裡，你都可以聽見他的聲音，他的措詞，他的腔調，充滿從斯多葛學派到馬丁·路德·金恩之間的每一位身上所借來的一切。

在我看來，這個計畫似乎是要讓每個人都能創造出不同的夢想來。

這是為什麼到最後可以成功的原因。

同時也是為什麼會壯烈失敗的原因。

## 4

此前，所有的投票都是為了決定未來。然而，這次的投票不一樣。

**全面回憶：歐洲選擇自己的往日……**

**歐洲——新烏托邦……歐托邦……**

**共有相同往日的歐盟**

這是歐洲各大報紙的新聞標題。

別的姑且不論，歐洲對烏托邦可是很擅長的。沒錯，歐陸埋藏諸多宛如地雷的往日，有割裂彼此的，有兩次世界大戰，還有千百場其他戰爭，巴爾幹戰爭[1]、三十年戰爭、百年戰爭[2]……但也有夠多的回憶是相互結盟，和睦為鄰，甚至有理當無法團結的各個群體最後卻組成帝國，綿延數世紀。人們不曾停止思考，單就其本身來看，國家根本是個哭號不止的歷史嬰兒，只不過裝成聖經中的古老先祖罷了。

很顯然，要輕易達成共識，搭造歐陸統一的往日，在現階段是不可能的。為此，一如預期，循著古老良善的自由派傳統（儘管對往日進行投票是一種保守的行為）決定讓每一個成員國各自進行公投。有鑒於這個程序本質上的特殊性，同時也為了不浪費時間，除了回答「是不是應該回到往日」之外，贊成者也要明確指出他們所選擇的年代。之後，將組成臨時聯盟，循此進一步發展，甚至可能投票決定統一的歐洲年代。

每個人都接受「不久之前的往日」備忘錄，釐清了在歐盟各國舉行公投的程序。一切進行得比預期更快，也更順利。

之後，他們會同意各種的……往日。

（嗯，「往日」這個字彙不太常用複數表示，就你知道的，往日通常只有單數。）

## 5

在我寫本書的過程裡，往日將至的徵兆越來越多。時間迫近了。

在古巴，他們禁止老舊汽車從人行道旁移開，因為觀光客是特別為此而來的。有些國家還為他們提供了豐富的歷史材料：蘇聯的莫斯科人[1]和美國的別克停在那裡，併肩腐朽，輪框彎曲，烤漆片片剝落，鏽蝕的骨架瓦解，被雨水沖刷乾淨，又經加勒比海的陽光曬乾。（就像《老人與海》裡肉被剔得乾乾淨淨的馬林魚。）

我很好奇，等基督復臨那日到來，這些老車是不是也能復活？

今天的報紙說，德國某些最機密的政府部門已經重新啟用打字機，目的是在經歷幾年前的間諜醜聞之後，避免情報外洩。畢竟你可沒辦法駭進打字機，偷走資料。我覺得這條新聞反映了真實的情況：重返勇敢的類比舊世界。

在英國，送牛奶的人喜迎產業復興，越來越多人訂購早晨送到家門口的玻璃瓶裝牛奶。

新一期的《紐約客》重印（有史以來第一次）一九二七年的舊封面。若是所有的報紙和雜誌決定在同一天重新印製五十或六十年前某一天的舊刊，那會發生什麼情況？時間之輪會開始吱吱嘎嘎作響嗎？

現在有個電臺全天候播放某個年代的新聞、訪談等等，全部節目都是在那個年代的這一天錄的。

「不久之前的往日」如何定義，成為不少人爭辯的主題，為此達成的妥協，讓界線變得更有彈性——各國只需要維持在二十世紀的範圍裡就可以了。

像這樣的公投，有些浪漫的失敗色彩，特別是不久前才有英國脫歐的慘敗，但說到底，人難道不應該自己決定他們想住在哪裡嗎？從上而下強加執行的事從來就做不成，只會激起公憤。公投是個可怕的點子，但也是個比較好的方式，正如大家所說的，在提出來的所有方法裡，這是比較好的一個。

面對不可能的未來，這是我們為求生存所做的最後一次努力。那位政界主席說，我們必須在兩個選擇中做決定——是要一起活在共同的往日，如同我們現在已經開始推動的這樣，或者讓我們四分五裂，彼此殘殺，而這也是我們現在已經在做的。這兩個選項都合法。記住奧登說過的，「**我們必須相愛，否則就死**。」他短暫停頓，又重覆一遍，這次刻意壓低嗓音：「**我們必須相愛，否則就死**。」他很清楚自己創造出了一句標語，可以讓媒體明天拿來當標題。

我在這些字句後面聽見高斯汀的聲音。這些人終於學會怎麼說話，或者應該說，學會怎麼聽。

# 7

有時候名字會因其本質而修正，正如柏拉圖《克拉提樓斯篇》裡的辯論一樣。「公投」（referendum）這個詞的字源學就透露出這樣的本質，如果我們鑽研動詞 re-ferro 的拉丁文字源，就知道這是「回去」，「帶回去」的意思。

這詞本身就帶有「轉身回去」的意思，只是沒人意識到這一點……關於往日的公投。玩文字遊戲，耍弄語源學和同義反覆[1]之中，有時候埋藏著我們沒想到的暗示？透過同義反覆吹起的號角，是否新的末日已然來臨？

# 8

首先，一個國家如果總在懷疑自己是不是歐洲大陸的一部分，就會讓自己脫離大陸。大脫歐列顛[1]，我們這樣稱呼他們。

全都要怪文學，我有一次這麼對高斯汀說。

向來如此，他笑著說。

尤其是《魯賓遜漂流記》，我接著說。相信一座小島足以供應我們生存所需的一切物資，這都是笛福[2]給我們的信心。我自己一個人沒問題，魯賓遜這麼說，上帝與我同在。我們靠自己沒問題，他的後代也這麼說，天佑女王。（但就算沒有她，我們也同樣沒問題。）

沒錯，高斯汀贊同，要是他們在讀笛福之前，先讀過多恩[3]就好了。

突然，他那十七世紀的嗓音響起——我發誓，是那個時代的英語，他唸出我們拜海明威小說所賜而牢記於心的詩句。他說：

沒有人是一座孤島，沒有人能獨自存在。每個人都是大陸的一小片，整體的一部分。倘有土塊被海水沖刷剝落，歐洲便少了一角，無論那是海岬，是你或你朋友的莊園。任何人的死亡，都是我的減損，因爲我是人類的一部分……

問題就在這裡——笛福擊敗了多恩，高斯汀語氣裡的憂鬱惆悵，足以沉掉英國海軍的全部軍力。

我們沉默了好一會兒，他再次用那十七世紀的嗓音說：任何人的死亡都是我的減損……好笑的是，我們總是略過書名《緊急際遇中的靈修》不提，而今我們正身處緊急際遇。

英國再次給出棘手的問題。因為脫歐，英國應該不在公投範圍內。但英倫島上立即掀起了支持歐洲的運動，堅持主張英國有權被納入共同往日的公投之內，因為在那個共同的往日裡，英國是歐洲與聯盟的一部分。每個國家，就像每個人一樣，都有瘋狂的時刻，這個運動呼籲，給我們自己「歷史的第二次機會」，讓我們得以甩掉這瘋狂。

「歷史的第二次機會」這個論點，正是摘自公投的前言。但布魯賽爾對英國近年的舉棋不定相當厭煩，寧可採取乾淨俐落的堅定立場。他們拒絕了這項請求。

# 9

然而，就在這些對話進行時，另一個奇蹟發生了。瑞士，一向都像個隱藏在歐洲裡的小島，突然表達意願，想加入往日公投。這真是出乎意料，布魯賽爾總部好一段時間不知道該如何回應。瑞士為何會如此樂於違反自身傳統，引發了各式各樣的懷疑猜測。瑞士是不是發現這個計畫裡的某個漏洞、某個弱點，讓他們可以巧妙地從中得利？最後，審慎達成協議，並添加幾個額外條款之後，瑞士獲准納入公投。瑞士像一座島，但也是歐洲的迷你縮影。你還能在哪個地方看見德國、義大利和法國合而為一？因此，儘管維持某種程度的自主權，但毫無疑問的，他們很想試試看加入公投，也是極其自然的決定。

## 10 嚴重欠缺意義

此病急性期的主要症狀是身體不同部位的迅猛絞痛，以致阻礙了正確的診斷。許多病人說他們是在下午三點到六點之間發作。

最多人提到的症狀是呼吸困難，一種窒息的感覺。

「我沒有力氣，也沒有欲望去呼吸。我吐氣，然後不知道有什麼必要再吸一口氣……我新年不再買月曆。」（N. R.，五十三歲，家庭主婦）

「突發性的失去意識，當時我坐在沙發上」——這是病人給出的最明確描述。記憶裡出現空無的曠野，你努力回想喜悅的源頭，卻發現一個又一個破洞。「就像照相底片曝光過度一樣」（有個人這樣抱怨），「氣力盡失」（據另一個人說）。

除了個別的診斷之外，也可觀察到對於未來，有集體恐懼與排斥——未來恐慌症——的傾向。

此症候群的後遺症——憂鬱、冷漠，或緊緊依附往日，把各種往事理想化，儘管這些事件是以不同方式發生，或更常見的是，根本從未發生。相較於往日，當下顯得蒼白，病人說眼前看到的景物真的全都是黑白，但他們的記憶永遠是彩色，雖然是像拍立得那樣較為淺淡的色調。他們還經常耽溺於替代且捏造的日常生活裡。

——高斯汀，《迫在眉睫的新診斷》

# 11

沒錯，公投是個激進的理想，每個人都對此寄予各自潛藏於心的希望。就高斯汀來說，當然是熱情。看起來如此簡單。在診所裡對個別病人有效的療法，如今也會對每一個人，對整體社會都有效，只要我們可以繼續運用這個概念。

穿深藍色西裝的那幾個男人正在倒數計時，等待歐洲解體的連鎖反應啟動。

至於世界的其他部分呢？如果公投最終成功了，而且進展順利，那麼其他地區就會借鏡這個經驗，如果沒有——反正對這些歐洲人來說剛剛好，他們在過去的這二十個世紀也已經搞夠了……

歐洲不再是世界的中心，而歐洲人也夠聰明，能理解這個事實。這樣的理解總是帶有某種悲劇性，無論是發生在個人、國家或整個大陸上。而且通常也發生在年齡較長，再也無法多做什麼來加以改變的時候。但至少你還是可以嘗試。

# 12

有一天高斯汀打電話給我，要我順便到診所一下。

當時我正走向赫利奧斯大街。四月的陽光柔和，但沒有暖意。零零散散的，有幾棵樹開始開花。在這裡，在這座城裡，甚至微微飄散土壤與穀倉的氣味。這是農村的味道，是我父親從穀倉把肥料鏟到屋前園子裡的味道。那氣味如今已經消失了。所有的人都用合成肥料，所以土壤聞起來像盤尼西林。但現在，這真正的肥料氣味帶我回到過去……回到四十年前，往東兩千公里。瑞士出現我童年時期理想的保加利亞農村，那從未存在過的農村。

在診所前的草地上，遲開的番紅花綻放粉紅與藍色的花朵，水仙在湖面吹來的微風裡輕輕搖擺。我喜歡這五月來臨之前的寧靜，在一切都還未迸出嘰嘰喳喳、嗡嗡嚶嚶與恣意潑灑各種顏色之前。

然而，星星點點綴在診所前草地裡的勿忘我是最引人注目的。就在此時此地，勿忘我。（我很意外，也有點苦澀地發現這小花的拉丁文名字並沒有那麼浪漫——Myosotis，意思是「老鼠耳朵」。）我喜歡這花的傳說，負責給各種植物命名的花神芙羅拉，走過這不起眼的小花，聽見背後有個輕柔的嗓音：「別忘了我！別忘了我！」於是芙羅拉轉身，為它取名「勿忘我」，賦予喚起人們記憶的能力。我不知道在哪裡讀過，勿忘我的花可以治療憂鬱，或者更正式來說，是有抗抑鬱的療效。不只這樣，勿忘我的種子可以在地裡待上三十年，等到條件適當時才萌芽。這花經過三十年竟然還記得自己。

我踏進診所。高斯汀邀我上二樓，進到一九四〇年代。他正在喝卡爾瓦多斯酒[1]，抽某種德國高級菸。牆上掛了一張戰場前線的舊地圖，用旗幟標示各國部隊的行動。在拋光過的櫻桃木做成的沉重大桌上，排放好幾架噴火戰鬥機[2]的精密模型，這機型是英國皇家空軍自一九四〇年代以來最受重用的單翼飛機，快又堅固。旁邊有架梅塞施密特[3]和颶風戰鬥機[4]。這些飛機優雅站在架子上，彷彿剛從戰場歸來。高斯汀身穿綠色軍服襯衫，捲起袖子，宛如負責諾曼第登陸[5]的英國軍官，剛剛才得知原本預期的氣象狀況突然有變。這還是我第一次看他穿軍服。也許他是不想破壞這個年代的氛圍吧。

我感覺他很想努力集中精神，像個想從異時代河流裡走出來的人。（我以前也有幾次發現他像這樣努力）。公投再過不到一個星期就要舉行了。他知道我已經準備好要回保加利亞，因為這是他自己堅持的。他告訴我，他這次要稍微退後一點，隔著一段距離觀察情勢發展。我猛然有個強烈的意象，彷彿眼前的他是我三十年前遇見的那位年輕人，有著同樣身處異時代，欠缺歸屬的感覺。在我看來，他彷彿慢慢走向他的一九三九年，也就是他消失的那一年。我們又聊了幾句，同意在一切結束之後，再次見面。在開戰之前的六點鐘，對吧？我開玩笑說。（我不知道我為什麼說「之前」。《好兵帥克》[6]裡說的明明是「之後」。）他猛然轉身，盯著我看了足足一分鐘。沒錯，長官，開戰之前的六點鐘……他說，「之前」兩個字還加重語氣。

我不確定這是不是好主意——我開始有點遲疑。

你永遠也無法確定，所以你才需要我，高斯汀暴躁地打斷我。你需要有人去做你不敢做的。

這對你來說很容易，因為一旦情況變得棘手，你只要改變年代就行了，而我卻必須留在這裡……

可是我每一次都像僅此一次，別無機會那樣竭力奮鬥。而你，明明只有一次機會，卻表現得像是你還有一百次可能的機會。

（他說的沒錯，他說的沒錯，該死！）

但你是……你是個投影，你是個偏執狂，而且還是個連環偏執狂，你只是不記得你之前的狂熱而已。你不能這樣玩弄往日。難道你不記得上一部小說裡的那些其他計畫了嗎……給窮人的電影院，我們原本要在電影上映前，只收半價把劇情講出來，可是我們自己也沒看過，結果就被狠狠修理了；還有我們打算在天空投影的雲影秀；以及保險套時裝秀……這些全都失敗了，你根本是失敗王子……

夠了，高斯汀冷冷的說，發起公投的又不是我們。

但我們也沒嘗試制止。

我們應該要制止嗎？我朝門口走去時，他迅速說。

我不知道，長官，我漠然回答，看著他的綠色襯衫，聽他嘗試裝出四〇年代的腔調。

他沒笑。我們冷淡握手，然後我就離開了。我有感覺，我會再度失去他……

# 註解

## 1

1 Justinian Plague，五四一至五四二年發生在拜占庭帝國的大規模鼠疫，帝國內有三分之一人口病死。

2 Spanish flu，一九一八年至一九二〇年爆發的流感，全球人口約有三分之一染疫，造成數千萬人死亡，是人類史上僅次於黑死病致死人數最多的一場疫情。以「西班牙」為名係因在西班牙流行後的公開報導，但真正源起至今未有定論。

3 德文，「高於一切」之意，在〈德意志之歌〉原本的歌詞第一段即有「德國德國高於一切」。

4 保加利亞歷史的黃金時期，統治領域達黑海、白海與亞德里亞海，如今這句話成為保加利亞在重要慶典時常用的口號。

5 Lederhosen，中歐阿爾卑斯山周邊地區的男子傳統服裝。

6 A Kettle of Color（德文名Ein Kessel Buntes），一九七二開播的東德綜藝節目，一年六集，極受歡迎，甚至也吸引不少西德觀眾。兩德統一後，德國電視臺繼續製播至一九九二年底，共計一一三集。

## 4

1 Balkan Wars，一九一二年至一三年間，巴爾幹半島發生兩次戰爭，第一次是巴爾幹各同盟國對鄂圖曼土耳其帝國宣戰，鄂圖曼土耳其敗，割讓土地給同盟國。但同盟國間為利益分配問題，很快又爆發第二次戰爭，這次是保加利亞敗，割讓大批土地。

2 Hundred Years' War，一三三七年至一四五三年間，英法兩國的戰爭，起因為王位繼承問題，但領土與歷史仇恨盤根錯節，戰爭綿延百年才告結束。

## 5

1 Moskvich，蘇聯汽車品牌，一九四六年開始生產。蘇聯解體後，由俄羅斯繼續生產。

## 7

1 Tautology，意指「把同樣的意思，換個方式再說一次」。

## 8

1 Great Brexitania，即脫歐的英國。

2 Daniel Defoe（1660-1731），英國小說家，《魯賓遜漂流記》作者。

3 John Donne（1572-1631），英國詩人，常被引述的「沒有人是一座孤島」即出自他的作品《緊急際遇中的靈修》（*Devotions upon Emergent Occasion*）。

## 12

1 Calvados，法國北部出產的蘋果白蘭地。

2 Spitfire，英國二戰時期最主力的戰鬥機。

3 Messerschmitt，德國飛機製造商，二戰期間為德國開發出 BF109 和 BF110 主力戰機。

4 Hurricane，英國於一九三〇年代開發生產的戰機，在二戰的不列顛戰役中扮演重要角色。

5 Normandy Landings，又稱D日（D Day），西方盟軍於一九四四年六月六日派遣十五萬大軍越過英吉利海峽，在法國諾曼第登陸，展開對軸心國的反擊，是人類史上最大規模搶灘登陸戰，也為盟軍西線的勝利奠定基礎。

6 《The Good Soldier Švejk》，捷克作家哈謝克（Jaroslav Hašek, 1883-1923）的小說，以參與一次世界大戰的捷克士兵帥克為主角，用幽默筆法刻畫當時已走向末路的奧匈帝國弊病與社會的醜惡現實。曾多次改編成電影與動畫。

第三部

# 以一個國家為例

我們慣常對烏托邦不以為意，甚至完全不贊同烏托邦，還很遺憾地說它們不可能實現。其實，烏托邦比我們以為的容易實現，而我們真正要面對的另一種完全不同的惱人問題是：我們要如何防範烏托邦最終的實現？

—— 尼古拉・別爾嘉耶夫
（俄國宗教與政治哲學家），
《自由的哲學》

# 1

## 返鄉

飛機上輕聲播放民俗音樂。空中小姐身穿別具風格的民族服裝，在起飛前奔忙不休。她們的頭髮挽成髮髻，罩袍剪短到膝上的長度。唯一的男性空服員身穿改良式馬褲與背心，看起來有點可笑。機長的聲音透過擴音器傳來：

我們很自豪能歡迎各位搭乘保加利亞國家航空……

我注意到用語稍微有點改變。不久以前，他們還說「我們很高興歡迎你們」。這自豪是從哪裡冒出來的？這家航空公司當然不在最佳航空公司之列，公司很快就要破產，這是公開的祕密。飛機開始離開登機門，我們厭惡得要死的安全指示開始了。我戴上耳機，只看空中小姐的動作。沒了聲音，她們的動作像是古怪的招魂儀式，是部落占卜者的手勢。最怪的是她們還是持續這麼做。沒有任何證據顯示，在飛機失事時，有任何人因為從上方自動掉落的氧氣面罩或從座位底下拉出來救生背心，吹響緊急哨子而倖免於難。說不定集體禱告還更有用呢。

我搭的這架飛機很像索菲亞市區裡無所不在，路線固定的計程廂型車。若是他們不久之後就開始准許站位乘客登機，我也不會意外。幾年前我搭過從貝爾格勒到蒙特內哥羅的國內航線，一路像搭巴士那樣站著，手抓金屬桿。那司機，不好意思，是機師，離我只有不到一條手臂的距離。我們之間沒有門，只隔著一條磨到禿毛的布簾，而且還有一邊沒扣上，所以他和我一直聊天。後來他點了根菸，我暗暗禱告他不會開窗撢菸灰，免得機艙嚴重失壓。

隨年紀增長，搭飛機的恐懼也增加。恐懼顯然隨著飛行的時間與哩程而累加，卻不能拿來兌換現金，也真是太可惜了。常客卡應該是個好主意。

在安全儀式之後，飛機相當平穩地起飛，也許空中小姐的招魂終究有效。座椅布墊陳舊，座位前袋破爛，機上雜誌被幾十名乘客緊張的手指翻得皺巴巴。飛機的樹脂機身微微吱嘎響。吸菸標誌顯示這些機器有多老舊，遠自機艙內還可以抽菸的年代就已存在。

突然有隻蒼蠅停在我上方，就在服務鈴旁邊。飛機上的一隻蒼蠅。（有個朋友有一回寄給我一首詩，標題就是這個，因為他知道我熱愛蒼蠅。如今看著蒼蠅，這首詩變成真的，可以這麼說。）雖然大部分人都覺得蒼蠅很討厭，但我和這類小生物有種特別的關係，所以看見牠，讓我很高興。我很好奇，這是不是保加利亞蒼蠅，因為這架飛機是今天早些時候從索菲亞飛來的。或者也可能是隻迷路的瑞士蒼蠅（說真的，瑞士准許蒼蠅存在嗎？）搭錯飛機了。這隻蒼蠅一輩子都會是隻外國蒼蠅，住在自稱為巴爾幹瑞士，默默無聞的巴爾幹國家。

蒼蠅有國籍嗎？某國的蒼蠅有什麼特質嗎？也會對自己的祖國有忠誠與鄉愁，發展出最原始形態的愛國主義嗎？要是我們把這樣的民族主義放在自然歷史的顯微鏡下，會怎麼樣呢？

蒼蠅和國家，現在對你來說是個嚴肅的議題。在歷史或自然時間的架構裡，國家只不過是一粒沙塵，是進化時鐘裡微小到必須透過顯微鏡才看得見的部分，比蒼蠅存在的時間還短暫。無論如何，就時間來說，蒼蠅遠超過國家成千上萬倍。如果人類的民族主義可以進入生物的分類學，那會怎樣呢？

屬——人……智人……恐怕即使是在這個層次，民族主義者也會跳起來，你說的人類是什麼意思？你把我置於何地？

我們是從哪裡開始的？從一隻蒼蠅。最後講到哪裡去了？講到了民族主義的大象。

有蒼蠅，我的鄰座尖叫，嚷出這個明顯可見的事實，打斷剛在我腦袋裡形成的進化鏈……

空中小姐衝過來。有什麼需要幫忙嗎？

有個沒登記的乘客登機了，我說，牠剛剛飛走。

然而這隻蒼蠅飛了一圈，無辜地停在同一個地方。快飛走，我在腦袋裡對牠說，但出乎意料地伸手一抓，空中小姐徒手逮住蒼蠅。她們受過這種特別訓練嗎？
請放走牠吧，我旁邊的那個女人說，沒多久之前就是她大叫有蒼蠅的。
對，我也要請你放牠走，我附和，牠又沒造成什麼麻煩。
一切都站在諷刺與嚴肅的邊緣，危危顫顫。
牠是和你一起的嗎？空中小姐嚴厲的目光盯住我，開始和我玩起遊戲。老天爺啊，要是空中小姐這種嚴格的生物也能有幽默感，那世界還算有點希望吧。
是和我一起的，我的寵物，我回答說。這樣就沒問題了，對吧？
如果是這樣就必須關在籠子裡，或者待在主人的腿上，她像背誦規定那樣說。小心地打開她那修長手指圍聚成的柵欄。
後來我鄰座的乘客轉頭看我。謝謝你伸出援手。她年約五十，但很難斷定確切年齡，一雙藍色瞇瞇眼，臉上有雀斑。
噢，我是蒼蠅的好朋友，我若無其事地說。我有點像是牠們的歷史學家。
她微笑，給自己一點時間去琢磨，評估我究竟是某種瘋子，或只是有特別奇怪的幽默感。最後她似乎認定是後面的這個答案。
我不知道蒼蠅也有歷史。
牠們的歷史比我們長很多喔，我回答說。應該在人類出現之前幾百萬年就存在了。

在這麼高的高度看見蒼蠅，真的好奇怪，她說。

其實也沒那麼奇怪。而且這樣實在很不公平。早在太空犬萊卡[1]之前，還有送上去其他的狗，以及猴子、蝸牛……牠們全都默默無聞。就像可憐的蒼蠅，是最先犧牲的。但蒼蠅沒名字，這就是全部的問題。如果你沒有名字，就會被歷史拋棄。

可是為何是蒼蠅呢？我的鄰座問。

嗯，這是個好問題。因為牠們生命很短，死得很快。火箭只飛行幾個小時，就達到一百公里高度，剛好在太空的界線邊緣。所以他們需要某種生命周期很短的生物，能從出生，發育，達到性成熟，懷孕，生育，死亡……常見的果蠅就符合這些條件。況且，死掉幾隻蒼蠅，要比死掉一隻狗、猴子或牛來得更可以接受，你不覺得嗎？大家很容易因為體型大小而有不同的印象。

我四下張望，發現我們對話的主題生物很明智地躲到其他地方去了。

這時他們開始發送「保加利亞玫瑰」濕紙巾——這從我多年前第一次搭飛機起就未曾改變。玫瑰油的香味在雲霄飄蕩。飛機已準備要降落了。我看見維托沙山，還有索菲亞市區的輪廓，水泥公寓組成的一個個社區，接著是亞歷山大·涅夫斯基大教堂，鮑里斯公園的長方形綠地，以及長長一條的沙皇格勒大道，都出現在下方。那邊，在高速公路右邊再過去一點的地方，有個名叫「青春」的社區，是我另一段人生住過的地方。鄰座的這名女子和我並不知道彼此的姓名，但這時她開始哭，靜悄悄的，非常平靜，沒歇斯底里，她轉頭看著窗外默默落淚。對不起，她說，我已經十七年沒回來了。

飛機輕輕落地，乘客不可免地響起掌聲。有些外國人不習慣這儀式，在這樣的時刻，總是轉頭張望，滿臉困惑。坐我旁邊的女子也開始鼓掌。

小心喔，機長說不定會以為我們是在喊安可，所以再度起飛，我開玩笑說。

透過擴音器，他們很自豪地歡迎我們來到保加利亞境內，告知我們外面的溫度，同時播放〈一朵保加利亞玫瑰〉。順便一提，演唱這首歌的帕夏．希里斯托夫娃[2]死於空難，她當年搭的就是這一家航空公司的飛機，並且墜毀在這座機場。

## 2

護照檢驗亭前的推擠吵嚷是這地方的註冊商標。提領行李像是要等一輩子，計程車司機聽你打招呼也不回應，一知道你給他的地址並不在城市的另一頭，就氣呼呼開車，猛然踩煞車。他會把音樂開到嘎嘎響，還點起一根菸。

然而這一次我也碰上了始料未及的狀況。我走近的第一個司機在腰間圍了一條紅色的寬腰帶，白襯衫外面搭背心（和他下半身的百慕達短褲形成強烈對比），腰帶裡露出匕首的握柄。這情況真的太離譜了——時光倒轉得太離譜了。這身裝扮更適合駕載貨或載人馬車，要用兩匹馬拉車，而不是他開的這輛韓國製大宇二手車，有九十匹馬力。最後一刻，我決定不搭這輛車（帶刀的計程車司機向來無法打動我），轉向緊鄰的計程車招呼站。最起碼這幾位司機的打扮很正常。我打開第一輛車的車門，問這車是不是空的。是空的，司機笑著說，我正忙著在車裡安頓的時候，他說：你聽過一個老笑話，對吧，很久以前有個古巴學生來索菲亞，攔下計程車，打開車門，問是不是空的，聽說是空的[1]，就大叫：「自由萬歲！」然後讓車上路。我咯咯笑，雖然沒錯，我是聽過這笑話。

莫斯科人吧，我幾乎是喊出來的，語氣裡有疑問、懷疑、真心意外與困惑。

這車是莫斯科人沒錯，司機很自豪地證實，十二型，已經四十年，但還是很牢靠。現在做的車子不比從前了，他說，試了兩次才讓引擎發動，就這麼年高德劭的車子來說，能這樣啟動算很厲害了。車子飄散出可怕的汽油味，顯然絕緣材早就失去作用了。

我想起我叔叔以前也有輛像這樣的莫斯科人。他講出車名的時候總會加重第一音節，因為覺得這樣比較像蘇聯人。如果我們的身體真的有肌肉記憶，那麼我的身體必然從一九七五年到現在都還記得，座墊是怎麼在我身體下方凹陷，以及這汽油與嘔吐的臭味。我長途搭車總是帶個塑膠袋，現在我光是想，就覺得噁心。我也注意到後照鏡上方有張史達林的肖像。

這是陪我上夜班的兄弟，司機迎上我的目光說，一九五〇年代的守護神老伯。

我記得有段時間，所有的巴士上都有史達林的照片——不管是在個人崇拜之前或之後，都沒從司機的車廂裡消失。甚至後來，在一九八〇年代，這喬治亞式的翹鬍子都還會從珊德拉[2]與珊曼莎・福克斯[3]的全彩胸部底下露出來。

你還記得珊曼莎・福克斯嗎？我突然問。

噢，我記得我有個印她照片的打火機，應該在車上。我愛蒐集打火機，他說，伸手打開置物箱，至少有十幾個打火機和同樣數量的火柴盒在裡面滾來滾去。我比較喜歡這些。他拿出一個刻有切・格拉瓦的 Zippo 打火機。不過這些女郎也好的不得了。他放下遮陽板，那背後貼著七〇年代的保加利亞韻律體操金牌女孩，她們永遠是我們不斷壓抑的青春期性啟蒙的一部分。

搭著這輛悠悠晃晃的莫斯科人離開索菲亞機場時，我最後注意到的是一面巨大看板，那是一家大型行動網路業者的廣告。他們提供愛國方案，可使用一千三百分鐘——每一年從建國日開始起算——免費觀賞所有的保加利亞歷史電影，並附贈握把可摺疊的國旗，讓你方便收在盥洗包裡。

## 3

就像我每一次回來那樣，憂鬱無可避免地襲上心頭。以前，哀傷比較淡，彷彿走過樹木零零落落的森林，有看不見的蜘蛛網閃閃發亮。我喜歡漫步穿過公園比較北邊的部分，經過種有蓮花的湖邊。在另一段人生裡，我曾在這個地方度過的許多時光，如今已消失無蹤，了無痕跡。但最起碼光線還是一樣的吧？還有樹上的樹葉，我曾在十月和某個女孩踩過落葉。奇怪的是，我只記得秋天，反正從那時到今日，樹葉至少已經變色過三十次了。事物也會記得我們嗎？應該還會有某種補償作用吧？湖，那有著青蛙與蓮花的湖，還在某處保留了我們的倒影嗎？往日本身——我們較為年輕時的自己——變成青蛙和蓮花了嗎？

那天下午我沒找到答案。我找到的只有來得太遲但還可以忍受的憂鬱，以及透著寒意的四月冷風。有那麼一會兒，我覺得自己彷彿呼喚著那個女孩。然後我想像她——有兩個孩子和一個丈夫的女人，老早就把我們的故事塞在空香料罐和寫滿她媽媽留下的食譜筆記本之間。我想從她身上得到的究竟是什麼——重新建立、重新上演、重溫往事？重溫什麼——她眼睛難以捉摸的顏色？或者更自我中心的欲望——確定我曾存在，所以她可以告訴我，我們之間究竟是怎麼回事？難道就只是幾段回憶，沒有別的？讓我的記憶重新找回幾次散步，幾句交談，我們當時曾為之歡笑的交談。往日的紀念品。我們藏身的那個陰暗走廊。公園。有一次在那個紀念碑後面……那個碑是紀念誰來著？這城市陡然變身，提供情侶的地貌已有所不同……我們想像我們擁有自己的公寓，雖然那根本就不存在。我們幻想住在那裡面我們會怎麼樣，我們如何回到那個家。昨天我到那裡去轉了一下，她會在我的舊諾基亞手機上留言給我，我把毛衣忘在那裡了。就留在那裡吧，讓你可以想起我。你給蘭花澆水了嗎？它們很難照料。貓和我都很孤單，過來吧……

我們可以從別人的記憶裡，這樣一點一滴拾綴起來嗎，而到了最後，你會得到什麼呢？會有某個科學怪人從這裡面竄出來？從太多人身上取得的各式各樣，卻又絕對無法相容的記憶與想法拼湊而成的東西？

……嗯，你總是大笑……你真的很反社會，有時候你沒說一聲就離開好幾天（這是我的妻子，我認得她的聲音）……你太貼心了，我該怎麼形容……浪漫，我們躺在長椅上，想像我們會活到一百歲，像烏龜那樣，我們還在一起，住在有淺藍色窗板的房子裡，在海邊……老天爺啊，你火大的時候好會罵髒話，小心一點……瘦巴巴，超級瘦……你變得好胖……我總是請你不要走那麼快……你一跛一跛的……高個子……彎腰駝背……我看見你的藍眼睛時……榛子色或綠色，隨季節而改變顏色……穿著紅夾克……那件綠色皮夾克……你老是不記得大家的名字，有一次……你手裡總是有根點亮的菸……我甚至無法想像你抽菸……有幾個字你永遠記不得，你講故事的時候，一講到這幾個字就卡住，我替你列出來……恍恍惚惚，非常恍惚……一個從不浪費任何時間的人……你看見我床上有本書，在第一天晚上，我們剛脫下衣服，你轉身說不行，我得走了，我沒辦法和讀科爾賀[1]的人上床，但那是另一位作家的書，是個葡萄牙人，只是剛好有同樣的名字，於是我們哈哈大笑……你好溫柔……在床上有些粗暴……事後我們有那麼美好的枕邊細語……

這全都是我嗎？

## 4

有某個東西，一道氣流與哀傷，這些年來沒變得淡微，反而更強烈了。而這當然是和我記憶裡的一個個房間更加快速清空息息相關。我們打開一扇又一扇的門，滿懷希望穿過一個又一個房間，抱持希望與恐懼，想著會在其中一個房間找到自己——在那裡，我們還是完整的我們。

這道氣流最終會把我們帶到正確的地方，回到我們想要去的往日嗎？無論那是多麼遙遠的過去，那個一切都還保持完整，可以聞得到草香，可以清清楚楚看見玫瑰與迷宮的地方。我說地方，但其實是時間，某個時間裡的地方。我的建議是：絕對，絕對不要在事隔多年之後，再去造訪你童年就已離開的地方。時間已經讓那個地方改頭換面，已掏空，已拋棄，徒留鬼魂。

在那裡，什麼，都沒有。那裡。

有個男人啟程回到成長的地方，想讓自己振作起來。他蒐集了從幼稚園到現在，他愛上的每一個女孩與女人的地址。他並沒有要對她們提出任何要求，就只是想看看她們，告訴她們，他這一輩子時時刻刻都把她們帶在腦袋裡（他想要說他把她們放在心上，但這麼說好像太感傷了），最後她們也都只能留在他腦袋裡。醫生說他頂多再撐幾個月。他像個守財奴一樣，一天一天、一小時一小時切分這段時間，彷彿把大鈔換成小面額零錢一樣。在他看來更像是這樣。他還有三個月的時間，也就是說，至少還有九十一個下午，他喜歡下午，而且……乘上二十四，就有兩千一百八十四小時。這對他來說似乎還不夠，所以他再乘上六十，這樣就有超過十三萬分鐘。好多了，他從來沒覺得自己這麼像個富有的大亨，可以花到最後一分鐘。他搭一整天的巴士到這個小城。他以前住的那棟房子已經不在了。大部分的地址也都變了。女孩早已變成女人，嫁給其他男人，太可怕了。天曉得為什麼，但他以為她們會躺在他們被切斷的關係裡淌血，依然苦苦思念他，就像契訶夫筆下的女中豪傑那樣。

然而他最後還是在這座小城裡找到他這一生的最愛之一。他們當時十四歲。他們假裝結婚，他還從他媽媽那裡偷來戒指（媽媽為了找這枚戒指，真的要把房子給拆了）。她個子很高，是個很夢幻的女孩，他記得的她是這樣的，很像年輕時的羅美・雪妮黛[1]。他在那棟房子附近，瞥見一個有點年紀的婦人，滿頭毛燥乾枯的頭髮緊緊往後紮，費力拖著一桶濕衣服。她不在這裡，他說，她一定是搬走了。但他還是決定問問，這婦人說不定知道什麼訊息。

是她。

當年的那個女孩已蕩然無存。他不知道該怎麼說。我們以前因為怎樣怎樣而認識……

她沒馬上聯想起來。在那之後，已經過了好幾段人生。她猜他是誰，但名字都錯了。接著，彷彿記憶裡有什麼東西打開似的。這時，有個穿吊帶背心的老頭走出來，是她丈夫。怎麼回事？他拄著手杖問，看見妻子隔著籬笆和陌生男人講話。你想幹麼？他說不上來自己想幹麼，他沒辦法解釋自己為什麼在這裡。

她也沉默不語。

沒什麼，我們的這個男人說，沒什麼，我只是個買舊貨的，畫作、刺繡、手錶、收音機，這類舊東西。滾吧，老頭說，你走吧，快走，我們沒什麼舊東西，也沒新東西……

女人依舊站著不動，像座雕像，甚至沒放下手裡的桶子。男人躲在對街人行道的陰影裡。他聽見不知哪傳來的收音機聲音，播報多瑙河水位高了幾公分——那是讓他整個童年再現的咒語。時間是下午三點鐘，他告訴自己，不必看手錶也知道。他緩緩沿街走去，鞋底黏在因熱氣而融化的柏油上。他整個人漸漸縮小，並從他口袋裡撒落好些輕聲匡啷，如銅板閃亮，早先留給他的那些（不再需要的）分分鐘鐘。

我不敢做的這些事會變成故事。

# 5

有個下午，我在我以前住過的城市稍作停留。每次回保加利亞，我都會回這裡，儘管我當年所知的一切都已不在了，公園不在，有屋頂市場旁邊的廣場不在，就連記得我足跡、伴隨我成長的那條街也不在了。

郵局旁的栗樹樹幹上，我看見用四根釘子釘著的一張紙，上面寫著大大的字母，我全文抄錄如下：

交換
大L－C－D電示
三十二吋功能好用八年
換三十公升水果白蘭地[1]
亞博爾，電話：〇四六……
二月十五日

我站在這則訊息前面，這是從生命之樹擷取而來的真實旁註，又或者應該說，是用釘子釘在生命之樹上的。好，你看到的是保加利亞敘事詩的一部分，一小部分，保加利亞聲音的神祕難解之處，靜悄悄，深不可測，然後帶著最壯麗的美夢噴湧而出。

電視換白蘭地。

這裡有美夢也有恐怖，恐怖與美夢……二月，公告底下說。只有二月才會出現這樣的呼求，悲慘至極……水果白蘭地喝完了，但冬天還沒完。在你眼前的，是一整部存在主義小說。人生的吉普車，有帆布車頂的破舊老吉普車，或者不是，你人生的莫斯科人轎車卡在冬天盡頭，黑夜降臨，胡狼咆叫，而你的車沒油了。該死的人生，你說，掄拳捶打。去你的，去你媽的，你甚至還搶了我的白蘭地。（沒人搶你的白蘭地，是你自己喝掉的，但自古以來這裡的人都這麼說，一定是有誰拿走你的什麼，或是給了你什麼。）

現在你坐在一片荒蕪裡，在你人生的吉普車或莫斯科人車上。你決定要張貼一則廣告，雖然羞愧到想死，但你再也無法忍受了。你拿來一張紙，是銀行寄來的警告信，說你如果不付清利息……你現在就連一滴白蘭地都沒有了，他們竟然還催你利息。你把信翻到背面，找出一支筆。你想過要叫兒子幫你寫，因為他的字比較漂亮，錯字比較少，但你覺得太丟臉，不敢叫他幫忙。這是仍然會讓你覺得丟臉的事。最後你坐下來，自己寫，寫錯字，又漏了標點。你抓起一把釘子，繞到小城另一頭的社區，你這又再度覺得頗丟臉。而你提議拿來交換白蘭地的——是你最珍貴的財產，當然。投桃報李，一報還一報。電視還是白蘭地，這是個問題。電視是個進化，錯誤的進化，當然，但無論如何，仍是遠大的終極夢想。你的祖母有個偶像，你母親有張列寧的小肖像，而你有你的電視。但如果你沒有白蘭地，要電視何用？電視就只會切割你的生活，就像在你的白蘭地裡加水一樣……他們已經在賣電子菸了，明天就會有人把電子白蘭地塞進你手裡，他媽的電子操他媽渾蛋……嗯，好吧，這就是電視，電子白蘭地……事情就是這樣，拿去吧，三十二吋螢幕換三十公升白蘭地，一公升換一吋，我還給你優惠咧。三十公升白蘭地可以撐過一個月再多一點的日子，如果省著點用，說不定可以撐到一個半月。只有白蘭地是誠實的，該死。它不會像電視那樣欺騙你，不會矇蔽你的眼睛，不會對你哇啦哇啦講廢話。白蘭地嗆上你的鼻子，灼燒你的喉嚨，棒得不得了，接著往下灌進你身體，讓早就已經冰冷的部分全都暖起來。白蘭地就是保加利亞最崇高的頂點，而保加利亞電視還排在遠遠的隊伍尾巴呢。

我很想知道這傢伙後來怎麼了，我一面想，一面在內心咒罵。我應該打這個電話號碼去問一下嗎？這不只是一個需求的廣告，根本是呼救的吶喊。這時已經四月底。沒一個人撕下告示底端的電話號碼。我在那天下午回索菲亞。

# 6

我沒有要拜訪的人，所以就在索菲亞狂風大作的街頭閒逛。我停在一家寵物店前面。

大一的時候，我和一個朋友買了一對鸚鵡，當禮物送給我們班上的一個女生。但牠們不會整天嘰嘰呱呱嗎？我問。你幹麼在乎，我那位朋友說，你又沒打算和牠們住在一起，對吧？那天晚上的慶生會非常可怕，有人爆發口角，甚至拳腳相向，她的前男友拚命敲門——一九九〇年代啊……我清楚記得偷偷溜走時，我對自己說，我絕對不要和這個女人住在一起。一年之後，我站在同一個房間裡，鸚鵡吵得要死的時候，我給牠們換水。早晨，我們在鳥籠蓋上舊毛巾，讓牠們以為還是晚上，這樣至少可以得到一個鐘頭的寧靜。我們給雌鸚鵡命名為艾瑪．包法利[1]——因為當時我們正在大學裡讀福樓拜的作品——雄鸚鵡則叫佩喬林[2]，天曉得為什麼。艾瑪老是攻擊牠，可憐的佩喬林，原本可以輕易擺布梅麗女爵的他，卻只能蓬毛亂髮坐在那裡啄著東西，靠在鳥籠的細柵上。

我此時領悟，我這輩子朋友最多的時候就是那段期間。那間小套房總是擠滿人。我記得有天半夜，大約凌晨四點吧，大家都喝醉酒抽太多菸，突然覺得肚子餓，非常之餓。冰箱裡什麼都沒有，這是一九九〇年代餓得最慘的那段日子。我和另外兩個傢伙到外面找吃的，彷彿我們可以在空蕩蕩的城市裡獵隻兔子或鹿似的。外面很黑，模模糊糊的，什麼人都沒有，只有一群群的狗在街頭遊蕩。這時，如同奇蹟出現，一輛白色日產車子慢慢駛來，停在附近，在一家小店門口卸下三箱優格，然後開走。我們這個世代都痛恨優格（基本上是），因為我們小時候每天早上都被逼著吃優格。我們四下張望，沒有人出現，所以我們每人各抓了兩盒優格，留下我們口袋裡所能找到的全部零錢，跑回家。

所有人都餓著肚子在等我們。我忘不了那畫面，桌上散落空瓶空杯，十個同款像鎳幣顏色的銀碗，擺在每個人面前，我們這群二十幾歲的人，咕嚕咕嚕吞下優格，宛如天使。我不知道天使吃不吃優格，但我記得我們就是這樣吃的，嘴上沾了白色優格，像是長了鬍子，快樂且天真……

我們不久之後就各自走上不同的人生路，變得冷淡，忘了彼此。叛逆的人馴化了，跑到大學當助教；抱單身主義的派對動物推著嬰兒車，在他們家的電視機前放空；嬉皮則開始上當地理髮廳剪正常的髮型。鸚鵡佩喬林有天晚上死掉了，艾瑪．包法利尖叫，不停撞鳥籠傷害自己，因為哀慟至極。她只比他多活了不到一個星期。另一個艾瑪（沒錯，她真的叫艾瑪）和我在幾個月之後分手。我們兩個都沒死於哀慟。而我開始寫我的第一部小說，這樣在我快抓狂的時候還有地方可回。這部小說寫的是無家可歸的人。

事實是，這些昔日的天使，沒有半個是我可以打電話的對象，甚至連艾瑪都不行，她尤其不行。我忘不了他們，真是太慘了，而（我絕對不會向他們承認）我想念他們。我也想念我自己。

# 7

主要政治勢力召集的兩場造勢大會預定在公投前的最後一個星期日舉行。過去幾十年來，保加利亞在不同年代都有各式各樣的運動主宰。他們的主張從免費醫療照護到番茄與老奶奶燉雞口味都有。我很懷疑公投會帶回燉雞的口味。彷彿有人以為帶回不久之前的往日，也能自動帶回他們以往的年紀。紅燈一亮起，你就突然再次回到十五或二十七歲。

當然，這些全都成為宣傳的素材。到最後，大多的民意調查都顯示，有兩項主要運動大幅領先其他項目。一個是國家社會主義（State Socialism, SS）運動，是附和國家安全的回音，但通常被簡稱為 Soc——他們希望回到社會主義的成熟時期，特別是一九六〇和七〇年代。這運動的核心分子是社會主義黨，儘管 Soc 運動在公投裡的支持人數，比起社會黨日益萎縮的黨員，要多上好幾個級數。從這個角度來看，事實上也可以說，社會黨本身希望可以透過這個運動補充新血。

另一個幾乎和社會黨擁有旗鼓相當成果的運動，正式名稱是 Bulgari-Yunatsi，也就是「保加利亞英雄」，但一般非正式的通俗講法，就只簡稱為「英雄」。他們很難把自己定位在某個特定時期，某個他們想讓國家回去的年代，因為理論上，他們沒辦法具體切割年分。大保加利亞是個永恆的夢想與現實，至少他們的演講是這麼說的。依據公投的指導原則，可回返的時間點最早是到二十世紀初，但是英雄違反規定擴充了範圍，他們選擇保加利亞復興時期最晚近，也是被理想化的一段，也就是全盛期的一八七六年四月起義[1]。

一場並未真正發生的起義，可以成為國家的榮耀與象徵嗎？事實上，除了那件沒發生的事，還有什麼可以成為榮耀與象徵呢？難道不就是因為那件事未曾發生，它才可能不被事實侷限，有機會如我們所願地去實現與創造？並且能在記憶與想像的基礎上，讓一切重現？於是這裡的每個人都天生帶著（或承繼了）那未曾發生之事的經驗。

我很想知道這兩根稻草——Soc與英雄——哪一根會是那個帶著白蘭地的男人，白蘭地男，想要抓住的？至於其他規模更小的運動，則像是航行在斯庫拉[2]和卡律布狄斯[3]之間的小船一樣，努力求存。

8

## 晤見K

我之前的幾次回國，主要都和診所有關，幾乎也都是隱姓埋名。但這次不同，我希望能找人談談目前的情勢。最後我打電話給大學時代的一位朋友，他已經當上教授了。我們有好幾年沒聯絡，我甚至不知道他的電話號碼是不是改了。我正要掛掉電話的時候，他睡意迷濛的嗓音從話筒傳來：「喂」……

我感覺到他的聲音裡除了驚訝，還有著相當的喜悅。這種因為看見或聽見某個你許久未見的人而突然湧現的喜悅，在保加利亞並不常有。我記得在我頭一兩次回來，在街上碰見朋友或熟人，衝上前想擁抱時，對方卻迷惑地看著我，咕咕噥噥說什麼，噢，嘿，你在這裡幹麼？不只如此，K還主動建議我們這天晚上在國家檔案局屋頂的酒吧見面。在保加利亞，你是可以當天再安排節目的。

在一九八〇年代末期，K還是年輕的助教。我們都很愛他，因為他和其他人不同。我們暱稱他為「卡夫卡」，卡夫卡助教，我覺得他並不反對我們這麼叫他。他當時（現在還是）講話粗聲粗氣，但條理分明，對我們因亂七八糟什麼書都讀而困惑不已的心智非常有幫助。我們和他的對話最後總是意見不合，常常爭執到超越文明的界線。他會很火大，尖酸刻薄，打斷我們的話。愛吵架的知識分子，但他的魅力也在於此。我們不算是特別親近的朋友，但我們會一起喝酒，在一九九〇年代的酒吧和研討會上吵過架，像他這樣的人我從未再見過。我們的每一次見面，都始於他的善意，然後經過冗長的對話，最後以吵架告終。一星期之後，他會打電話來，用真誠的驚訝口氣問，你為什麼沒打電話來？呃，這個嘛，我們吵架了啊，我回答說。噢，對，所以我們應該喝一杯，和好？

我們的吵架只是和好的藉口，而和好又引來另一次吵架，結果又成為一個新的藉口，以此類推。每個人就是這樣活在那個美好閃亮的時代。

說不定這就是我此時打電話給他的原因。我希望他還是當年那個樣子，是能用基督教牧師條理清晰的絕對原則來定義事物的人。我自己從來就不喜歡，也從不使用這樣的絕對原則，或許這就是我需要像他這樣的人的原因。說不定這也就是沒人喜歡他的原因。我喜歡其他人不喜歡的人。（事實上，第一次有人介紹我認識K，就是一九八〇年代末期在海邊舉行的那場研討會，我也在那時第一次見到高斯汀。我必須說，得感謝K，因為他是除了我之外，唯一對高斯汀有興趣的人。他邀高斯汀去他的聚會，但高斯汀當然連一場都沒現身。）

我們坐在檔案館屋頂上，正值黃昏，用保加利亞知名詩人亞羅沃夫[1]的話說，就是藍色薄霧時分，可以遠眺維托沙山顏色漸漸加深，變成深紫色。皎潔似明月的銀色水中，一座紫蘿蘭色的島嶼，K也學我這樣，引用另一位詩人的句子。我發現，這座城市對我來說，最大的意義在於文學，我是透過書籍，而且是文學書籍，來了解這座城市。而這城市至今仍吸引我。一九三〇年代和四〇年代初期，應該是索菲亞最鼎盛的年代。一九三一年，在離此處不遠的地方，法國航空辦公室外面出現第一面霓虹燈招牌。霓虹燈馬上進入都市詩句裡。我想像那些閃閃發光的字，第一次出現在傳統上只對星星月亮心醉神迷的眼睛前面。在昏暗街燈中亮起來的霓虹燈，顯然令人震驚，卻也動人，但很快就變得微不足道。很久以前，如今看來彷彿是另一段人生的從前，我曾研究過那段時間的廣告、電影和廣播。我翻閱每週畫刊、報紙的大幅廣告、電影雜誌，以及教你怎麼自己組裝無線電接收器的手冊。那個年代的詩充塞了從冷凝器、天線、霓虹燈、廣告商標、拜耳與飛利浦、好彩香菸、白馬威士忌，到電影片名和米高梅電影公司的片頭獅子……雖然我已經在談別的事情了，但還是提起這個話題。我們興奮得不得了，飛快且狂熱地丟出一個個名句。你記得嗎……這個呢……「拜耳與飛利浦的廣告四處盛放，宛似天堂？」嗯，K停下來思索最後的這句，能逮到他也有不懂的東西，讓我很開心。我放棄，是誰的句子？是鮑格米・雷伊諾夫[2]，在他還是年輕詩人，還未從政之前寫的。

如果我參與此地的往日公投，我會選擇一九三〇年代（雖然有後來發生的那些事），再不然就是在選擇文學的一九三〇年代，或是我清楚記得每個細節、依稀抱持情感的六〇年代之間拉鋸。

我問K，他會選擇哪個年代？他沒急著回答，彷彿他必須在此時此刻做出永不悔改的決定似的。我們又點了杯水果白蘭地，在服務生走開時，K才緩緩地說：我在一九二〇和五〇年代之間舉棋不定，雖然民調顯示，這兩個年代的支持度最低。

沒人想要這兩個年代，是可以理解的。這兩段時間都非常血腥。

我知道他研究的主題是二〇年代的詩。當時有幾個非常出色的保加利亞詩人。其中最傑出的那個付出腦袋為代價，這不是比喻，是事實。他的腦袋在前線被炮彈炸碎，在柏林縫合，消失六年之後，在萬人塚中尋獲，全因為他那只玻璃眼珠才被認出來。所有人都知道，我們家鄉的警察非常無能，不分年代，他們對於詩人與作家的品味始終如一——總是想辦法殺掉最有才華的，留下最平庸的。

我明白K為什麼選擇一九二〇年代，因為他的文學史研究者身分，讓他很想回到自己研究主題的時代。但為什麼要選一九五〇年代？我直截了當問。那是黑暗的時代，粗暴、無情，恐怖與勞改營的年代，充斥共產黨教條主義者托多爾·巴甫洛夫[3]那種形式的僵化美學。

一九五〇年代，我父親被送往貝萊內的勞改營，K說，從此就變得不一樣了。之後，他也從未提過那段經歷。上學的時候，我馬上被貼上「不可信賴」的標籤。他們提起人民的敵人時，老師會指著我說，我就是敵人的兒子。我是個完美的例子，證明人民寬恕的力量，因為他們竟然允許像我這樣的孩子和其他人一起生活，讀書。

有一天門鈴響起，當時我七歲。我透過門上的窺孔，看見外面有個很嚇人的男人，留著鬍子，垮著肩膀。我馬上又再轉了一次門鎖上的鎖。我心跳快得像要爆炸。快點，開門——外面的男人竟然知道我的名字。我們不給陌生人開門，我從屋裡大聲對他說。你不認得我了嗎？我是你爸爸，他輕聲說，彷彿很怕鄰居聽見。我從窺孔往外看，他好像快哭了……這不是我爸爸，我告訴自己，但他既然會哭喊，應該也不是強盜。可是我仍舊沒開門。我媽在工廠，再過幾個鐘頭才會回來。他站在破舊的樓梯平臺上，衣服和樓梯井的暗米色融為一體。我問他怎麼證明他是我爸……我以為這個問題會讓他完全亂了陣腳。他告訴我，我左邊眉毛上有一道疤，是我小時候的某個冬天摔下來弄傷的。他叫我去打開衣櫥，會看見一件有金屬釦子的大衣，那是他們帶他去問話時，他留下沒帶走的。他告訴我，我常問起他在前線的事。這些都是真的，但我爸和這男人完全不一樣。我爸比較帥，也比較年輕，我甚至這麼說出口。他坐在樓梯上，我只看得見一頂髒兮兮的帽子。這時我明白自己有多蠢，有多殘忍。但我還是告訴自己，這人不是我爸爸，但既然他會哭，一定也是個好人，而且是處在艱難時刻，要是我媽發現我讓這樣的人在外面等⋯⋯所以我打開了門。他進到屋裡，但知道我並不是真的相信他，他沒擁抱我，甚至連試都沒試，顯然是不想嚇到我。他告訴我說他要去洗澡，他知道浴室在哪裡。我聽到水嘩啦啦的聲音。謝天謝地，這時我媽回來了，她聽說因為特赦，他們已經釋放了囚犯，所以請老闆讓她提早下班。

我們就這樣坐著，沉默了一晌，K才繼續說。所以我要回到一九五〇年代，因為我父親，他在一年之後過世。我們沒有時間談任何事情。我也從未想辦法從他口中問出這件事的隻字片語。

K講這個故事的時候，彷彿變了一個人，像是突然變老，以前的冷漠和譏諷都不見了，就連銳利的輪廓也縮減了幾分。他變成他父親，就是他告訴我的那個父親。我們遲早都會變成我們的父親。

這時他突然一驚，發現他讓自己太感傷了。他叫來服務生，我們又點了第二輪的夏波斯卡沙拉。這是一九六〇年代為巴爾幹觀光客發明的保加利亞經典沙拉。羊乳酪、小黃瓜和番茄組合而成，有白有綠有紅——我為了想改變話題，說這是個聰明的舉動，把代表保加利亞的三個顏色推銷給觀光客。

## 9

夜色籠罩我們四周。僅僅三十幾年前，會有顆紅色五芒星在我們右手邊的共黨總部亮起。對面，三〇年代簡潔新古典主義風格的保加利亞國家銀行，和旁邊的前巴爾幹飯店與部長會議大樓的史達林式建築一點都不衝突。幾個工人在原本是陵園的空地上快步疾走。

他們在幹麼？該不會是要重建陵園吧？

從某個角度來說，是這樣沒錯，K 回答說。你知道的，對吧，明天 Soc 要在這裡集會。要是他們重建陵園，我也不覺得意外。

裡面沒有人的陵園，我想。

天曉得，K 露出酸澀的微笑。

我點了一份「三腸加配菜」，只因為這個名字讓我立刻回想起久遠以前的夏天，在海邊，我爸會很驕傲地點一份三條香腸加配菜，讓我跟哥哥分著吃。這很像是長大的感覺。就像回到當年一樣，服務生端上這道菜的時候，意有所指地說。

希望現在的更新鮮一點，我挖苦說。

K 看看我的盤子，有點鄙夷：這是不是太 Soc 了？

事實上，是太鹹了，我回答說，咬了口肉腸，絞肉沒磨得很碎，和當年一樣，不時會咬到小骨頭，足以對補牙的填料造成損傷。甜椒醬、水煮豆，炸得過焦的馬鈴薯——三位一體的配菜。

他點了紅酒香料燉肉，這是以紅酒醬料理的豬肉菜餚，也是保加利亞經典菜。這裡的餐點不算很好，但至少分量很足。

你已經明白，這是民族主義與社會主義之間的抉擇，K說，所以情況才會這麼慘。要是你問我，兩個魔鬼裡，哪一個比較沒麼壞，我還真答不出來。不過這當然不是說Soc就沒有民族主義成分。

這時他已轉換成他最喜歡的教授角色，餐桌變成了他的講臺。後來，我們兩個人的餐盤也加入行動——我的三腸加配菜是Soc運動，而他的紅酒香料燉肉變成英雄運動。他說我們錯失機會，沒說清楚共產主義的恐怖和他們的勞改營，如今整個世代都以為那只是一種「生活形態」。

別這麼說，後來我打斷他，否則我們最後就會不停說「我們以前這樣那樣，而現在的孩子……」世界各地的年輕人起而反抗老年人，老年人卻想要打壓年輕人。就像塔拉斯·布爾巴[1]一樣——我創造了你，我也會殺了你。

你說的或許沒錯，他說，我們什麼都沒做，完全沒有……我們坐在這裡，在莫斯科街五號，你知道這裡是國家安全大樓，在我們下面，開口通向馬爾柯騰諾佛街的地下室，他們就在牢房揍犯人。他們狠狠修理過好幾個瘦巴巴的小孩，來呀，脫掉褲子，可是不准脫鞋。要是辦不到，就表示你的褲子比該有的寬度來得緊。好的，你會被叫到莫斯科五號來接受訊問，腎臟部位揍上幾拳，但看不出傷。如果能這樣結束，你就該謝謝你的幸運星。究竟有什麼毛病啊，他媽的渾蛋，我的褲子礙著你了嗎，啊？為什麼像對狗那樣揍我們，我的褲子太緊或我的收腰外套是檸檬黃或我的大衣有木釦，究竟有什麼大不了的，蠢蛋……K整個人活了起來。其他桌的客人開始轉頭看他。

聽著，我想要打斷他——

等等，K說，不就是你們想要在我們下面的地下室弄個國家安全博物館的嗎？你們的博物館哪裡去了？

我是想弄，我簡潔地回答。他們表面上同意這想法，我們也交出五十頁計畫書，說明裡面該有什麼，又該如何呈現，還一度上了報紙。但最後——什麼也沒有。為了讓計畫難以實現，他們拋出的第一個藉口是，沒有空間可用。如果陵園還在……，可是如今……索菲亞所有的空間突然都有人用了。這時我們突然想到莫斯科街五號的地下室。你知道那裡的回音是什麼樣子……那空間彷彿有某種聽覺的記憶，太多人在這個地下室慘叫了。這計畫原本可以實現的，但在最後一刻，每一個人都抽身，我們又不想讓大家分裂，就是時機不對啦……簡單來說——最後什麼都沒有。你不能蓋博物館去保存根本就不曾消失的東西。

我們默默坐了好一會兒，旁邊的桌子開始漸漸空了。天氣變涼。這時Ｋ重拾對話。他談起大家對政黨有多厭煩，他們也對全球化和政治正確感到厭煩……

全球化影響了他們什麼？我試圖打岔……這裡的政治正確又是指什麼？我們這地方都用問候別人媽媽來代替打招呼了。

聽我說——Ｋ不喜歡有人打岔——有些事情不公平，大家感覺得到。我們知識分子退縮，就像……我們甚至不想冒險去和他們講話。

「冒險」確實是個正確的詞彙，我回答說。你一副扶貧濟弱的樣子。可是你和我都是弱者，情勢已天翻地覆，你要到什麼時候才會終於明白？那些剃光頭的傢伙才不在乎戴眼鏡的笨蛋想告訴他們什麼，他們一點都不在乎。

你並不是一直都待在這裡，你沒有權利這麼說，Ｋ打斷我。

我們要開始吵架了，就像美好的舊時光。

等一等……要是他們不想聽我們說，我們要怎麼做……怎麼去告訴他們什麼是自由對話？……他們會咧嘴笑，打掉你的眼鏡，踩碎，然把你推到外面，讓你摸黑找路回家，這還是最好的情況。再不然他們就會趁你找眼鏡的時候，用他們的對話方式揍你的頭。我知道我扯得太遠了，Ｋ陷入沉默，不知為什麼抬手摸頭，彷彿要確認眼鏡是不是還在。他以前沒看過我的這一面，但配著這幾杯水果白蘭地，我早也吞下了許多沉默。我繼續說：民族國家給了你們什麼？給你們安全感，讓你們知道自己是誰，你們活在和你們一樣的其他人之間，他們和你們講同樣的語言，記得同樣的事情——從阿斯巴魯赫[2]到金風餅乾的味道。同時，他們也同樣遺忘其他的事。我已經不記得是誰說過，國家只是一群同意要共同記得與共同遺忘相同事情的人所組成的團體。

是歐內斯特．勒南[3]，十九世紀的時候，他的理論是我教你們的，K說。

嗯，好吧，但歐洲分裂成各自不同的時代，又會變成怎樣呢？從任何角度來說，民族主義都和領土有關，領土是神聖的。若是我們突然不支持這個論點怎麼辦？沒有共同的領土，取而代之的是共同的時代。

問題是：我們能做這樣的選擇嗎？我們準備好了嗎？K喃喃說。順便問一下，你對公投這整件事有什麼看法？他的目光突然從眼鏡上方凌厲朝我射來，那是他慣有的模樣。

晚風吹掀餐巾，桌上的酒杯和髒餐盤都還沒撤走。在這一團混亂中，天曉得為什麼，我突然想起很久以前，一九八〇年代末期的那個夜晚，在海邊舉行的研討會，彷彿是另一段人生（K當時也在座）。那小小的瓷器醬料碟和高斯汀的奶精罐一起優雅地在我們頭上傳過去。

我不知道，我回答說，我不再知道答案了。

我也完全搞不懂，K說。

我這時發現，這句話是我從未從他口中聽過的。若是我所認識最有條理的人都搖頭，覺得不確定，那事情顯然很不妙。

在我們後方某處，響起爆炸聲……接著煙火炸裂，白、綠、紅三色，在我們頭頂上停留了好幾秒鐘。

他們在為明天預演，K說。我們走吧。

我過去的朋友，當時的助教，現在的卡夫卡教授。我覺得我們比以往更親近，是因為遇上某種災難而碰巧被丟在一起的那種親近。星星在我們頭頂上冷冷閃耀，一如康德所感受到的那般[4]，而康德的定言令式[5]卻在街頭的某處喧騰。在我們下面的那幾個工人，還拿著某種輕材料搭建格奧爾基．季米特洛夫的陵園，他們到早上肯定會蓋好。（畢竟，一九四九年，他們用防彈水泥，只花了六天就蓋好。一九九九年，他們花了七天才拆毀。）

經過他們旁邊的時候，K不由自主地喊道：你們打算把誰放在裡面啊，小伙子？

幾個工人轉頭，對我們露出齷齪的表情，但什麼都沒說。我們走開之後，我聽見他們在我們背後說：只要確定不是你就好了。

# 10

## Soc 遊行

我隔天早上起床，頭痛得像一九三九年九月一日的奧登。這天是五月一日，星期日。對 Soc 的活動來說，是完美的日子——國際勞工節，而對英雄來說——是四月起義爆發的日子（因為一九一六年的保加利亞還未轉換成公曆[1]，所以四月起義是如今的五月。）在距公投僅僅一個星期的這天，雙方都組成最壯大的陣容。

我決定我必須加入雙方的活動，偽裝成支持者來參與，這樣我才能取得真正的局內人經驗，事後也才有資料可以告訴高斯汀。要取得雙方的服裝並不困難。服裝就是通行證，是會員卡。雙方的行動組甚至設立販賣部，以特別折扣出售服裝。整體來說，縫製制服成了這個國家最有利可圖的生意之一。

看起來或許很奇怪，在社會主義制度下，裁縫是有特權的階級。我還記得，在禁止私人執業的年代，我們家附近就只有位在一樓的裁縫店小房間，窗戶透出燈光來。我媽拖著我們去那裡，量身做西裝。那位裁縫（彷彿天生禿頭，只有幾縷頭髮蓋在頭頂，小小的圓眼鏡，留鬍子，還有亮晶晶的袖釦，典型的小資產階級裝扮）把布披在我身上，用粉筆在這裡那裡做了幾個記號，在第二次還是第三次試衣時，我看得出來這塊布如何裁剪成褲管和袖子，用大頭針別在一起，掛在我瘦巴巴的身上。我很怕那些大頭針。你像釘在十字架上的小耶穌，我的孩子，裁縫笑著說，後退一步，瞇起眼看，好啦，現在站直一點，看起來要像個優秀的年輕單身漢，你很快就會是了。

於是，在基督教教義與單身青年之間，再加上一段迂迴穿過體罰工廠的路，我們就長大了。但我對裁縫的疑心，對他們渾身散發的資產階級氣息，對他們的虔誠與大頭針的疑心，一直遺留到現在。我有點離題了，請原諒，但往日滿是岔出的小街，一樓房間，粉筆畫的版型，以及走廊。還有頁緣的註記，寫下我們看來一點都不重要的事情——要到後來我們才會驀然醒悟，往日之鵝就在這個地方築巢下蛋，在這些一點都不重要的事情裡。

反正，我很容易就取得雙方陣營的服裝，用合理的價格拿到。我先穿上Soc的衣服。他們比另一個陣營早一個鐘頭開始整隊。社會主義喜歡早起。革命，政變，以及謀殺，都發生在一大清早，天還沒亮之前。當年我們都是天剛亮就起床，不是為了革命，而是為了上學。眼睛有眼屎，腦袋睡意迷濛，我們聽著收音機節目《保加利亞——事蹟與紀錄》（很討厭，因為時間太早了）的訊息，以及兒歌「在家這裡，時鐘滴答，醒來，醒來，小小孩……」連著許多年，這些聲音灌進我們還在打呼的耳朵裡，聽來像是唱著「栽佳哲理，西松笛答……」

所以清晨七點半，我已經到了以前共黨總部前面的地下道。這是遊行的集結點。我打著紅色長領帶，長長垂到肚臍，底端是喇叭形。配上我這件口袋有蓋、隱約有條紋的老鼠灰西裝，看起來很可笑。我獲得的免費贈品是一條鑲藍邊的男用手帕，以及一把小梳子，可以放進外套內口袋。我得承認，他們小細節都想到了。要是他們贏了，我對自己說，我們就要重新開始生產手帕和小梳子。還有那個時代的整個男裝業。「男裝業」，我最後一次想起這個名詞是什麼時候？情況倒轉，語言也會回來。當年我的鞋子擦得亮晶晶，襪子不知為了什麼奇怪的理由，是墨綠色的，八成是從軍隊倉庫拿來的。為了萬一派得上用場，我也買了一頂鴨舌帽，不過現在只拿在手上。

儘管時間還早，但廣場已經開始塞滿早起的 Soc 支持者。到處都可以聽見一度無所不在的「同志」招呼聲……一開始我覺得使用這個稱謂有點滑稽，因為我的耳朵老早就忘了這個詞，但現在我不這麼覺得了。我記得，因為我爸的名字叫葛斯波汀，保加利亞文的意思是「先生」，更重要的是他姓葛斯波汀諾夫，所以在路上碰見熟人的時候，他們喊他：「嘿，先生，先生先生！」聽見的每一個人都愣住。你在喊誰「先生」啊，同志？總會有警覺的市民插嘴問。但要是喊「先生同志」聽起來同樣可笑。

一個白鬍子老人原本坐在考古學博物館門口的石頭上休息，此時掙扎着站起來，卻沒成功。他一手抓著小旗子，一手拄著手杖，而他沒想過要放下旗子，讓身體可以保持平衡。我走過去幫他。

你是來遊行的嗎，爺爺？

沒錯，來遊行，孩子。我是祖國陣線[2]的人，一輩子都是他們的人。以前他們罵過我好多次，因為我總是在不該探頭探腦的時候，到處打探，但是如果需要，我還是會回到他們那裡去。因為社會主義或許滿嘴胡說八道，但至少我可以摸透他們。他們騙我一次，我就騙他們兩次，我們總是可以找得出辦法應付。可是在新時代，他們眼睛看著你，卻把你給搶個精光。像列貨運火車那樣輾過你，轟，就這樣。你站在那裡全身被剝得只剩內褲，沒人叭一聲。

他拍掉長褲上的灰塵，看著我，瞇起眼睛。那麼，要是我可以逆轉時間，我也可以把那些年都要回來嗎？他們可以愛怎麼罵我就怎麼罵，只要我能再次回到二十幾歲。

我笑起來，拍拍他的肩膀，馬泰伊柯爺爺（我這麼叫他，這是埃林・佩林[3]短篇小說裡最後上天堂的老農夫）謝謝我幫他，邁著小步走向他所屬的區域。

同志……有個老婦人朝我走來。她戴「黨先鋒」臂章，手拿紅色的黨筆記本，問我，你隸屬哪個黨組織？

（噢，當真？……我的任務才剛要開始，偽裝身分就被拆穿了？）

我問你是哪一區來的？

從列寧區來的，我想也沒想就回答，以為這婦人會叫站在附近的民兵軍官過來（沒錯，他們找到以前的民兵制服給保全警衛穿），把我拉離廣場。

和我的陰暗期待相反，她竟然露出笑容，還點點頭。

大家都已經忘了那些區以前的本名了，她說。我是斯科普里來的。你叫什麼名字，我好幫你登記下來？

我嘟囔著什麼高斯提諾夫之類的，婦人卻非常認真記下來。

你可以在那邊的桌上拿一面紅旗和免費的康乃馨，她說，指給我看，然後才走開。

我看過這個畫面幾百次，但早已深深埋藏在我腦袋的地下室，此刻卻宛如鬼魂現身一般，浮現在我眼前，但是你知道這些鬼魂是有血有肉的，你用手戳他們，他們也不會消散。這麼說來，如果他們是真的，那你自己才是鬼魂。

男人、女人、群眾、人民……男人都穿著和我一模一樣的鼠灰色服裝，間雜著有幾個穿深藍或黑色獵裝。汪洋似的女人穿著風衣，米白色，一九七〇年代末期的款式，如果我沒搞錯的話，簡直像是瓦倫蒂娜時裝坊或亞妮莎新物時尚中心重啟生產線似的。其實，如他們真的重啟生產線，我也不意外。我也注意到幾個穿著更醒目的女人，她們的衣服樣式稍微不同，顯然是黨委員會裡比較高階的同志。第一書記孫女的簽名非常顯眼，她本人是個設計師，也是「真正的時尚總監」，正如左傾媒體一寫再寫，寫到令人厭煩的。女人們流行蓬鬆的髮型，一大清早倒梳頭髮，再噴上大量定型液，模仿第一位進入太空的女性，范倫蒂娜．泰勒斯可娃[4]。巧合的是，美容院裡的帽兜式復古烘髮器和第一批蘇聯太空人的太空裝相似得驚人。若是危機發生時，美容院裡所有的女人都能直接帶著烘髮器噴射出去，我也毫不意外。周圍的群眾快步行動，女人們互吻臉頰，然後又花很多時間擦掉彼此臉上的唇膏。男人在抽菸，鬍子刮得乾乾淨淨，身上有濃烈的古龍水香味，瞄著他們的女同志們。

我必須承認，現場瀰漫歡快的興奮氣氛。

我顯得格格不入，獨自一人，很尷尬，手裡沒有旗子，也沒有康乃馨，所以我走向臺子。都沒有了，同志，那女人無助地聳聳肩，他們答應要再補發給我們……

老天哪，這一切是如此善良且熟悉。我肯定是一副垂頭喪氣的模樣，因為排在我後面的一個男的，遞出一包香菸：你想來根菸嗎？

空姐牌！我非常真心地大喊出聲。印象裡我抽第一根菸是在九歲，那也是我記憶所及，第一次偷東西（偷我爸的菸），我第一次說謊，我第一次覺得自己是個大男人，我的第一次革命——這一根香菸背後藏著多少事情哪？

這男人顯然誤解我的反應，從外套內側口袋又掏出另一包菸：我也有ＨＢ，是在外匯商店買的。

我笑起來，這時才認真看他。他打了條可怕的黃領帶，身上的西裝也有些不尋常，和我們周圍的群眾都不一樣。我腦袋裡突然有個什麼東西喀答一下，在同一瞬間，他腦袋顯然也喀答一下。繼之而來的是我們熟知的重逢場面，比起奧德賽的場景當然是小巫見大巫：難道你是……可是你……我以為你住在國外。哎呀，現在國外又不是冥府，誰都可以回來的。

丹比，我當年的同學，有一小段時間也是我的大學同學，但他很快就明白文學是死路一條，於是消失在九〇年代平行世界的某處。

我們已有三十年未見。上回我聽說他消息的時候，他在賣房地產和飛機零件，開了家羅莎貝拉甜點店。應該就是這個順序沒錯。

他有一回打電話給我，要我替他的連鎖甜點店想個廣告標語。別這樣嘛，他說，你不是詩人嗎？我當然不是詩人，我只是在大學裡主修文學的大二學生，被主修的課程與所需的修業時間給搞到一文不名，所以我馬上接受他的邀約，想了一句標語，好像是「我們的甜點天下無敵」之類的，他非常喜歡，等我發現我的報酬是六十列弗[5]，三十張兩列弗紙鈔時，就覺得那些錢是直接從甜點店的收銀機裡拿出來，還沾著奶油醬，黏答答的。

丹比是和我一起做過青春期所有蠢事的人，是我們中學最狡猾的傢伙，很可能也是你這輩子所能碰到、最討人喜歡的騙子。在這裡碰見，我們兩人都很意外。周圍的小號開始吹響，大家開始列隊。丹比突然想起他趕時間，把名片塞進我手裡：我是來工作的，他說，等時間充裕一點的時候，我們聚一下，然後就消失在群眾裡。我收起名片之前瞥了一眼，狄揚・丹比列夫，電話……只有姓名和電話號碼。這是極度有名或極度謙虛的人才會用的名片。丹比絕非後者。

廣場瞬間丕變，鬧哄哄的群眾彷彿接收到命令似的，開始組成隊形。音響系統顯然有問題，你可以聽見有個聲音說，該死……在整個廣場迴盪。接著，彷彿要掩蓋失態，《國際歌》[6]的樂音轟然播送：「起來，沉睡的工人起來……」由電動車拖動的每一個舞臺前面，都站有穿短褲的體操選手，準備一聲令下就開始疊羅漢。我旁邊的女孩們揮舞手帕和旗子，練習排圖形，看見某個暗號之後，她們蹲下來，用身體和旗子排出一張臉，五官非常模糊的臉，你既可以說是格奧爾基・季米特洛夫，也可以說是列寧。我記得我們每次聚在餐桌旁，我的一位姑姑就會很驕傲地說，一九六八年她當學生的時候，曾經是列寧鬍子的部分——那是在國家體育館舉行的青年節開幕典禮，有四萬名觀眾在場，你可以想見那有多讓人興奮。我記得我每次一聽她講這個故事，都忍不住想要大笑，所以得躲進小孩房間裡，免得被我媽打耳光。我可憐的姑姑，她一輩子都夢想開展演藝生涯，結果她的人生角色就只是列寧鬍子上的一根毛。

集會採取社會主義時代的遊行形式，這個主意本身不賴，卻也有不小的缺點，因為空間太有限。我們只要走上兩百或兩百五十公尺，所有的人就會卡在陵園和國立美術館之間。國立美術館曾經是沙皇宮殿，一度也是土耳其人的市政廳。司儀的聲音透過擴音器，變得破裂分岔。難道他們特地去找舊擴音器，好讓我們重新體驗以前那種吱吱嘎嘎霹靂啪啪的聲音？如果是這樣，那麼這場運動背後就有縝密的腦袋與充裕的現金支持。錢來自俄羅斯，這是公開的祕密。俄羅斯已經逐步，且非常明顯地變回蘇聯，透過公投——如果我們也可以把這個名詞這樣用的話——收回以前失去的領土。

司儀的聲音飄浮在廣場上，低沉，充滿感情。他們找了一位在當年有同樣辛酸經歷的老演員，你會不由自主地起雞皮疙瘩。同樣的那些辭藻，成千上萬名英雄流下的鮮血，通往光明未來的這條艱辛但別無他途的道路，熱情與勇氣，勇氣與熱情……

我周圍的人就像當年一樣，很少去思考這些詞句的意思，反正無論如何也不可能理解，那誦讀出咒語的聲音，那語調與感染力，是小小的紅燈，足以打開往日消化液的閘門。我在祖國陣線那一區的後排找到一個位置。我瞥見馬泰伊柯爺爺，我們互相點頭。

遊行出發。走在最前面的是銅管樂團，接著是一小隊啦啦隊。我從來不了解，社會主義什麼時候開始准許這樣帶有色情意味的表演了。想必是一九八〇年代的某個時間點，政治局那些老糊塗做出了這樣好色的許可。同樣的一批老糊塗曾經下令，如果女孩穿的裙子過短，就在她們的大腿上蓋永不褪色的墨水印，但如今他們卻突然批准這些穿革命制服的蘿莉塔出現。

接下來是體操選手，在移動的舞臺上，用身體做出活生生的五芒星。再來輪到剛才練習用旗子排出列寧／季米特洛夫臉孔的女孩。後面跟著的是好幾輛電動車，拉著巨大的花車，上面是保麗龍搭築的裝置與肖像畫。押後的是一般勞工，我們和我們的康乃馨與小紅旗（我從來沒辦法讓自己帶著這些東西）。我們隊伍的尾巴在廣場的最後面，就在美術館／皇宮／市政廳邊上，但從這裡往前看，你可以看見全貌。而陵園聳立在一切之上。盡可能完整呈現的一座陵園，重新搭建，是整個活動的最高潮。我們站在前面的時候，你可以感覺到興奮的情緒，宛如漣漪擴散到整個隊伍。前一天晚上的那些工人確實做得很好。陵園微微發亮，像真的一樣，比以前更潔白。前面的衛兵表演換班儀式。一聲令下，遊行的人開始高喊三遍：「榮耀，榮耀，榮耀」……我很好奇他們是什麼時候預演的，怎麼能這樣齊聲恭誦，根本不可能嘛。反正我是錯過預演了，喊的時候稍微落了拍，但嘿，我們畢竟是祖國連線，就湊合湊合吧。這時軍官開始爬上舞臺，像以前那樣揮手，上臂不動，只有手腕以上的手掌揮動。這是設計編排過的，我想。全部都是事先演練過。我很想知道編劇是誰。

突然，彷彿接收到指令似的，恭誦的聲音剎時停止，司儀的聲音再度飄揚於廣場上。讓我們歡迎我們的領袖與導師，格奧爾基．季米特洛夫同志……這劇本肯定是哪裡出了差錯，我想。也許我們會紀念的對他的回憶，但要歡迎他回來，未免太離譜了……

這時，在籠罩全場的靜寂中，長號響起，建築的屋頂打開，兩塊扁平的板子滑到兩側，從陵園裡面，季米特洛夫遺體躺臥的床開始上升，就和我小時候看見的完全一模一樣，下面有紅色絲絨布，擺放在蠟般的遺體旁邊是一整圈的花朵……還有那蠟般的屍體本身。石棺懸在舞臺和站在舞臺的人頭上，邊上的一個女人迅速在胸前畫了個十字架。整個廣場宛如凍結。我很怕這具木乃伊會在他的高臺上翻身，掉在下面那些軍官的頭上。我覺得他們也很怕會這樣。之後，兩塊板子無聲無息地再次合攏。這時，悄然無聲的驚恐顫抖襲捲蹲著的眾人，因為，不，別說這是真的，木乃伊慢慢舉起手掌，只有手掌，輕輕揮手。幾乎看不見的動作，幾乎難以察覺。我看見幾個年長的婦人抱著頭，迅速被扶走。季米特洛夫的聲音立即響起，某個舊時的錄音說，我們正在走的路絕不平順，也像國會前面的石階那般，並不平坦。但是荊棘……這些人從來沒學會要得體講話。

非常嚇人。我必須承認，我甚至覺得自己的心跳漏跳一拍。錄音播放完之後，這場活動的召集人走上前，是個年約五十的紅髮女子，身上一襲經典套裝，腰部稍微收緊合身，脖子上一條紅色三角巾，外套口袋一朵紅色康乃馨。她做個手勢，要眾人安靜，準備展開她的開場致詞：親愛的各位勇敢的同志與愛國之士……四個 r，每個辭彙各有一個，這顯然是社會主義的密碼，r 越多越好。他們推薦狗的名字也要有 r，絕對不是巧合。這樣你給牠們下令的時候，牠們才會尊敬你。

# 11 集體失憶與回憶的過度生產

社會遺忘得越多，就會有更多人進行生產，銷售，以代用的回憶填補空下來的空間。回憶的輕工業。用輕材料製造的往日，很像3D列印機吐出來的塑膠回憶。根據需要與需求來製造的回憶。新商標——出售各種不同的往日模組，可以精準填補空出來的空間。

我們描述的究竟是一種病症的診斷，或是一種經濟機制，尚待確定。

——高斯汀，《迫在眉睫的新診斷》

## 12

## 起義

我沒在陵園前面聽完其餘的演講。時間來不及了，我還要趕去英雄的聚會，那是在這條街再過去五百公尺的鮑里斯公園舉行。我穿過市政廳後面的小公園溜走。我在附近租了間公寓，回到那裡，我換下西裝外套和寬鬆長褲，穿上馬褲和繡花背心，但沒換掉白襯衫。白襯衫永遠都合時宜。我在腰間繫上寬腰帶，頭上的帽子換成毛氈帽，瞧——我成了年輕英雄啦。裹在我小腿上的皮綁腿，以及手工製作的莫卡辛鞋，給我添了一點麻煩，但在穿了硬邦邦堅不可摧的牛津鞋之後，這些裝束讓我覺得如釋重負。我經過大學，一路向前，穿過有紅軍紀念碑的太子公園。這裡現在有支持左翼的志工全天候守衛，因為近來發生多起惡作劇。就只是在三更半夜花上半小時潑漆，一覺醒來，俄國士兵就變成蝙蝠俠和超人了。其實，這是如今紀念碑所能發揮的最好功能。我往前穿過體育館，進入鮑里斯公園深處。這裡改名叫鮑里斯公園之前，是叫「解放公園」，在更之前是Pepinera，也就是植栽苗圃。

這裡的每個地方，以前都是別的什麼。

我走進鮑里斯公園。要是在這裡集合的愛國者，有人曾讀過在解放之前，這裡是土耳其駐兵的地方，不久之後又成為土耳其墓園，他們肯定會另找地方當集合點。但是大自然沒有記憶，人也是，所以在接近中午，又或者按往昔的說法，是奧圖曼標準時間十二點鐘，鮑里斯公園迴盪著英雄歌曲。走過阿里亞安湖的時候，我的一只莫卡辛鞋鞋帶鬆了，我差點跌個狗吃屎。

怎麼回事，弟兄，大哥，你需要幫忙嗎？一個年輕小伙子彎腰靠近我說。

我沒事，弟兄——我也試著學他的口氣說——謝謝你，祝你平安。

這是個很好的語文練習，我對這樣的東西很感興趣。任何東西到最後都變成語言。那裡說「同志」，這裡要講「弟兄」，語言像負重的野獸，忍耐一切，不會反叛。因為語言記得我們尚未存在的年代，又或者是因為語言沒有記憶。

身穿傳統服裝，耳邊簪花的少女，咯咯笑著。裝飾在衣服上的銅板在陽光下閃閃發亮，華麗的銀帶釦在她們身前閃著微光。從她們的服裝，你看得出來她們是保加利亞不同地區的人，紅色長袍繫黑色繡花圍裙的是色雷斯的女孩；穿黑罩衫的是索菲亞周圍夏普魯克地區的少女；漂亮的紗緞緊身上衣是波多皮山區的女孩……很多製造男裝與女裝的公司都重新命名，自稱是「家庭紡織工坊」，縫製馬褲、背心、罩衫，還有全尺碼的反叛軍制服，包括小孩穿的，彷彿我們已準備好要展開新的四月起義。

這天天氣很好，五月陽光溫柔照耀，你可以說連樹木都穿上它們的傳統服飾，才不會被即將發生的事情排除在外。在鮑里斯公園寬闊的草地上，大家三三兩兩坐在一起。有些人在地上鋪開毯子，拿出雞肉、水煮蛋、紅椒醬，他們帶得來的所有東西。

這裡有各形各色的男人——從面容光滑的年輕男孩到難以定義的中年男子（但都頂著貨真價實的啤酒肚）到白髮蒼蒼的老人。老人家是最有同情心的，他們有的好老，老到似乎從未換穿過西方服飾。每個男人身上都有刀，不是彎刀就是老舊匕首，或是折疊刀。

他們大部分都穿寬鬆馬褲，飾有黑色穗帶，臀部有深褶子，腰帶兩邊各插著骨柄的左輪槍和匕首。他們每個人或多或少也都有把舊步槍——伯丹步槍一閃而過，你也可以瞥見燧發槍，是俄土戰爭遺留下來的俄製步槍，偶爾也看見同時代的謝斯博步槍。其中更顯得業餘的，身上沒別樣武器的人，就只有槍托塗著反叛軍標誌的福洛拜空氣步槍。（看看你的舌頭是怎麼開始滑動的，快到你還來不及發現，就從這字滑到那字。）

右邊，體育場旁邊，一小隊騎兵像是來自扎哈里．斯托雅納夫[1]一八八四年那本《保加利亞叛亂者一頁自傳》，又或者應該說是從這書的電影版裡直接走出來的。三十幾匹馬的馬背上騎著反叛者，每個人的毛氈帽上都有隻獅子，插根羽毛，火雞毛，我猜應該是。其中一個想必是班柯夫斯基[2]，他把馬繫好，和個帶綠色反叛旗的女孩笑鬧。

我想打入某一群人，聽聽看大家怎麼說。說來奇怪，我的諷刺態度慢慢消散。這是我的故鄉，「民族主義從我們身上偷走的，」K會這麼說。我記得讀小學的時候，頭上的羔羊皮帽子壓過耳朵，害我一直冒汗，羊毛披風黏在脖子上，之後一個星期，都得用豬油擦脖子上的疹子。每天早上，我們不是做正常的運動，而是在操場上跳各種民俗舞蹈。他們總讓我排在隊伍尾巴，但我還是設想甩開周圍的人。情況就是這樣。我難道沒偷偷想過要成為整體中的一分子，那怕只要一個鐘頭也好，聽笑話就放聲笑，覺得其他人的身體跟我自己是一樣的，這些我理當擁有共同回憶，共同故事的人？……他們不也是為此而來嗎？想要和同樣對自己的身分感到困惑，卻又覺得自豪的人在一起？一個痛恨土耳其人和吉普賽人的程度，就跟熱愛土耳其牛肚湯、土耳其鑲茄子、巴爾幹大君、土耳其咖啡、國歌〈奮起！奮起！年輕的巴爾幹英雄〉程度差不多的人。但這人也愛流行民謠〈白玫瑰〉，喜歡在午後小睡片刻，傍晚坐下喝一小杯水果白蘭地，打開電視，大聲罵一兩句髒話，對著廚房大吼：「女人，你究竟在醯巴罐後面藏了什麼？」他喜歡家裡的一切都整齊乾淨，所以把菸灰撣在塑膠袋裡，然後把袋子往外丟，丟過陽臺欄杆，於是明天他走在街上，風吹起袋子，黏在他額頭，或他一腳踩到狗屎時，就可以說一聲，「該死，但保加利亞不就是個豬圈嗎？」然後他又會選幾句髒話來好好罵一頓。是誰說過的，罵髒話是保加利亞人的悟道，是一種保加利亞禪，瞬間領悟，通往最高境界的捷徑……？

謝天謝地，風笛開開始尖鳴，把我從這陰暗的思緒裡拉出來……大家跳起來，跑去加入霍洛舞，也就是傳統的圍圈舞蹈。我走開，看見樹下有個老先生，是這個陣營的馬泰伊柯爺爺，就和我今天早上在遊行活動見到的那位一模一樣，所以我朝他走去。我甚至懷疑這是不是同一位老人家。他想用火絨點燃菸斗，鐵片劃在燧石上迸出火花。這個手勢包含了整個保加利亞文學與民間故事。

還好嗎，爺爺，我可以和你一起坐樹蔭下嗎？我說。

你好啊，孩子，請坐，隨意，樹蔭是屬於大家的，他眼睛抬也沒抬地說。

聽見風笛的時候，你的心是不是也跟著跳起來？我說，略帶玩笑。

是啊。我的心說，跳啊，你這雙腿，但我的腿聽不見。我的耳朵也聾得像門釘，我的眼睛看不見。我就是巴爾幹山區的優弗[3]本人啊，老人笑著說。歲月是最巨大的土耳其人，他們從我身上奪走一切，而且連問都沒問過我。我以前會演奏歌曲，但我的加都卡三弦琴燒掉了，所以我只能用梨樹葉吹奏，可是現在連棵梨樹也找不到了。我可以唱歌給你聽，博特夫和瓦佐夫的歌曲，我可以從頭到尾唱完。我是巴德夫來的，你聽過巴德夫嗎？

我知道巴德夫的乞丐，他們是薩謬爾沙皇[4]盲眼士兵的後代，一〇一四年保加利亞慘敗之後四散各地，成為流浪的古茲拉琴手與歌手，在橋上與廣場演出，靠著述說盲眼士兵與厄運故事的歌曲，掙得一點生計。有人知道這些，老人顯然很開心。

嗯，我就是他們的後代，他說，你看，歲月悠悠，我也和薩謬爾的士兵一樣，眼睛瞎了。有誰幫你嗎？我問。

有的，是我孫女帶我來的，她一定是跳舞去了。等她舞跳夠了，我們就要回家。他們搞的這個鬧哄哄的，我不太喜歡，還有來福槍也是。

這溫柔的嗓音，讓我想起我的爺爺。感謝上蒼，我們有這樣的老人家，他們奇蹟似的活下來。

霍洛舞真的非常喧鬧，規模越來越大。一開始是從靠公園上方的人行道，圍繞蓮花池，現在一路擴大到阿里亞納湖，以及公園入口。很快就會延伸到老鷹橋了。我不知道他們有沒有取得許可，讓沙皇格勒大道[5]交通管制，但誰有膽去制止他們？這條大道通往昔日保加利亞渴求的過大夢想，而此時路上空無人車，顯得意味深長。〈博斯普魯斯海峽的喧囂〉這首歌在沙皇格勒高牆前面，告訴我們西蒙沙皇的故事。沙皇格勒，那座從未屬於他的大城，希臘人稱之為君士坦丁堡的大城。但光是讓拜占庭大帝羅曼諾為之顫抖的事實，對長期受苦的保加利亞靈魂來說就已足夠。況且，每天都有巴士送西蒙的後代子孫出城去卡帕勒市場[6]。既然可以討價還價去買，又何必征服一座城市呢？

確實，民俗舞的陣容每一分鐘都在擴大，越過沙皇格勒大道的護欄，再次繞過老鷹橋，回到公園。

咿－荷－咿－荷－荷，跳舞的人高聲歡呼吶喊……倘若這時有人下達指令：「前進！

向沙皇格勒前進！」跳舞的隊伍肯定就會這樣前進，朝東走，像條龍似的，蜿蜒走上大道，一路向前，最終停在沙皇格勒皇宮前，把外牆團團圍住，拍著水花徑直穿越博斯普魯斯。等圍繞城牆的繩索拉緊，等風笛呼號，霍洛舞者包圍了整座城，這城不會陷落嗎？當然會陷落，整座城會加入霍洛舞群，高聲吶喊。霍洛舞是保加利亞的祕密示威部隊，保加利亞的特洛伊木馬。年輕的英雄偽裝成跳霍洛舞的狂歡者，但馬褲裡藏著手槍。這裡頭有奧德賽的狡猾，機靈彼德[7]和滑頭奧德賽合而為一。

鮑里斯公園上空突然出現噪音，陰影緩緩籠罩樹木，儘管天空上連一片雲都沒有。每個人都馬上抬頭看。一面保加利亞國旗，由三百架無人機帶著，正如後來報紙上所說的，在我們上方的天堂飛舞。這是有史以來整面張開來最大的國旗，正待金氏世界紀錄認證。（此時配上華格納的〈女武神的騎行〉非常合適，雖然主辦單位選的是保加利亞民謠〈德爾優成為反叛軍〉。）

這整個場景有點怪異，很像某部懷舊的末日電影。無人機莊嚴地嗡嗡響，拉著長到看不見末端的國旗。而下方是身穿馬褲，帶十九世紀步槍，在風中抓著帽子，大呼萬歲的人……無人機以驚人的準確度完全覆蓋公園上方的這片天空，就這麼停在目瞪口呆的群眾頭頂上。

「絲綢織成的天空如此宏偉，這是我美麗的家園……」在勉強權充的舞臺上，有人唱起社會主義的兒歌，但沒有其他人唱和，所以他尷尬地沉默下來。這時有個活動召集人抓起麥克風，說出通關密語：「保－加－利－亞年輕英雄！」附和聲立時響起，在山丘與谷地之間迴盪，撞擊沙皇格勒大道另一側的建築，再回到鮑里斯公園的林木間。「保－加－利－亞年輕英雄！……」大家高聲喊叫，眼睛凝望上方的無人機，彷彿歡迎它們似的。

站在我不遠處的一個禿頭年輕人，再也無法克制自己。他舉起他的曼利夏步槍，對著天空射出喜悅的一槍，就像他在電影裡看過的一樣。快放下，你會把國旗打出一個洞的，坐在他旁邊較為年長的同胞，也許就是他們這個反叛小組的領頭人馬上斥責他。這年輕人臉紅，放下步槍，但他的信號已經發送出去了，我們周圍響起步槍和左輪槍（他們有段時間把左輪槍寫成輪輪槍，唸起來好可愛。）的槍聲。好幾架無人機被擊中，霹靂啪啪掉到下方的群眾裡。謝天謝地，沒有人傷亡。目睹無人機命案實在太怪異，就像看見雁在飛行途中被射殺一樣。沒有羽毛四散，但你還是可以察覺到有隻鳥被射下來。

就在此時，彷彿接到指令（永遠沒人知道這原來就是劇本的一部分，或是因為突然發生的射擊事件而改寫），無人機動作整齊劃一地同時張開抓鉗，消失在西方，留下國旗孤伶伶懸在空中，似乎驚呆停頓一會兒，才開始慢慢墜落。下墜的動作非常滑順，擁抱高樹、灌木，遊戲場的溜滑梯與石象，蓮花盛放的池塘、長椅、涼亭，詩人與將軍的紀念碑，班柯夫斯基的騎兵，以及帶著步槍的人。公園邊緣的人想辦法逃開，有幾個比較害怕的婦女孩童也馬上拔腿就跑，但大部分人都留在原地，在國旗下方。這裡有高大的松樹和栗樹，所以國旗落在上面，撐起了像馬戲團帳篷似的巨大篷子，而在斜坡和草地上，布則攤平在地上。被蓋在布下面的人只看得出來倉皇的肢體動作，到處聽見慘叫聲，說他們快要窒息了，所以有人不得已用刀劃開這面神聖的旗子。一大塊布落下來蓋住鮑里斯公園，這用來製造有史以來最大一面國旗，全長超過三公里的布，彷彿是克里斯多[8]的包覆地景藝術，儘管在其他時候，他都遭到年輕英雄們大肆抨擊。

感謝上帝，我後來一直待在馬泰伊柯爺爺坐的那棵高大栗樹底下。這裡很通風，甚至空氣頗宜人，只是布料和濕紙巾的香味太過濃烈。原來是因為國旗噴了玫瑰水，所以鮑里斯公園成了玫瑰谷[9]，讓底下那些乾咳哮喘的人驚恐至極。那些短劍彎刀如今終於能派上用場，來解救受苦的大眾了。慘叫，咳嗽，咒罵，所有的聲音在空中喧騰，大家喊著失散親人的名字。這一切破壞了重現四月起義爆發場景的精心設計。那座櫻桃木大砲最後沒能發射，想當年他們要開砲就夠困難了，而如今，蓋在這塊大布下面，也只是讓民眾更窒息。至於騎兵，現在只看見幾匹馬，拚命兜著圈子跑，因為恐懼而驚狂，有踩死摔下馬背的騎士之虞。理當用來代表希普卡隘口的山丘，以及為求歷史精確重現，應該丟石頭與木頭的地方，現在只有隔著布傳出的呻吟聲，以及某人的嗓音透過擴音器高聲吟詠知名詩句。

起義成了慘劇，正如當年的歷史。而這讓歷史的重現還真是百分之百準確無誤。

# 13

五月的暮色精心掩藏這個叛亂下午所殘留的一切，鮑里斯公園栗樹上的國旗碎布、空瓶子、報紙、包裝紙……我不知道每場革命過後，都是誰來負責打掃整理。

我沿著克拉克拉街走向博士公園，我還不想回家，所以走進建築師協會裡的咖啡館，這是我有段時間消磨大半午後時光的地方。這裡有個帶花園的舒適小院子，是看書或沉思的完美地點，當然，除非你剛好碰上愛講話的朋友。我打了高斯汀診所的電話號碼，想給他做個簡要的報告。電話響了又響，我只好掛掉。我告訴自己，最好是寫信給他，反正他不喜歡講電話。

這時我決定打電話給丹比。我掏出他的名片，撥他的號碼。還是一樣，電話響了又響，沒人接。我傳簡訊給他，說是我，提議見個面。一分鐘之後，我收到簡訊。丹比致歉，但他今天真的很忙亂，邀我隔天到他位在中央浴池的辦公室喝咖啡。

建築師協會的院子相當安靜。經過一整天的遊行和起義之後，這裡彷彿什麼事也沒發生。幾對看起來高貴的老夫婦聚在角落一張較大的餐桌旁，莊重地慶祝些什麼——結婚紀念日，說不定是鑽石婚，但也許只是為了慶祝他們還活著，就這麼簡單。離我不太遠的地方，一對年輕情侶親吻。嗯，還是有些事情沒變，我心想，目光儘量不往他們的方向瞥。

我也試著想像，要是英雄贏了，這家咖啡館和院子會變成什麼樣子。他們會把櫻桃木大砲拉到門口，會把玻璃杯換成保加利亞傳統陶藝燒出來的陶杯嗎？他們會在餐桌上鋪紅色的民俗織布？不太精明但很和善的女服務生會被迫換穿飾有銅板的罩袍，頭上繫繽紛布巾？輕柔的爵士樂會換成民俗音樂？或者至少會留一兩個中立地區給被歷史搞得筋疲力竭的人民？

這個栽有來自各國美麗花卉的地方，也許會種出名為「國家」的新品種鬱金香——在白色花朵裡注入綠色和紅色的花朵。在多番嘗試之後，某個園丁會成功析離出這個變種。在鬱金香花瓣裡強行加入綠色，對這花的本質來說或許太過粗暴，那麼就把綠色留給花莖和葉子，花朵上不必有綠色。

大家都相信，無論發生什麼事，大自然不可侵犯的安慰力量仍然會存在。春天、夏天、秋天，接著是冬天取而代之，然後又會回到春天。可是就連四季也不保證永遠存在。巧合的是，根據凱爾特人的說法，大災難來臨的第一個徵兆就是季節混淆。

就在這時，有槍聲響起，顯然就在附近。經過一整天的喧鬧騷動，這完全驚擾不了我，但我覺得我是聽見機關槍開火的聲音，而救護車和警車的警笛證實確有事情發生。索菲亞市中心發生受矚目的殺人事件，不只是一九九〇和一九二〇年代的註冊商標，也是十九世紀末期的標誌。有位總理就在這裡的解放者沙皇紀念碑被槍轟掉，還有一個在拉科夫斯基被炸成碎片。所以你知道你所在的是什麼地方。

我付帳，起身離開，這一天的情緒波動已經夠了。我回到家，打開新聞，看見兩個陣營的活動參與者在蘇聯紅軍紀念碑發生衝突。英雄陣營有兩人受重傷，很可能是被第二次世界大戰時代的斯帕金半自動衝鋒槍擊中，記者說明。紀念碑是兩個陣營的交界處。在畫面上，受傷的人虛弱躺在那裡流血。電視臺工作人員搶在救護車抵達前先來到了現場。

# 14

## 在丹比處

隔天，我一大早就前往浴池。雨下了整夜，在涼颼颼的五月清晨，這城市看起來和前一天完全不同。人行道活像雷區，鋪路石歪斜，噴起泥巴，濺上你的褲管。於是步行其實是某種怪異的考驗，充滿謹慎評估、跳躍、遲疑，尋找迂迴前進的路線。這不是步行，而是謀略。就這樣，在咒罵與憤怒中，我不知不覺抵達了目的地。

中央浴池當然早已不是浴池了，但仍然是索菲亞最美的建築之一，立面明亮精緻，帶有分離派[1]風格，同時又有拜占庭的圓形外廓。浴池目前已改為索菲亞歷史博物館，但每個人都還是叫這個地方「浴池」，反正不時有非營利組織出面要求把這裡改回市民公共浴池，因為裡面還有兩個浴池，大的是男池，小一點的是女池。我穿過博物館迴廊，溜過路易十六風格的黃金馬車，經過一張巨大書桌——是俾斯麥送給斐迪南沙皇的禮物——大小和馬車不相上下……

丹比的辦公室在樓上的走廊盡頭。很寬敞的房間，但不同時代、不同風格的物品堆得亂七八糟，彷彿是博物館的自然延伸。

你要喝點東西嗎？他一打開門就問。

有什麼喝的？

從咖啡到馬奶酒，應有盡有。

馬奶酒？我大叫，馬奶釀的？

對啊，配保加利亞經典早餐，丹比回答說，最近就像煎餅一樣暢銷。小米粥，水煮碎乾麥，還有切得細細的肉乾條。嘗嘗看。

他的早餐擺在旁邊的小桌子上，他匆匆扯下桌子上的布巾。

這是在馬鞍下直接乾燥的吧，我開玩笑說，伸手拿肉乾條。

這個嘛，包裝上是這麼說的，但我可不敢保證……告訴你，這幾年啊，馬的數量比羊還多，已經追上保加利亞飼養的牛隻數目。原來愛國主義是生產的動力啊。

我慢慢嚼著肉乾，心中懷疑。這比我預期的要來得更硬，而且有種讓人不快的怪異甜味。

噢，我忘了告訴你，丹比看見我臉上的表情，於是說，這是馬肉乾。

我差點就忍不住要把肉乾吐在餐巾上。

好吧，當然啦，經典的保加利亞是不養豬，不養牛的，丹比說，他們以前做什麼都用馬。順便告訴你，這肉乾對你有不可思議的好處，膽固醇和油脂量只有一半，同時還含有大量的鋅，他嘰哩呱啦說個沒完沒了，活像電臺廣告。最近在市面上非常暢銷，是阿斯巴魯赫君王牌。

他指著牆上的日曆，那是公司送的贈品，上面是公元六八一年創立保加利亞第一帝國的阿斯巴魯赫。他騎在馬上，嚼著一大塊肉乾，很像是從他胯下這匹馬直接切下來的。偉大保加利亞的味道。下面有一行比較小的字：保加利亞肉所製。好喔，這聽起來像食人族了。

咖啡，我請求，不要馬奶，如果可能的話。

我幾乎一口灌完，沖掉嘴裡殘留不去的馬肉甜味。丹比說要給我打芹菜加甜菜根汁，我接受。在榨汁機轟轉的時候，我謹慎環顧四周。有張大保加利亞地圖——我不記得保加利亞什麼時候曾以這個規模存在過——掛在門的右邊。歐洲幾乎全部屬於保加利亞，外加兩小塊像肉乾似的從亞洲切下來的部分。辦公桌後面的小玻璃展示櫃裡有四個很詭異的聖餐杯。我走近，看見這四個其實是頭顱，細心雕刻，安置在鍛鐵上，變成酒杯。

這是尼基弗魯斯[2]顱杯組，丹比在房間另一頭大聲說。

有幾把老舊步槍，克恩卡和曼利夏，優雅地掛在牆上。每回只要看見有人展示槍，我就會自然而然想起契訶夫。在槍旁邊——有架舊款的木製收音機蓋著小小的編織墊，上面一只自己用維洛洗碗精舊瓶子改造成的花瓶，幾朵人造百合燦然盛開。再沒有比俗氣的裝飾品更能讓人回到往日。

聽我說，我知道你在想什麼，丹比突然說，但這些就是我客戶喜歡的。

我不理會他的關切，繼續繞著辦公室參觀。

蓋子上有五芒紅星的玻璃水瓶，一個大腦泡在福馬林裡，彷彿從某個生理實驗室偷來的。這是格奧爾基．季米特洛夫的大腦，端來果菜汁的丹比順口說。他們幫他的屍體防腐的時候，取出大腦保存。

在這面博覽會似的牆壁盡頭，有個火柴棒搭建的陵園小模型，非常細緻的作品。

這很容易起火，我無法克制地說。

說到陵園，你覺得昨天的遊行怎麼樣？其實……這場歷史重現……幕後是……我的公司，他謙虛地說。

這就是我的老朋友丹比一直在做的。

所以你說你是……導演？我不知道這是不是正確的字彙。

我靠這個維持生計。靠著這家公司，我創造歷史裝飾品，這是我主要的業務。我向來喜歡戲劇，但當年戲劇學院並沒有收我。

我還記得那場遊行有許多非常巧妙安排的精緻細節，我也這樣告訴他，這顯然讓他很開心。

擴音器霹啪嘎啦的效果很好，你是故意的，對吧？

你覺得呢？還有音響測試時的失誤，講話那人脫口而出的髒話……大家都記得這類的事情。其餘的一切和社會主義時期的遊行一模一樣，都是大家所記得的情景，然後再加上一點失言。你為他們創造了這一切，讓他們回到當年。還有季米特洛夫的出現，你覺得如何？神來之筆吧。在開始之前，我到陵園的地下室。噢，那裡真是可觀。他們摧毀陵園的時候，差不多只炸掉了上面的部分，底下的東西雖然都裂開，金屬強化結構垂下來，但下面的幾個房間還是存活下來了。擺防腐屍體的房間，我稱之為化妝間，毫髮無傷，他們用來運送他的那部電梯有點生鏽，但基本無礙，還能運作。他們每天晚上把他送到下面的冷凍庫，那是保加利亞的第一部空調系統，從四〇年代就裝好，一間到處是管子的大廳。然後他們把他推進化妝間，重新打理他，給他這裡那裡塗上厚厚的脂粉，再用電梯把他送到地面上的世界。那具可憐的僵硬屍體可不容易啊，上上下下，在這個世界和那個世界之間來回穿梭。無數次往返。

要是你問我，最後揮手的那個部分有點太過戲劇化，我喝著果菜汁，評論說。

那不然我們還能怎麼做呢？我搞的是戲劇，不是革命，他生起氣來，覺得被得罪了。我一點都不在乎他們的白癡政治運動，他們付錢，我就做我的工作。這是新的劇場，露天劇場，觀眾不知道他們自己也參與了表演。演出即興悲喜劇[3]。其實他們有些人是知道的，他又說，他們是被召集來的。我給集會和革命提供了臨時演員，可以這麼說。

革命的臨時演員？你不是說真的吧，我說。等等，可別告訴我說英雄起義也是你在幕後策畫的？

呃，這個嘛——丹比嗯嗯啊啊——我寧可不討論這件事，他們最後一分鐘才來找我，我得要救他們嘛。可是你把步槍交給那些外行人，他們最後就會把無人機和其他的全都搞砸——

這時他的電話響了，讓我吃驚的是，那聲音竟然從我以為純屬裝飾的盒子裡傳出來。那看起來像迷你的電話總機交換機[4]——一塊四四方方的木板邊緣連接一部沉重的黑色受話器，上面有兩排按鈕，上方角落有個圓形轉盤。他們用這個打給我，petoluchka，五芒星，丹比密謀似的眨眨眼，接起電話。「五芒星」是神祕且祕密的電話系統，專供共產黨菁英中的菁英使用。平行的電話，平行的咖啡館，平行的別墅、餐廳、理髮廳、司機、醫院、女按摩師，當然也有平行的享樂女孩。顯然一直存在著兩個平行的國家。

不好意思，他說，我得接這個電話。給我五分鐘，我們就出去呼吸新鮮空氣。

# 15

所以現在有往日的生意人，我對自己說。丹比就是其中一個，從他後來告訴我的來判斷，他是個黑市玩家，而且是最頂尖的那種。其實，那甚至不算是黑市，這行生意絕對合法。他接收各式各樣的訂單，沒有任何政治預設立場。就目前的情況來說，六〇和七〇年代的訂單報酬最豐厚，他也覺得自己的根基是留在那裡。他總是帶有幾分嘲諷。我很火大，火大的次數可夠多了，他這麼說。我推測只有他自己了解這些「火」，而且大部分只是拿來證明他自己的良心還存在。

丹比挺著悉心照料的啤酒肚，這裡習慣這麼形容中廣身材。打從小時候到現在，他一直都是胖嘟嘟的。對他來說，什麼都很容易，即使是在小學時代。他偷偷在筆記本的後面幾頁畫裸女，一面畫一面激起性欲，結果得跑到廁所去打手槍。當時我們能弄到關於性的書，總共只有兩本——《男人與女人親密》，以及《性病與失調》——而且都譴責自慰，說那是危險行為，會導致不名譽的疾病（我只記得裡面說你會因此瞎掉眼睛）。丹比也把他畫的裸女賣給我們，十分錢一張，所以我們也就盲目地朝向我們眼盲的未來奔去，其實只不過就是讓我們的眼鏡鏡片厚度增加幾厘米。此外，《男人與女人親密》裡的配偶性交圖片，更像是汽車引擎的剖面圖，有很多火星塞之類的東西。

我記得中學的最後幾年，丹比把他的閣樓空間改裝成攝影棚與暗房。我清楚記得遮住小窗戶的厚窗簾，紅色檯燈，以及裝有定影液與顯影劑的托盤。當時，要讓照片顯影是需要過程的，很費工，老實說吧，需要一點小小的奇蹟（有黑暗之處，就是奇蹟小憩之處）。你得把相紙浸到一個托盤裡，然後再泡進另一個托盤。要是在裡面泡太久，輪廓會像燒焦的吐司那樣焦黃，但要是浸得不夠久，那就會變得蒼白模糊。

我是他的助手兼打光師。我調整他祖母的一把舊白傘，也幫他拿以電池充電的投影機。我們學校有好幾個女生會順道來攝影棚。拍照到某個時間點，丹比就會叫我出去，這樣才不會讓「模特兒」太緊張，然後他們兩個就獨自留在黑漆漆的房間裡。有時候甚至我們附近的大美女，年紀比我們大好幾歲的莉娜也會過來。他也不時把房間按時計費出租，租給附近想要和女朋友獨處的男生。我記得這些，因為丹比的照片實在拍得很好，不可思議的好。他知道如何衡量光與暗，就像藥劑師那麼精確。他很會利用光影，讓身體從僵硬與呆板的動作中解放出來。他那些所謂的「模特兒」，天生自然的笨拙，也添加了情色的意味。他需要快錢的時候，就會賣幾張照片給我們學校和街坊的共青團成員，他們永遠都渴求裸體。他說共青團書記是他最大的客戶。情色在社會主義晚期造成的問題是，年輕人提早腐化，與資本的初始積累。如今大學經濟系可能可以拿這個來當研究課題。

丹比在很多事情上或許不無可議之處，但他身上的天賦還是像毫不吝惜那般源源噴湧而出。他從來不想發展這個天賦，不想炫耀他的成就，也不想辦法打進攝影師的圈子。我幹麼自找麻煩，他會這麼說，刻意裝出義大利黑手黨的口氣，我做我想做的，賺的錢夠多，也得到街坊裡最漂亮的女生。我猜他直到現在都還維持這個生活標準。我很想知道，他是不是真的從未偷偷夢想要放棄生意，去追求藝術。我問他。他的回答和我預期的一模一樣：你一直活在真實的世界之外。他說有一天，等他存夠錢，他會只做藝術，他甚至把點子都記在筆記本裡。我不確定他是不是在愚弄我，或者他真的有此計畫。

16

# 革命的臨時演員

我們越過頓杜柯夫大道，接著又穿過總統府前的廣場。我們看見他們在這條街稍遠一點的地方，是如何拆除臨時陵園的。在黃色鵝卵石上，康乃馨的頭還在滾動，還有上下跳動的汽球，以及原本裝向日葵種子的紙漏斗……雨停了，天色漸漸清朗。我們經過聖週日教堂。一九二五年四月十六日，下午三點二十分。裝在最大圓頂下的二十五公斤炸藥，外加一瓶令倖存者窒息的硫酸，讓保加利亞創下了當時的世界紀錄：在教堂發動的最血腥恐怖攻擊，男女老少共一百五十人遇害身亡。發動攻擊的正是如今發起國家社會主義運動的這個政黨[1]。若是真有人想回到一九二〇年代，他們也必須處理這個問題，我想。

丹比一路都在講往日的意識形態如何改變市場，帶回已被遺忘的職業——論件計酬的裁縫、槍匠——創造了新工作，他指的很可能就是他的革命臨時演員。市場真的很大。例如，坐在外地劇院周圍數之不盡的失業演員，突然迎來了人生的春天。就是這些專業演員成為每一場歷史重現的骨幹。色雷斯國王、代表豐饒的女神，甚至是有誇張顴骨的古代保加利亞君王，永遠都有需要；至於金髮女人呢，馬上就可以變身為穿白色長袍的斯拉夫小妾。每個人都分得到角色——鄂圖曼人、耶尼切里軍團[2]、土匪……突然之間，戲劇界的失業潮消失了。劇院不再需要舞臺劇，還可以出租服裝和道具，舊武器、金斗蓬和大馬士革劍……

於是，在大城小鄉酒館廝混的每個遊手好閒的人都突然變成「待業演員」。也就是說，他們還是在酒館混，但現在抱有希望，抱有夢想，你可以說，他們也可能會被召來演個叛軍、鄂圖曼人或共黨游擊隊。沒錯，丹比承認，農村的人不再耕地。既然可以靠這個賺上一天二十、三十，甚至五十塊錢，幹麼要到田裡給太陽烤到焦呢？如果是市議會出資贊助的歷史重現，那酬勞就有點低，但還是一樣啊，能賺二十塊錢哪有理由不賺呢。但如果是本地的某個有力人士籌辦私人主題派對——比方說，克洛科特尼察戰役[3]或是喀拉里·馬爾柯[4]解救三名被鐵鍊鎖起的奴隸——那錢就比較多，工作也比較簡單，特別是如果你被鍊住的話。

等等，我給你看個東西，丹比突然說，停下腳步。

我們已經走到安格爾·坎切夫與伊夫提米族長大道的十字路口，也就是在卡拉薩伊咖啡館以前所在位置的正對面——一九八〇年代，那是地下「邪教」所在之處（套句當年所用的名詞），是保加利亞龐克族最初萌芽之地，米萊娜[5]沙啞譏諷的歌聲……要是他們選擇一九八〇年代，就必須重建這個地方，保存這個傳奇。

我們去NPC，他說。

沒有別的好地方嗎？我提出抗議。那隻巨大的水泥烏龜是國家文化宮（National Palace of Culture, NPC），也是八〇年代的產物——匆匆蓋好，就和其他的一切一樣，都是為了慶祝保加利亞立國一千三百年——矗立在我們和維托沙山之間。裡面有個龐大的禮堂，可以召開黨大會，還有十二個其他的廳分布在各樓層。不管你在這裡舉行什麼文化活動，音樂會或朗讀會，很奇怪的是，所有的活動都會凝結成慘白的複製品，仿冒黨大會的複製品。而所有的掌聲到最後聽起來都像「熱烈不止的歡呼鼓掌，致敬……」就像當年每天刊載在勞工報上沒完沒了的黨會議文件一樣。

我們從靠近巨大旗桿的側門進入文化宮。保全警衛默默對我們點頭，接著丹比用鑰匙打開比較靠裡面的門，我們就進到地下室。我以前沒來過這裡。我們穿過長長的走廊，讓人懷念起防空洞——要是這裡原本就是設計來當防空洞，我也不覺得意外。最後我們出乎意料地來到了一扇玻璃大門前，通往一個天花板低矮，沒有窗戶的廳堂。我眼前所見的景象，介於體操練習和國家儀隊訓練之間，是遊行的演練。大約有五十名有運動員體格的男人女人正在練習各種動作。他們突然舉起右臂，彎起手肘，握緊拳頭。在幾乎看不見的指揮之下，他們高喊：榮耀……榮耀……榮耀。

我還記得前一天遊行時，被奇特且整齊劃一的吶喊聲驚呆了，因為對沒有經過演練，隨興集合在廣場上的人來說，是很難達成這樣的效果。彷彿我的思緒被讀穿了似的，在緊接著的指令之下，整個群體的完美隊形突然散開，出現了（精心演練過的）騷動。下達指令的是個穿迷彩軍服的矮個子，我從我們所站的位置，幾乎看不見他。群體裡有人高喊「辭職」……慢慢的，先是刻意安排的無序，隨後其他人也跟著喊。從側面看起來真的像自發的行為，非常真實。有那麼一晌，他們臉上出現憤怒的神色。此時有人彎腰，撿起一塊看不見的石頭，丟向同樣看不見的建築。他周遭的人馬上就開始模仿他的動作。不一會兒，每個人都對著目標丟石頭。聽見窗戶破掉的聲音時，我嚇了一跳，但丹比只瞥了麥克風一眼。一會兒之後，「警察」回擊，顯然開始推進，因為那些體操選手——姑且這麼稱呼他們吧——開始採取守勢。他們蹲下來，想逃離收緊的套索，他們掏出事先準備的木棍，所以有那麼一會兒，整個場面像是在練合氣道。指揮官的聲音粗嘎爆出指令和髒話，不是這樣，蠢蛋，踢他的蛋，倒下，現在開始喊，尖叫，尖叫到像要死掉，攝影機轉動，這樣他們才會聽見你們的聲音……這肯定是對倒在地上慘叫的女人說的……事態似乎順利過渡到不同階段，受害者階段。白髮老人突然出現，他的頭裂開。我之前沒注意到他，血（顏料）淌下他的太陽穴，滴到他的 T 恤。他用手掌摸摸臉，沾了血的手指高舉過頭，其他人彷彿收到暗示，開始吼叫，「警察殺人！……警察殺人！……警察殺人！……」

「把你的手舉高一點……再過來一點，」那個矮小的指揮官咆哮，「攝影機必須拍到你，驚慌一點，畢竟你的頭在流血……到警察那邊，對，就是這樣，罵他們，罵他們……讓他們跟著你過來，這樣才拍得到他們……」

丹比瞥我一眼，打個手勢，表示我們可以離開了，如果我想的話，這裡頭很悶。

他們是我的人，走到外面之後他說，抽了口雪茄，那味道很像櫻桃。這時他甩開慎重其事的姿態，很快就喋喋不休起來：他們是天底下最好的演員，不管是悲劇、喜劇、歷史劇、鄉土劇、鄉土喜劇、歷史鄉土劇、悲劇歷史、悲喜歷史鄉土劇，不分場的古典劇，或是近代的自由詩劇：塞內卡[6]的劇不嫌沉重，普勞圖斯[7]的劇也不嫌輕浮。不管是按劇本演或即興發揮，他們都是絕無僅有的演員。《哈姆雷特》，第二幕第三場。我背得很熟。我以前曾想靠這個進戲劇學院，悲慘哪……現在我有我自己的劇團……我不時邀幾位教授來指導他們。那些把我拒於門外的教授……我可以賞他們幾塊錢。

所以這就是革命的臨時演員，我說。

有些是。這是抗議隊伍的排練，但我們還有很多其他的……許多其他的東西，他又說一遍。

我心想，要是有百來個像這樣受過訓練的人，甚至可能只需要更少的人，就可以嚴重導致政局不穩，造成國際意外，成為各新聞機構的頭條新聞。我也這樣告訴他。

我知道，他回答說。可是我為什麼這樣做呢？因為沒有人踏進這個真空地帶啊。我可以摧毀，也可以顛覆，但是我沒辦法維持一個新的體制……或系統，如果你要這麼說的話。不論假政變之後帶來什麼情況，也會把我們全都捲進去。如果有某個類似國家的東西，哪怕只能維持某種秩序，那樣對我們來說就夠了。我們就在這樣有營養成分的環境裡運作。國家就像人體一樣，在虛弱的時候，體內會存在類似病毒的東西——這對我們來說簡直太好了；但如果國家這個身體完全消失，我們也會跟著消失。我們沒有任何政治的野心，丹比說。順便告訴你，我也試過用同樣的方式搞社會議題。

然後呢……？

然後嘛，嗯，不值半毛錢……（這是我們很多年前用的形容詞，在我們還住在同一個街坊的時候。）

那是計畫周詳，好得不得了的提案，丹比說，同時不屑地擺擺手。

# 17

午餐時間到了。我們坐在五小街角的一家餐聽，這裡以前叫「太陽與月亮」。乍看之下，什麼都沒變，就連店名也沒改，送菜單來的年輕男子留著粗獷的鬍子，很像革命詩人赫里斯托．波特夫[1]（在此地，粗獷的男人都被認為很像波特夫）。這男子背誦午間特餐：保加利亞優格、保加利亞羊肉佐薄荷醬、解放雞（他確實是這麼說的）所生的蛋烹調的帕納久里什泰風味蛋、小牛乳酪球芽乾藍佐保加利亞香料、古法烹製斯佩爾特小麥捲，甜點是四月起義櫻桃蛋糕或薩莫科夫風味奶油布蕾。我們迅速決定點保加利亞羊肉。丹比和我不同，並沒對菜單嘖嘖稱奇。

那是經過精心構思的計畫，真正的社會理想，他再次說。農村和小鎮都是老年人，他們的孩子離開，有些在一九九〇年代就離家，有些更晚一些，最後也都多年沒返鄉。他們孩子的孩子在那裡出生，在國外。這些老人家被留下來，孤孤單單的，什麼親人都沒有。無比的孤獨，這是醫療紀錄卡上沒記載的一種病，但如果你問我，我會說，這個病是最嚴重的死因。歷史重現的生意剛剛開始時，我們跑遍全國，我親眼見過這些人。不只是老人，還有和我們年齡差不多的人。妻子去西班牙或義大利，照顧那裡的病人，寄錢回家。

丈夫留在這裡，沒工作可做。起初她每隔兩三個月就回家一次，接著變成半年，最後完全不回來了。第一，因為回來很花錢，第二是她在那裡有了別人。不管是哪一種情況，丈夫都被拋棄了，這都是些老調重彈的故事。一個從國外寄錢回家，另一個留在家裡照顧小孩，如果他們有小孩的話。一整代的孩子只能透過 Skype 見到媽媽，一整代的 Skype 媽媽。所以我對自己說，何不讓這些人可以一週僱用某個人一次，在星期六或星期日，當個「妻子」來廚房煮個家常湯，和你一起去咖啡館，聊聊天。孩子們也需要感覺到家裡有女人在的氛圍。她不必長得像他們的母親，我們也不是要尋找長相肖似的分身，但你知道的，對孤兒來說，每個女人都是媽，每個男人都是爸。我也提供父親。最低的價格。我沒從中賺一分錢。我可以負擔得起不賺這筆錢。

最初每個人都覺得這個計畫太荒謬，不明白這計畫與眾不同之處。對他們來說，僱個人來度過一夜比較容易。但我的方案並不包含性。一開始的時候發生了幾起意外，客戶企圖強暴兩名受僱當週六配偶的女人。那是五、六年前的事。現在我知道在日本也有人做同樣的工作，想必他們也感覺到有這個需求。

這個概念很棒，我真心誠意說。我知道有個人肯定會欣賞。我想到的當然是高斯汀。

他露出懷疑的微笑：反正未來有很可怕的孤立疏離，肯定是的。

我們點來當甜點的奶油布蕾，和全世界其他地方的奶油布蕾是同樣的標準口味。那幹麼要說是薩莫科夫風味？我們買單的時候，我問波特夫。因為廚師是薩莫科夫人，這位年輕人回答說。

丹比回辦公室工作。在選舉前的這段日子，他得趁著陽光普照，趕緊把乾草曬好，這是他的原句。我向他保證，會再來看他，而且我有個主意要告訴他。

好，大俠，等情況變得麻煩的時候，要來拯救我，他離開時說。

大俠……我都已經忘了我們在讀書時是這樣叫彼此的。《大俠檸檬水》[2]是一部捷克牛仔電影，我們就像片中的英雄一樣，只要咕嚕咕嚕灌下檸檬水，就能擁有超能力。我看著他越過伊格納提耶夫伯爵街，走向七聖徒公園，身影逐漸消失。經過這次的拜訪，我再度感覺到無比孤獨。就像超級英雄突然失去超能力，就像跨越時空到未來旅行的人，認識的人全都死去了，或是像迷失在陌生城市裡小孩，而我就真的發生過這樣的事。在黃昏裡，大家匆匆趕回家，沒人會停下來伸出援手的黃昏……總是會有這樣的時刻，一個人突然老了，或突然意識到自己老了，當然這時候你會驚慌奔跑，追著消失在遠方的往日，拚命想追上往日的最後一節車廂。這種被過往吸引的拉力，對個人是如此，對國家也是。

我現在就需要喝檸檬汁。

## 18

下午稍晚時分，我抱著筆電，坐在我租賃的公寓陽臺上。這是二十世紀初期的美麗建築，是索菲亞的第一批公寓街區，事實上我認為這裡是第一棟，如果入口的標示可信的話。優美的歐式結構，和你在布拉格、維也納或貝爾格勒看見的建築一樣。從陽臺往內院俯瞰，以這院子遭忽略的程度來看，顯然是個公共空間。

經過這幾天的所見所聞，以及丹比帶我去看的一切之後，我很想掌握這場往日戰爭究竟進行到什麼地步了。

網上簡直吵翻天。我在新聞和街上所看見的情況，在網路和社群媒體上放大許多倍。大部分民調顯示，兩個主要的陣營，Soc和英雄，幾乎完全打成平手，差距不到百分之一，是在統計數據的誤差範圍之內。當然，我們並沒有計入陣營自己所做的社會學研究。諷刺的是，兩大團體對自己領先程度的估計，都是百分之八。至於其他黨派，例如由大學教授與知識分子（包括K）所組成的理性運動，遠遠落後。「青年綠色運動」也一樣，網路上馬上就給他們取名叫「青澀仔」。這兩個團體想結為聯盟，但在還沒真的結盟之前，已經被叫做「蛋頭人與青澀仔」了。事實上，他們或多或少都活在當下，雖然他們的領導人發表的言論卻是恰恰相反。

我輸入關鍵字「英雄」，一個保加利亞便在我眼前現形。各式各樣的歷史重現俱樂部、愛國協會，大大小小的社群，宣傳網站，縫製叛軍紅旗的織品工坊，你想得出來的各種式樣的民俗服裝廣告，繡有「不自由毋寧死」的運動服，印有「保加利亞三大洋」的吊帶背心和其他內衣，還有愛國刺青店……我記得丹比在他辦公室說過：「我並不是最大的玩家，但是大魚會來找我，因為我做事情的方式很不一樣，我也許很媚俗，但至少是很厲害的那種媚俗。」

這些組織的臉書頁面異常受歡迎。每個人都有受革命啟發的大頭貼，發達的二頭肌和胸口有刺青，有幾個人甚至在背上刺了整首關於希普卡隘口的詩。

最多的是歷史重現俱樂部，每一家都有上百個會員與志工。要是你算上他們所擁有的全部武器，燧石槍、匕首、彎刀、手槍和機關槍，肯定會比保加利亞現有的軍火庫數量更多。從某種程度來說，他們可以是（也很可能是）有偽裝的真正戰鬥部隊。

國家機構不怎麼低調的支持，明顯可見。在哈伊杜克[1]協會網站上，你可以看見好幾個全副武裝的男人，皮帶上插了刀與手槍，闖進滿是驚恐孩童的教室。這很可能是新引進的愛國教育課程，因為老師穿藍色罩袍，頭上戴著花圈，崇拜地摸著那噬血的刀子。「讓孩子們有機會近距離看見真正的武器」，照片下方如此說明。有個八、九歲的男孩用雙手握住左輪槍，瞄準黑板，另一個差不多年紀，也受過年輕英雄訓練的孩子，想辦法在哈伊杜克獰笑的面前把彎刀從刀鞘裡抽出來。儘管明文禁止帶武器到學校，他們卻還是這麼做。這網站特別感謝愛國企業，捐款贊助保加利亞年輕人的教育。

在另外一頁，這個歷史重現的組織決定提供現場演出，上演巴爾幹山區優弗的故事，也就是優弗拒絕把美麗的雅娜交給土耳其人的民間故事。為此，他們給人形模特兒穿上民俗服裝，就我所知，這場歷史重現的表演被迫縮短，因為有好幾個比較敏感的小孩暈倒了。除此之外，我注意到「活動預告」裡說要重現革命英雄瓦西爾・列夫斯基被處絞刑，以及巴塔克巴爾幹村民大屠殺的場景。

維托沙山後面的太陽變得紅通通的，像是哈伊杜克的頭。夜幕降臨，城市瀰漫奇異的烤辣椒味，這是大部分巴爾幹人最喜歡的香味——暮色裡的烤辣椒。從其他樓層傳來肉丸炸得吱吱響，電視嗡嗡叫……人生帶著各種香味、香料、肉丸和吵鬧聲繼續前行。溫度開始下降，所以我起身，穿上外套，準備也快速搜尋一下 Soc 運動。

## 19

Soc倡議者也掌握了新媒體，或者應該說是「征服」，因為他們自己都說：「共產主義的幽靈在網路上徘徊不去。」舊徽章和紀念品也再次成為象徵。這一切是怎麼發生的？看看這個網站：「讓我們把社會主義帶回來吧，朋友」，裡面有一半都是用俄文寫的。才進入就有一部影片馬上開始播放——是一九七〇年代末期的檔案資料片：在博雅納官邸，孩童遵照儀式以有裝飾的棍子「輕敲」總書記和政治局的老頭子，為他們的健康祈福。那些老人茫茫然，用他們熊掌般的大手，尷尬地拍拍孩子的頭，想要親吻他們。有個小女孩厭惡地用衣袖抹抹臉，鏡頭迅速轉開。

最驚人的是，整個網站塞滿喊起來很不順的口號，簡直像給小孩的初級讀物。還有一大堆保加利亞共黨獨裁者托多爾．日夫科夫[1]，以及布里茲涅夫[2]的照片，還有二次世界大戰期間拍攝的史達林照片，拉達汽車的照片……

每一天都有鐵拳揮出
要把敵人擊成碎片

左派的迷思仍舊保有本質貧瘠的問題。

是可以這樣持續進行，好讓迷思的黏著度得以維繫，但他們得先忘掉好幾件事才行。忘掉一九二五年在教堂發生的恐怖攻擊。忘掉每一場政變發生後，有多少人被謀害，埋進萬人塚裡。忘了那些被痛揍，被沉重皮靴狠狠踐踏，送進勞改營的人。忘掉那些被監視，被騙，被隔離，被禁止，被羞辱……這些人全部都該遺忘。然後忘掉每一個遺忘……遺忘的工作很多很多。你必須不斷記得，你該遺忘的某些事情。每一種意識形態當然都是這樣運作的。

我真的很想抽菸……我真的很想抽幾根味道濃烈的菸，嗆鼻的，就像當年的菸一樣。我不想呆坐在公寓裡，所以出門。我穿過聖索菲亞大教堂前面的小公園，從幾年前剛豎起的薩謬爾沙皇雕像後面出來。這座雕像的眼睛放了兩顆ＬＥＤ小燈，為了嚇走行人和貓。感謝上蒼，這燈裝上兩個月就壞了，之後也沒有人費事去換新的。

若說有什麼可以保住這座城以免在種種狂襲而至的庸俗裡滅頂，那勢必就是怠惰與冷漠了。毀滅城市的，也可保護城市。在冷漠與怠惰的國家裡，不論庸俗或邪惡都無法長期占上風，因為那太花力氣，也太需要維護費用。這是我樂觀的推論，但在我心中還是有個小小的聲音一直說：談到惹事生非，就算是懶人也會奮力而為。

我在外面走來走去，但是臉書上的哈伊杜克和共黨分子還在我腦袋裡尖聲叫嚷。走在夜間醒腦的沁冷空氣裡，讓我益發明白——現在有兩個保加利亞，而這兩個都不是我的。

我在那有雙發亮眼睛但已不再發亮的雕像附近坐下來。我看起來肯定邋遢且垂頭喪氣，就像那個老笑話：你是作家？不，我只是宿醉。

一群情緒有點嗨的十幾歲青少年對我喊：嘿，老兄，別浪費你的時間去守著 X 光眼鏡先生。別擔心，他不會跑掉的！他們哈哈大笑從我旁邊走過。真沒想到這是我這一整個星期所聽到，最正常的一句話。要是可以，我真想起身，加入他們的行列。

這應該是我的城市，我的往日跌跌撞撞穿過這些街巷，從每個街角偷偷往外望，準備好要和我聊天。但我們似乎已不再交談。

# 20

我斷定，在這座城市裡，所有層次的溝通都已中斷。不同專業的人之間不進行交談。醫生不和他們的病人講話，店員不和他們的顧客講話，計程車司機也不和他們的乘客講話，同業公會裡的人彼此不講話，作家不和其他的作家講話，而這些其他的作家也不和其他的作家講話。家人不在家裡講話，丈夫和妻子不講話，母親和父親也不講話。所有的話題彷彿像恐龍那樣突然消失，像蜜蜂那樣神祕死去，被廚房裡的抽油煙機殲滅，或穿透浴室小紗窗的破洞飛走。

現在他們站在那裡，無法確切記得對話是在什麼時候或從什麼地方離開的。到了某個特定的時間點，你就陷入沉默。時間流逝得越多，對話就變得越不可能繼續。問題很簡單，沉默製造沉默。起初，你有個瞬間想說些什麼，甚至還在腦袋裡盤算構思一番，然後深吸一口氣，張開嘴巴，接著你淡淡地擺一擺手，從裡面把門用力關上。

我知道有這樣的人，某個丈夫和他妻子，四十年都不和彼此講話，那幾乎是一輩子的時間。他們因為某件事吵架，因為不記得究竟當初是為了什麼吵架，所以也就沒有機會彌補。他們在沉默中把孩子撫養長大，然後孩子們離家。在少少幾次回家來的時候，爸媽會透過他們交談，即使他們身在同一個房間裡。問你爸爸，他把剪刀放哪裡去了？告訴你媽，扁豆別再放這麼多鹽。

他們被送進診所時，已完全不再交談。我甚至覺得他們不認識彼此。

和你擁有共同往日的人離開時，也帶走了一半的往日。事實上，他們帶走一切，因為並沒有所謂的「一半往日」這樣的東西。那就像你把一頁紙撕下一半，上面的字句你只能讀到前半部，而另一個人讀後半部。但誰也無法讀得明白。一旦擁有另一半的那個人離開了，在那些個日子，那些個早晨、下午、傍晚和夜晚，在那些個月月年年如此親近的那個人……就沒有人能來證實那些時光，沒有人能和你玩味那些時日。我妻子離開的時候，我覺得自己彷彿失去了往日。事實上，我失去了一切。

往日只能四手聯彈，至少要四隻手。

# 21

## 大事紀

以下是後續事件的簡要紀錄：

公投前三天，理性運動揭發俄羅斯駭客介入公投，暗助Soc的證據。

同晚，理性運動的三名倡議者在自家遭到毆打，其中一個就是K。

選舉日當天，投票所據報有十幾起違規事件，但都無人理會。

初步選舉結果顯示，Soc與英雄幾乎是不相上下，差距都在統計誤差範圍之內。

凌晨時分的記者會上，分析家指出，兩大陣營領袖有出人意表的和解口氣，立場也顯得和睦。

隔天中午，選舉結果公布，Soc以百分之零點三，微乎其微的差距險勝。隨後Soc的領導人身穿紅色套裝露面，活力充沛感謝所有支持者，然後他邀請上臺的是……英雄首領。記者會上觀選人士的驚駭程度強烈可感。Soc總書記宣布，經過短暫的會商，中央委員會決定與英雄結盟，以維護國家的團結。她指的是這場勢均力敵的分裂投票，在為了祖國保加利亞好，也為了保存格奧爾基．季米特洛夫和庫布拉特可汗[1]的遺緒，她以拔高嗓音說，要和英雄首領併肩站在一起，接著她拿起一把顯然事先準備好的筷子，作勢要折斷，但當然折不斷。他們一起把筷子高舉過頭，齊聲嚴肅地說：讓我們的人民像這把筷子一樣團結，不分喜悅憂愁，共度好運厄運！

這很像治安法官給新婚夫婦的祝福。

所有的跡象都顯示，兩大陣營結盟的決定，最起碼在一星期前就已經開始進行協商（甚至可能更早），在一如事前預期的平分秋色結果揭曉後，雙方才再度確認。但這還不是全部。保加利亞在這樣的猶豫拉鋸之後，並沒有挑選特定的年代，而是選擇大雜燴，或是你喜歡的話，也可以稱之為大拼盤。如果你想要的話，可以來點社會主義，好，好，這裡有紅椒醬當配菜；然後再搭配保加利亞復興，但去骨，留下比較肥美的部分。

穿馬褲的男人躺在頭髮噴滿定型液的女人旁邊。

演說的第二部分更為關鍵。在短暫沉默之後，總書記彷彿要公布十分困難的決定那般，朗聲宣告，兩位領導人同意開始啟動退出歐盟的程序，走上嶄新道路，朝向建立同質且純粹的國家前進，真正體現我們哈伊杜克與愛國者的遺緒……

外來的觀察家都沒有料到，在所有的國家裡，保加利亞竟然會是第一個在公投之後退出歐盟的國家。保加利亞向來不是凡事衝第一的國家。

民族國家民族化，祖國初始化。我在網路上寫下這句話。不到一個鐘頭之後，我就被舉報，帳戶遭封鎖。

我想辦法搭上隔天的飛機離開。

邊境在兩天之後關閉。

正如我的朋友K說的，在未來的專制統治之後，迎來了往日的專制統治。

能這麼了解自己的國家是好的，這樣一來你就可以趕在被捕獸陷阱彈簧鉗住的前一刻離開。

我已經在過去的生活裡經歷過未來即將來臨的生活了。

# 22

我可以充分想像從那之後的情勢發展，並在我的筆記本上粗略勾勒。

那些寄望於Soc的，他們的免費會員方案裡將包括禁止墮胎，訂閱工人日報，暫停旅遊，突如其來的搜索，以及女性衛生用品的缺乏（那些不想要Soc的人也得到同樣的結果）。各種物品開始不知不覺地從商店裡消失。宜家家居全部撤出這個國家，把這裡當週日朝聖地點的人發現自己突然變成棄兒。寶獅、福斯，和其他的西方公司紛紛關閉旗艦店。克雷米科夫齊鐵工廠準備要重新啟動，煙囪噴出幾陣黑煙，彷彿為了昭告此一盛事。保險套從黑市消失，有人脈，你還是可以買到輕薄橡膠抹滑石粉的保加利亞製品。報紙被剪成一小張一小張方形紙片，用來取代如今已不見蹤影的衛生紙。以前用印有第一書記照片的報紙來擦屁股的反政府行為，如今再次成為流行。收音機再度風行，特別是老舊瑟琳娜與VEF牌的手提收音機，因為可以在光譜極端收到被禁止的波長。自由歐洲電臺在民主時代因為沒必要存在，而提早關閉，如今布拉格總部重新開設。而聽這個電臺的人，也同樣會在一大清早被開著拉達汽車前來的民兵帶走。

一開始大家以為這全是遊戲，但民兵很快就把情況解釋得既清楚且明確。肚子挨上一拳，肩膀脫臼，手指骨折，警棍砸下，肋骨踹上幾腳——遠在愚蠢的自由主義時代之前即已存在的完善舊兵工廠重啟運作。大概是為了向新盟友致意，民兵現在不戴軍帽，改戴牧羊人氈帽。重啟國家安全線民網絡更是毫無疑問，因為這個網絡一開始就沒有解編，正如他們自豪宣稱的，從來沒成為「非專業化」。他們極其自然的從當初放下——事實上應該說是，沒放下——的地方再度開始。

國際護照被沒收，國界的圍牆以創紀錄的時效修築好，其實早在公投之前，邊界就已經因為移民問題而開始蓋新圍牆了。邊防衛隊回到一度被遺棄的駐點。商店充斥幾種主流款式的成衣，沒過多久，街頭的時尚就改變了——越來越多女人穿一模一樣的套裝，唯一的新式服裝是變得時髦的傳統罩袍。保加利亞的牛仔褲舊品牌，例如雷拉和帕納卡，都再次出現。以前我們買這樣的牛仔褲，會立刻剪掉標籤，縫上天曉得從哪裡弄來的 Rifle 或 Levi's 的牌子。牛仔褲上搭的是保加利亞刺繡襯衫，阿斯巴魯赫可汗 T 恤，腰上裹著寬腰帶。

越來越不適應 Soc 的人覺得最難受的，就是看那個年代的報紙和電視。讀官腔官調的廢話真是莫大的折磨。電視在晚間十點三十分播完新聞之後收播，唱完國歌後，空空的螢幕一片白色雪花。

讓抽菸的人開心的是，你現在可以隨心所欲在任何地方點菸。然而，對他們來說不幸的是，只有老牌子的菸可抽。空姐牌的味道和以前一樣嗆，BT 硬盒也是，女人抽的細菸鳳凰和女性薄荷醇同樣有著微微讓人不喜的甜味後韻。而阿爾達菸，不管有沒有濾嘴，簡直是要把被西方香菸嬌寵慣了的肺直接撕成兩半。

大多數人，跟往常一樣，很快就適應了，彷彿他們耐心等待三十年，為的就是在等這個年代回來。結果老習慣還活得好好的。至於那些無法適應的……還活在民主慣性（包括年輕人）下，心存懷疑的那些公民很快就塞滿監牢。莫斯科街五號的地下室，我朋友K和我曾討論過的那個地方，全速開始運作，不再是座博物館，當然。

老笑話再度變得好笑，而且駭人。

# 註解

## 1

1 Leica，隨蘇聯史普尼克二號太空船升空的狗，是最早上太空的動物之一，也是第一隻進入地球軌道的動物，但在繞行地球第四圈時因太空艙過熱而死。

2 Pasha Hristova（1946-1971），保加利亞歌手，在一九六〇年代紅極一時，一九七一年搭機赴阿爾及利亞時，飛機甫升空即墜毀。

## 2

1 英文的free有「空的」與「免費」的意思，古巴學生問的是「是不是免費」，而司機回答的是「空的」。

2 Sandra Ann Lauer（1962-），德國流行歌手，一九八〇與九〇年代發行多張暢銷專輯。

3 Samantha Fox（1966-），英國流行歌手，至今仍活躍於娛樂圈。

## 3

1 Paul Coelho（1947-），巴西作家，知名作品為《牧羊少年奇幻之旅》。

## 4

1 Romy Schneider（1938-1982），奧地利演員，兩度榮獲法國電影凱撒獎最佳女主角獎。

## 5

1 Rakia，由發酵果實製作的蒸餾酒，主要產於巴爾幹島諸國。

## 6

1 Emma Borvary，法國作家福樓拜小說《包法利夫人》的主角。

2 Pechorin，俄國小說家萊蒙托夫（Mikhail Lermontov, 1814-1941）小說《當代英雄》的主角。

## 7

1 原書註：April Uprising of 1876，在這段期間，保加利亞叛亂分子起義反抗奧圖曼帝國統治者。雖然起義最終失敗，但奧圖曼鎮壓叛亂的血腥暴力讓歐洲輿論轉而支持保加利亞解放運動。在一八七七至一八七八的俄羅斯—土耳其戰爭之後。保加利亞獲得部分獨立。

2 Scylla，希臘神話中會吞食水手的女海妖。

3 Charybdis，希臘神話中位在女海妖斯庫拉對面的漩渦怪物，會吞噬經過的所有東西。

## 8

1 Peyo Yavorov（1878-1914），保加利亞象徵主義詩人。

2 Bogomil Raynov（1919-2007），保加利亞作家，曾任保加利亞大使館駐法國文化參事。也是保加利亞共產黨中央委員。

3 Todor Pavlov（1890-1977），保加利亞馬克思哲學家，也是該國共產黨重要人物，曾任保加利亞科學院院長。

## 9

1 Taras Bulba，為俄羅斯作家戈果（Nikolai Gogol, 1809-1852）同名小說裡的主角，講述布爾巴與兩個兒子的故事。在與波蘭戰爭中，大兒子為救愛人而同意為波蘭人取得食糧，為巴爾布發現，親手殺掉自己的兒子。

2 Khan Asparuh（646-700），保加利亞首領，西元七世紀率兵打敗東羅馬帝國，創立保加利亞第一帝國。

3 Ernest Renan（1823-1892），法國哲學家、作家，以及研究中東古語文明的專家。

4 康德曾將心中的道德律令與天上的燦爛星空相提並論，認為只有這兩者能讓心靈驚嘆敬畏。

5 Categorical imperative，康德在《實踐理性批判》中提出的兩種命令形式之一，「定言令式」即不受限制、毫無條件都必須要實行的責任，是一種「你當如此」的道德期許。

## 10

1 Gregorian Calendar，即現行的陽曆。

2 Fatherland Front，保加利亞支持共產黨的政治反對運動，創立於一九四二年，一九九〇年解散。

3 Elin Pelin（1877-1949），保加利亞作家，以農村題材的小說著稱，也創作兒童文學。

4 Valentina Tereshkova（1937-），蘇聯太空人，一九六三年獨乘東方六號太空船進入太空，是史上第一位進入太空的女性。

5 Leva，保加利亞貨幣單位。

6 〈The Internationale〉，國際共產黨運動歌曲，也曾是蘇聯國歌。

## 12

1 Zahari Stoyanov（1850-1889），保加利亞作家與革命家，曾參與一八七六年的四月起義，所著《保加利亞起義回憶錄》為重要歷史文獻。

2 原書註：Georgi Benkovski（1843-1876），一八七六年四月起義行動領袖。該行動係為反抗統治保加利亞的奧圖曼，但最終失敗。他是「飛騎小隊」（也就是 Hvarkovata cheta）的隊長。

3 原書註：引自斯拉維柯夫（Pencho Slaveykov, 1866-1912）依據民謠所寫的詩。敘述奧圖曼人一再要求巴爾幹山區的優弗放棄他美麗的妹妹雅娜，改信伊斯蘭教，他拒絕時，他們先是砍掉他的雙臂，然後砍掉他的雙腿，最後挖出他的眼睛。

4 Tsar Samuel（997-1014），保加利亞帝國沙皇，驍勇善戰，但一〇一四年敗於拜占庭帝國巴西爾二世，巴西爾對保加利亞戰俘殘忍報復，全挖去雙眼。薩謬爾在此戰役後幾日憂憤而亡。

5 Tsarigrad Road，「沙皇格勒」一詞為斯拉夫人對君士坦丁堡的稱呼。這條大道是中世紀巴爾幹半島的重要幹道，從保加利亞通往拜占庭帝國的君士坦丁堡。

6 Kapali Carsi Market，即土耳其伊斯坦堡的大市集。

7 原書註：Clever Peter，保加利亞民俗故事經典的機靈人物。

8 Christo（1935-2020），出生於保加利亞的地景藝術家，其妻子珍妮-克勞德（Jeanne-Claude, 1935-2009）亦為知名地景藝術家，擅長以織物包裹大行地標，知名作品包括《包裹的德國國會大廈》、《包裹新橋》，以及遺作《包裹凱旋門》等。

9 Valley of Rises，保加利亞以盛產香水原料的玫瑰精油著稱，此地為保加利亞最重要的玫瑰產地。

## 14

1 Secession，十九世紀後期新藝術運動（Art Nouveau）的奧地利支派，因反對保守的維也納學派，與之絕裂，而名之為「分離」，維也納有座著名的分離派展覽館。

2 原書註：Nikephoros，拜占庭君主，八一一年在戰場上死於保加利亞國王克魯姆之手，克魯姆用他的頭顱做成高腳酒杯。

3 Tragicommedia dell'arte 與 commedia dell'arte 是十六世紀於義大利興起的戲劇形式，多以喜劇小品為基礎即興演出。作者在喜劇一詞之前又加上悲劇。

4 Telephone switchboard，在靠人工接通電話的時代，用戶撥打電話，需要由總機透過交換機將線路轉接給對方。

## 16

1 一九二五年四月十六日，保加利亞共產黨在索菲亞聖週日教堂發動恐怖攻擊。當時教堂內正為前幾天遇刺身亡的格爾季耶夫將軍舉行葬禮，整起爆炸事件造成政軍界菁英一五〇人身亡，五百人受傷。為此，保加利亞首相宣布戒嚴。

2 Janissary，鄂圖曼土耳其帝國禁衛軍。

3 Battle at Klokotnitsa，十三世紀在希臘北部建立的塞薩洛尼基帝國不斷對外擴張，但在一二三〇年，帝國遭保加利亞擊敗，國王被俘，從此淪為保加利亞附庸。

4 Krali Marko，巴爾幹民俗傳說中的英雄，打敗邪惡的黑色阿拉伯人，解救被綁架的婦女。

5 Milena Slavova（1966-），保加利亞歌手，在一九八〇年代以龐克搖滾紅極一時。

6 Seneca（4BC–65 AD），古羅馬斯多葛主義哲學家與劇作家。

7 Plautus（254–184 BC），古羅馬劇作家，以喜劇與音樂劇著稱。

## 17

1 Histo Boytov（1848-1876），保加利亞詩人，文學創作與他的革命經歷緊密相連，被視為保加利亞文化象徵與英雄人物。

2 《Lemonade Joe》（1964），捷克電影，取美國西部片元素，但融入東歐觀點，是當時蘇聯集團國家所謂「羅宋湯西部片」的代表作。

## 18

1 原書註：Hajduks，在巴爾幹民間傳說裡，是類似羅賓漢的法外之徒，在十七至十九世紀，也是對抗鄂圖曼當權者的游擊隊。

## 19

1 Todor Zhivkov（1911-1998），保加利亞前國家領導人，主宰黨政軍最高權力達三十五年。

2 Leonid Brezhnev（1906-1982），蘇聯前領導人，曾任蘇共總書記。

## 21

1 原書註：Khan Kubrat，約於西元六三二年在如今的烏克蘭南部與俄羅斯西南部創立舊大保加利亞（Old Great Bulgaria）。保加利亞的學童都在課本裡讀過，庫布拉特可汗用一支筷子容易折斷，一把筷子綁在一起則不容易斷為實例，說服兒子們在他死後不分立。他的兒子阿斯巴魯赫（Asparuh）在如今的保加利亞創立保加利亞第一帝國。

第四部

# 往日公投

回來之後，
他們看見即將來臨的是什麼……

# 1

我從蘇黎士機場搭火車，直接前往車程半小時之外的一座修道院，在那裡我租了間能負擔得起的附 Wi-Fi 小房間（你還能多要求什麼呢？）多年來，方濟會一直以最低價格接納朝聖客，而我就讓自己利用他們的仁慈。在網路上追查其他國家公投之後的情況，我希望能有段時間平靜地默默獨處。同時我也希望能完成這些筆記。我原本覺得這些筆記是事情發生之前的預感，但情勢越來越清晰，這份筆記其實是同步記述了此刻正在發生的事件。所有的烏托邦遲早都會變成歷史小說。

我關在方濟會修道院改裝過的小房間裡，透過電腦螢幕看見一切。這清苦的方濟會修道院有經歷數世紀歲月洗禮的鐘、門和窗。玻璃更是真正的天啟。我們總是習慣見到建築與磚石持之久遠，但這麼脆弱的玻璃，可以從十七世紀留存至今，不論從哪個角度來看，都是奇蹟。有手工製粗糙顆粒且不平整的玻璃，裡面還看得到鑄成玻璃的沙。修道院附近有座小農場，養了十幾頭牛，這些牛也和十七世紀的牛沒什麼不同。動物吞噬掉時間感。我忠實地在筆記本上寫下這一切。

我打電話給高斯汀，但電話響了又響。事後，我意識到，如果他是到六〇年代的房間去了，那兒根本沒有行動電話。我必須告訴他我截至目前的所見所聞。簡短的版本是：災難一場。他最悲觀的恐懼成真了。我們最悲觀的恐懼。

## 2

幸福的國家都一個樣，不幸的國家則有各自迥異的不幸，就像有人寫過的。

在歐洲這個大家庭裡，一切都不對勁……在歐洲的這棟房子裡，一切都錯亂。

真的，整個歐洲大陸天翻地覆，每個成員都有各自獨特的不幸。順帶一提，「獨特」這個詞近年來大量繁殖，就像十誡蒼蠅和摩洛哥蝗蟲那樣，幾乎打倒了其他慣用的口語詞彙。任何東西都是「獨特」的。大部分的不幸。沒有任何國家想要放棄自己的不幸。不幸是一切的原料，是藉口，是不在場證明，是自命不凡的基礎……

不幸既是有些國家唯一擁有的財富——悲傷的原油是他們唯一取之不竭的資源——那又何必捨棄不幸呢？他們知道你挖得越深，就能開鑿出來越多。國家的不幸永無止盡開發。

國家與鄉土追求幸福的這個概念，是個巨大的幻象與自我欺騙。幸福，除了不可得之外，同時也難以忍受。面對幸福易揮發的本質，這如羽毛般輕盈的魅影，在你鼻子前冒出來的肥皂泡，在你眼裡留下刺痛感覺的泡沫，你要怎麼辨呢？

幸福，你說？幸福就像擱在太陽底下的牛奶，容易變質，就像冬天的蒼蠅和早春的番紅花。幸福的脊骨像海馬那般脆弱，不是你可以跳上去，騎著奔向遠方的母馬；不是你可以用來建築教堂或國家的基石。幸福無法進入歷史課本（課本裡只會有戰役、屠殺、背叛和某個大公遭到血腥謀殺之類的事），幸福也不會進入大事紀與史冊，頂多只能記載在初級讀本和外國語常用讀本，是給初學者看的。也許是因為這類文法最容易，全都是現在式。只有在這種文本裡每個人都幸福，太陽照耀，花朵芬芳，我們要去海邊，我們剛旅行回來，不好意思，這附近有好餐廳嗎……

幸福鍛造不了劍，幸福的內容很脆弱，很易碎，無法成就偉大的小說、歌謠或史詩。沒有鎖在鍊條上的奴隸，沒有被圍城的特洛伊，沒有背叛，沒有在山上流血的羅蘭[1]，劍斷裂，號角碎，也沒有致命的傷亡，沒有年老的貝武夫……

在幸福的旗幟下，你無法號召軍團……

事實上，沒有任何國家願意捨棄他們的不幸，這桶葡萄酒一直在地窖裡好好陳化，只要需要，隨時派得上用場。不幸是國家的戰略儲備物資。但如今（有史以來第一次）到了可以選擇幸福的時刻。

# 3

幾乎可以確定的是，**法國**選擇了自己的幸福，以及著名的輝煌三十[1]，也就是那段經濟蓬勃發展時期，每個人都愛上法國電影，雷奈[2]、楚浮[3]、特罕狄驤[4]、亞蘭・德倫[5]、貝蒙[6]、安諾・艾美[7]、安娜・姬拉鐸[8]；每個人都在唱喬・達辛[9]的《若你不曾存在》；每個人都在談論沙特、卡謬、佩雷克[10]……在這一切後面是上了油、運轉滑順的經濟機器。一九四五至一九七五年，光輝幸福的三十年。太陽王之後的法國，一切都得夠持久長遠，他們的幸福時光持續了三十年，就跟他們的戰爭一樣……

有些人押寶在一九六〇年代。當然，其中有格外偏愛的一年——一九六八[11]，這一年被創造，拍成電影，鑄造成傳奇神話。在一九六八年度過青春的人，誰不會選這一年呢？

結果法國本身並沒選擇這個年代。六〇年代是個麻煩不斷的年代，殖民地紛紛離去，一九六二年失去了阿爾及利亞，衝突迭起，明明你自認是守護者，那些人卻說你是壓迫者而非守護者。六〇年代的巴黎是個適合寫雜誌專文、拍電影和度個兩週假期的地方，但最後人們總是會選擇住在比較平淡無奇的時代。平淡無奇的時代比較容易過生活。因此，六〇年代一點機會都沒有。

我認為一九六八年在一九六八年並不存在。當時沒有人會說，嘿，老兄，我們現在所經歷的這些，這個偉大的一九六八年，將會載入歷史。那些都是在事情過後許多年才會發生……你需要時間，和一個理論上在許久已前已經發生的故事……稍有遲延，就像照片需要經過沖洗，影像才慢慢在黑暗裡出現……一九三九年很可能在一九三九年也不存在，那不過只是一個個早晨，你醒來的時候頭很痛，心中不踏實，又恐懼。

在公投期間突然出現的各種運動裡，最有意思的一個叫做「流動的盛宴」，取自海明威的同名回憶錄。海明威在書中記敘一九二〇年代他在這座世界之都的生活點滴。巴黎的各個角落，拉丁區咖啡館、聖日爾曼德佩區、丁香園小館、圓頂餐廳、圓亭咖啡館、聖米歇爾……史坦小姐[12]的家，喬伊斯很愛去的席薇亞・畢奇[13]的莎士比亞書店，還有費茲傑羅的巴黎，龐德[14]的巴黎……我一直很愛這本書，若是可以，我絕對會投票給這個年代。這運動本身由一群年輕作家發起，但歸根究柢，並不是每個人都想活在流動的盛宴裡。就宴會來說盛宴很好，但對生活來說就有所不便。搞得吵吵鬧鬧的，讓人無法睡覺，有位住市中心的年老房東太太在新聞報導裡這麼說。除此之外，這個運動的問題是，把所有籌碼都押在一個城市，儘管這裡曾是世界之都，但法國很大，有很多鄉下地方——布列塔尼的漁民、諾曼第的農人和採蘋果的人、法國南部的寧靜小鎮，是不會在乎這些無名文人去一家又一家咖啡館晃盪，交換女人，身無分文地窩在便宜小旅館裡開狂歡派對。失落的原因造成失落的一代。這個運動最後只有大約百分之四的得票率，也不算太微不足道，也許相當於今日法國作家的全部人數。

支持瑪琳・勒龐[15]的人選擇的策略顯然是遭到誤導了。最初他們決定抵制公投，這白白浪費他們許多時間，而且對提升支持率毫無幫助。他們在選戰最後階段才加入戰局，出人意料的是，他們支持選擇回到五〇年代的戴高樂主義陣線。不過戴高樂[16]是強大且自主的法國最堅定的捍衛者，他勇於抵抗強權，支持「由各國所組成的歐洲」的行為，皆已成為傳奇。他是他們心目中的英雄，出類拔萃。

影響這個選擇的因素很多，但最主要是非理性與個人因素，投票結果顯示得勝的是選擇一九八〇年代初期，季斯卡[17]將卸任，密特朗[18]即將上臺之間那段永恆甜美的時光，分析家還需花不少時間說明為何這個選擇合乎邏輯。

最後，勝利屬於當年還年輕且活躍的人。一九六〇年代以極小的差距位居第二，大約只落後百分之三，最重要的原因也許是，當前的無政府運動漸漸取得實力，他們希望能再有機會為一九六八年鋪路。

只是支持勒龐的民族主義者宣布，他們拒絕接受投票結果。他們清楚表明，將封殺涉及歐洲議會的任何決定。

# 4

**西班牙**有其漫長且獨特的不幸經驗，結果反而比較容易選擇。如果你碰上的內戰能打到創造出佛朗哥[1]政權，肯定會想也不想就直接擱置那半個世紀，這樣可選擇的年代少了許多，事情也因此簡單許多。如果在二十世紀之初，去掉有西班牙大流感、里夫戰爭[2]與維拉將軍[3]獨裁統治的那幾十年，情況真的會變得很簡單。八〇年代是燦爛的年代，狂野的年代，有個馬德里人在新聞報導裡這麼說。佛朗哥掌權的那幾十年，宛如冰冷陰暗的一樓，結束之後，你突然走到戶外，陽光燦爛閃耀，世界美好開闊，就等你去體驗你所錯過的一切，性革命和其他所有的革命，一次就全部享受到。

其他人則說他們在九〇年代的生活是最好的。後佛朗哥時代的轉型已結束，事物皆已就緒，經濟開始成長。錢比工作多，有著未來……

我沒有開銀行帳戶或取得駕駛執照的權利，沒有丈夫的許可，我甚至不能申請護照，有個女人這樣吶喊著。這是在一場討論會上，有個年老的紳士很無禮地說在佛朗哥統治下，情勢比較平靜，暗指一九六〇年代的西班牙經濟奇蹟。

最後，西班牙選擇了八〇年代，這個有馬德里文化革命[4]、導演阿莫多瓦、馬拉薩尼亞區[5]的年代……後佛朗哥時代的電影，第一次出現裸露的乳房，有時有道理，有時並沒有。這些電影終於來到我們眼前時（我們應該是十七或十八歲），我們會打賭，電影開始的第二分鐘就會出現裸露場景，這也是我們之所以愛西班牙電影的原因。

反正，公投期間並沒像部分觀察家預測的，發生內戰（支持佛朗哥的人比預期來得少很多）。西班牙是開開心心重返一九八〇年代的嘉年華。

有一次，我在溫暖的九月底來到馬德里，半夜的廣場擠滿年輕人、喝啤酒的人、吞火魔術師、抽大麻菸的人、彈吉他的人，一群群暢快大笑的朋友……這場景不論放在哪幾個世紀的時間裡都很適合。那天深夜回家途中，我瞥見年輕男女在巷子裡尿尿，就在車輛之間的人行道上。這也是馬德里瀰漫這味道的原因，啤酒與尿，這氣味裡有著喜悅。

**葡萄牙**，也能以此類推，在康乃馨革命[6]終結掉漫長冷酷政權之後，應該會選擇一九七〇年代中期作為新的開始。一九七四年那場革命的狂喜狀態仍然鮮活，對新國家[7]、薩拉查[8]及其繼承人卡埃塔諾[9]的記憶猶新，這些都可以算是身為葡萄牙人的不幸。在大航海大發現時代之後讓全民團結數世紀之久的迷思，在新發現的領土大流失之後，竟然是益發強烈。

我還記得小時候會玩一種叫「國家」的遊戲。我們圍個圈圈站，每個人按照特殊的旋律（地球轉啊轉，轉啊轉，你轉到哪個國家啦？……）挑選一個國家，然後我們全部尖叫：「輪到，輪到……」例如法國。我們其他人全跑開，而法國大喊：「停！」然後必須說出他到其他國家要幾步，如果猜中正確的步數，就可以征服這個外國領土。腳步有各種不同大小——巨人腳步、人類腳步、老鼠腳步，還有其他我不記得的腳步。很簡單的遊戲，其中最重要的似乎是你選擇的國家。我們都爭相想當義大利、德國、法國、美國，甚至「外國」。有個我暗暗喜歡的女生總是選葡萄牙，於是我理所當然選西班牙，這樣才能靠近她。反正葡萄牙沒有其他鄰國，在地理位置上也不會引起我無可避免的嫉妒。如今回想起來，這個國家真適合她。

我們對葡萄牙又有什麼了解呢？位在歐洲邊緣，幅員小，緊挨著海牆。一個沒有任何真正知名事物的國家。她之所以選擇葡萄牙，也許是因為這謎樣的名字，發音聽起來像「波托果」，也就是保加利亞文的「橘子」？我一心相信橘子主要就長在那裡，葡萄牙。畢竟那裡很遠，是不可能這裡長好，再運過去。在漫長旅途中就會把橘子吃掉了，很可能是卡車司機自己，誰能抗拒這樣的誘惑呢？我不怪他們，因為我自己也抗拒不了。

橘子葡萄牙洛娃，我都這樣叫她。這名字是我對她所有的記憶。

## 5

也有與西班牙及葡萄牙不同的，好比**瑞典**，他們發現很難挑選幸福的年代，因為不幸的年代太少，以至於可選的年代太多。

好吧，可以輕易排除掉二十世紀的前十五年，因為當時人口激增，導致失業問題，有些歷史學家歸因於疫苗和馬鈴薯。之後經歷兩次世界大戰，瑞典因為明智採行中立而獲益，讓一切步上正軌。歐陸的重挫對這個國家有利。強勁的瑞典鋼鐵與機械零件永遠都有需求，特別是在戰時。這也解釋了，在公投前夕，瑞典是在所有國家之中，第一個出現支持一九四〇年代的運動，而且還頗受歡迎。有人熱心摘錄阿斯緹．林格倫[1]日記段落，貼心簡述戰爭期間，瑞典節日餐桌上的食物：重達三至五公斤的豬腳、自製肝醬、烤牛肉、煙燻鰻魚、馴鹿肉；或是一九四四年聖誕節的禮物交換清單：風衣、滑雪靴、毛背心、白色羊毛圍巾、兩套長睡衣（我每年都送這個）、袖釦、日常穿的休閒長褲、手錶鍊帶、書、灰色百褶裙、深藍開襟毛衣外套、襪子、書、拼圖、漂亮鬧鐘、洗澡刷、一隻杏仁糖小豬……

不知為何，這隻杏仁糖小豬一直在我腦子裡揮之不去，顯然這隻小豬對瑞典記者也發揮了相同的作用。戰時的瑞典不是杏仁糖小豬——抗議者高喊這個口號，反對這個運動。經濟蓬勃是事實，但罪惡感的問題當然也還在。置身煉獄烈火肆虐的世界，人還能過得幸福豐足嗎？最後民調顯示，四〇年代的支持率持平，大約排在第五或第六位，沒有機會上位。但戰爭年代的幽靈竟然冒了出來，成為一種可能性，這事實本身就夠讓人不快的了。

所有的調查都顯示競逐中一路領先的是，重回一九五〇年代。有分析家解釋，歸根究柢，支持這個選項的人有很高比例是因為支持四〇年代的聲浪高漲，但又對選擇戰爭期間覺得不安。不過五〇年代本身就是個很壯盛的年代。媒體回顧，在剛走出戰爭，百廢待舉的歐洲，瑞典卓然昂立，擁有未被損毀的天然資源與製造業，生活比以前更加安逸。我們有很好的半自動洗衣機，首度擁有電視機，還有這麼大的電冰箱……電視上有個女人一面說，一面把雙臂張到最大。她差不多七十歲，以年齡來說，算是保養得很好。而且……攝影機轉向她旁邊的男人，高瘦結實，臉頰紅通通的老人，他除了冰箱之外又提到他的富豪轎車，一九五七年的第一款亞馬遜，黑色車身，淺灰車頂，那工藝真是不得了……他把一張黑白照片舉到攝影機前，一對夫妻站在車子前面，笑得合不攏嘴。富豪轎車和我父親的華沙轎車很像，結果這兩款車都是模仿蘇聯的勝利汽車。五〇年代這些堅固耐用，稍微有點笨重的汽車，全都結實得像坦克，也幾乎毫無耗油效率可言。

五〇年代運動的另一張強而有力，無人能質疑的祕密王牌是，當然啦，是宜家家居。沒錯，宜家家居在五〇年代首度發行型錄，開第一家店，而可能更重要的是，它引進了拆卸茶几桌腳的概念，讓你可以把整張茶几塞進後車廂，帶回家自行組裝。這就是五〇年代——務實、牢固、價廉，有點粗糙，但很簡單。

不過，七〇年代是他們的最大勁敵。這邊是一九五〇年代，那邊是一九七〇年代——儘管那時期有經濟危機，但仍舊是瑞典公投的兩大焦點。一九七〇年代本質上有點令人反感。在一九七〇和八〇年代，除了鐵幕之外，世界也分裂成截然不同的兩半，只因為每個男人都必須面對這個問題——喜歡金髮或深色頭髮（有時也稱為紅髮），ABBA的那兩個女人。題目就是這麼問，而不是問喜歡昂內塔或安妮－弗瑞德（弗瑞達）[2]。年僅十歲的我，不是會被問這個問題的目標族群，但我和大部分男人一樣，偷偷喜歡金髮。雖然我早就知道，喜歡金髮很庸俗，喜歡深色頭髮比較酷，或者起碼你可以說自己比較酷。反正，ABBA就代表北方的一切，明亮，瑞典風格，翩翩起舞，閃閃發亮，白色——在七〇年代。

ABBA，或者宜家家居在同一年代製造的經典款Poäng扶手椅，才是顛覆時代的產物，而不是國內生產毛額和木材與鋼鐵的外銷。最終，儘管有經濟危機和政權輪替，儘管有天然氣價格爆跌與繼之而來的新危機，儘管有這種種問題，一九七〇年代末期的「舞后」[3]最終還是睥睨一九五七年的富豪轎車，以及巨大冰箱與半自動洗衣機。浪漫故事不再與冰箱為伍，大家喜歡跳舞，新的感性籠罩北國海域。因此，在公投之後，瑞典人一覺醒來回到一九七七年。

**丹麥**最後也選了一九七〇年代，真是毫不意外，儘管一九九〇年代直到最後階段都很有競爭力。沒錯，對斯堪地納維亞人來說，一九七〇年代確實別有意義。就像撒上白糖取代雪的新年賀卡，吸引我們偷偷去舔。

因為我們在七〇年代開始享受生活的樂趣，這是我的一位丹麥朋友給的解釋。但六〇年代呢？我問她，樂趣不是從那時就已經開始了嗎？她沉默一晌，然後說：這話也沒錯，只是我們當時還不知道怎麼應付。我意外懷孕，生下了孩子，孩子的爸卻不見人影。我把孩子丟給我爸媽，自己跑去莫斯科，展開新生活。我待了一年，葉夫圖申科[4]們得以在體育場高聲吶喊，埃瑪杜琳娜[5]們，六〇年代的孩子們解凍了[6]……然而真正的詩人都是身處暗地，酗酒，無法出版，流亡，我去找他們，結果被逮捕，經官方管道遣送回丹麥。簡單來說，六〇年代就這樣結束，像一場大學派對，你剛喝醉，正要開始嗨，結果警察進來了。最後只留下宿醉。但是到一九七〇年代，我已經知道如何處理歡樂，我們每個人都知道了，所以我們過得很好。放心，每個人都會投給七〇年代的。

這個嘛，當然不是每一個人，但她還是說對了。

# 6

……雨下整夜。我在雨聲中醒來，閉眼躺著，傾聽滴滴答答落下的雨珠。這裡沒有閣樓，只有老式的粗大屋椽。我躺著，聽雨聲。身體和雨進行古老，且持續不斷的對話，我早已遺忘的對話。這是簡樸的、與世隔絕的生活，是我已不習慣的生活。在木桌上吃麵包，收拾麵包屑，丟給麻雀吃。用一把小刀慢慢削蘋果皮，意識到這個動作其實是再現你父親做過的動作，而父親的動作是再現祖父做過的動作。地方不一樣，時代不一樣，手也不一樣。但動作還是記得的。翻開本地報紙，《楚格週報》，查看天氣預報，想起院子裡剛萌芽的洋蔥與甫開花的櫻樹。擔心著你不再歸屬的世界。五點左右，牆外巨大的方濟會時鐘響了起來，聲音不比鐘聲小。我起床，著衣，坐在窗邊看著白晝破曉。我翻開一本特朗斯特羅默[1]的詩集，這是一冊小巧的口袋書，我慢慢讀，享受彷彿置身另一時代的喜悅。我闔上這本小書，心想，如果國家回到七〇或八〇年代，對當時還沒寫出的這些詩與書會有什麼影響？它們會有怎樣的命運？我努力回想過去幾年間讀的出色作品。我不覺得自己會對錯過任何一本感到遺憾。

# 7

公投會給過去的東歐——總是會在加上前綴詞「前」的那個地區——帶來什麼影響？當然，大家早已四散了，就像原本是一個家庭，所有人被迫同住在一個屋簷下，直到孩子長大，然後各自走自己的路。就算他們不痛恨彼此，至少也不再對彼此的生活感興趣。每個人都想去找他們以前一起睡在社會主義婚床上，就一心夢想的（西方）情人。

重回一九六八年的心願，在法國失敗之後，我唯一的希望就在這個（前）區域。當然，捷克是最可能重現一九六八年國度的地方。重回二十幾歲，重新站上巴黎或布拉格的街頭，除此之外你還能冀求什麼？但法國投票選擇一九八〇年代之後，這個夢碎了一半。失去了巴黎，布拉格還在。

但就像在法國一樣，外頭看起來不錯的，從裡面看卻未必如此。一九六八年的傳奇聽來很好，時間卻已磨平了粗糙的邊角；反倒布拉格之春像伊甸園一樣誘人，而且還沒有發怒的上帝氣沖沖闖進來的情節。只是，終究少不了氣沖沖闖進來的事實，上帝之怒般的俄國坦克，報復之心強烈無情的「兄弟部隊」，是真正的機械降神，全副武裝而來。

緊跟在布拉格之春後面的是毀壞之夏，一如既往，人生破碎時，一切也都換位：曾待在街頭的那些人，被送進那個夏天的冰冷陰影裡，此後的每一個夏天都是。而只敢伸出鼻子嗅嗅外面空氣的膽小鬼，被叫來取代如今已空下的位子。擊垮你的不是衝突，不是破掉的窗戶，不是流亡、監禁、毆打強暴，甚至也不是謀殺，而是在後來的某個下午，你看見在那個許久以前已把你永遠踢出去的體制裡，人們還能在街上歡聚、大笑、養兒育女，你會打從心裡升起的那股毫無意義，不寒而慄的幽微感覺。歷史承受得起搞壞一個五〇或六〇年代，因為年代成千上萬，對歷史來說，一個年代也不過就是一秒鐘，但像蒼蠅的人類該怎麼辦？歷史的一秒卻是他的一生，這樣的人該怎麼辦？就因為繼一九六八年之後而來的那些午後，布拉格的人不想選擇六〇年代。

在**捷克共和國**，有三個往日國度展開漫長戰役。首先是第一共和——黃金二〇年代……經濟奇蹟……文化蓬勃——躋身全球十大經濟體之列，這個運動的宣傳機器如此回憶。一個在各方面都算成功的年輕國家，熱情煥發。接著是另一個世紀末的國家，一九八九年的絲絨革命[1]。最後是一九六八年的布拉格之春，雖然落居第三，但一開始也沒人敢輕忽。每個年代的名字都很有吸引力——黃金、絲絨、春天——捷克會選哪一個呢？二〇年代背後有留著某種鬍子的某個人物探出頭，迎來德國占領的蘇臺德地區，讓這繁榮如花盛開的國家成為被保護國[2]。布拉格之春之後是冷酷的俄羅斯之夏，絲絨革命之後——是接連的失望，因為夢想並未成真。

最後，對二〇年代之後情勢發展的恐懼遠遠大過對九〇年代之後的恐懼。

恐懼大戰。於是絲絨革命二度獲勝，捷克共和國回到一九九〇年代。

**波蘭**也有個支持一九二〇年代，押寶在波蘭第二共和[3]的運動，但沒怎麼成功。最後情勢明顯傾向於一九八〇年代，但分兩派。一派希望回到一九八〇年代之初，回到反抗，回到團結工聯[4]誕生的時候。支持者主張，應該重新激發當年的熱情，讓一切在最高點的時刻重新開始。他們回想起第一個非共黨勞工聯盟獲體系核准成立，不到幾個月，會員人數就高達一千萬。經過這麼多年之後，這數字仍讓人深深感佩。

然而，另一派抬出可以嚇走烏鴉的稻草人，也就是同一時期的賈魯塞斯基[5]，這位戴深色眼鏡的將軍，就連我遠在保加利亞的祖父都常拿來嚇唬我說，快去睡覺，不然那個戴眼鏡的要來了。一九八〇年實施戒嚴之後，蕭條、監禁……為此，他們希望從這個十年的最末端開始，那時舉行了第一次的半自由選舉，華勒沙[6]贏得勝利。無論如何，支持一九八〇年代初期的這一派占上風。波蘭甚至還想再更進一步，往前推兩年，也就是若望保祿二世[7]獲選為教宗的那年，這是來自上帝恩賜的徵兆，象徵即將到來的光輝年代。

最後，幾乎東方集團的所有國家（除了保加利亞與羅馬尼亞之外）都選擇一九八九年前後的年代，當成重返與重新開始的時間點。當然，這既合乎邏輯，也兼顧個人角度。在那段時間，在世紀的最後幾年，每一個人，我們，都是最後一次年輕，包括一九五〇年代出生的人，他們相信結局就要來臨，也等待結局來臨；還有經歷那場「發生又彷彿未發生」的一九六八年的年輕人，他們覺得89正好是68顛倒過來，真是太好了。最後年輕人裡最年輕的，在一九八九年時才二十幾歲的人，對他們來說那是人生中經歷的第一次革命，可以用第一人稱來敘述。終於，未曾發生的似乎將要發生，一切在我們面前展開，一切都將開始，就在這個世紀最後的最後，千真萬確。

我要行使自己的批註權，以見證人身分多說兩句，因為在真實的一九八九年，我人就在抗議現場，我又跳又吼，又哭又喊，然後在接下來幾年的魚目混珠騙局裡，我突然變老了。一九九〇年代的批註與懦弱哀悼。體系在我們眼前改變，保證有更美好的生活，開放的邊界，全新的規則……全以驚人的速度，一天之內倏忽翻盤。我還記得一九八九年可以在廣場上聽到這樣的對話：那麼，小子，我不想掃你們的興，但事情要整頓好，得花上一兩年的時間，有個朋友這麼說（我在想那是不是K？），搞不好要三、四年，也可能要拉長到五年，另一個審慎地說。老天爺啊，我們當時把他罵得多慘啊，我們全都狠狠教訓他。哼，誰等你五年啊，欸，哈囉，我們的大學考試就在三個月之後，夠你去搞個五年計畫了吧……當時還有對未來的國家戰略儲備，而我們放肆地打包分發出去。徹頭徹尾的天真，事後看來更加明晰。

十年之後，所有的物資儲備都已用罄，只剩倉底在我們面前微微閃著渾濁的光。差不多就在那段時間，一個十年結束，另一個十年開始之際，有事情隨著時間發生，脫軌，乍然發作，霹靂啪啦，輪子轉動，然後停止。

# 8

若說斯堪地納維亞無法決定該選擇哪一段幸福時光，那麼**羅馬尼亞**人也同樣被疑惑折磨，只不過理由恰恰相反。整個二十世紀——歷史跌跌撞撞，整段期間麻煩不斷，他們對於該選哪匹馬來拉車，一再做出錯誤的選擇——德國馬，英國馬，或是俄國馬？失去的領土，失敗的戰役，圍城，危機，內部政變。就連一九八九年的革命也和「絲絨」相去甚遠。彷彿只在六〇年代末、七〇年代初曾短暫開了扇窗（那是在別無選擇的情況下做出的選擇）——企圖在分裂的世界裡獨立。之後，窗會再度關上，接下來十年飽受債務、物資缺乏與治安[1]之苦。

> 所有這些幸福、吃得飽飽的人，法國人，英國人……噢，我不是這裡的人，我背後有著幾世紀接連不斷的厄運。我出生在缺乏機會的國家。幸福在維也納終止，維也納之外就是詛咒的開始！無情的齊奧朗[2]。

這樣的描述不只適用於羅馬尼亞。

**奧地利**的投票似乎是最分散、最不明確的。這裡的選民投票參與度最低，而去投票的人，又分屬幾個不同陣營，也都缺乏活力，導致得票率不分上下。二十世紀第一個十年的那個多語文絢麗繽紛的帝國，主要是透過文學與分離派風格而產生，但那個帝國的記憶已慢慢冷卻，就像和乾掉的薩赫蛋糕一起擺在攤子上遭人遺忘的咖啡一樣。而且那個年代的結局並不太好——大公遭暗殺，大戰發生，帝國解體，以及其他的一切[3]……德奧合併[4]的奧地利引發選民的擔憂——但比例同樣不夠高。共同恥辱感仍在，但多半是基於習慣，而不是因為被判定有罪。一九七〇與八〇年代的奧地利，帶著罪惡感享受來自東西方的歡愉，把自己的永久中立變成收入的永久來源，這也是選舉大餅裡最討喜的一塊切片。最後是九〇年代，前幾十年的祕密都得以揭露——手提箱打開，支票兌現，雙面間諜宣稱他們是隸屬於東西雙方陣營的僱員。

奧地利在二十世紀的好幾個年代之中拉鋸，支持率非常接近，結果極不明朗，這讓夾在鄰近大帝國之間的奧地利有被滅絕的危險，因為維也納什麼都不是，就只是個博物館城市，一直以來都是如此。幸福疆域的邊境區。

然而，最後八〇年代以些微百分比勝出。大多數人揣猜測這個勝利的背後有約爾格・海德爾[5]繼任者的支持，是隱藏的民族主義者投下了贊成票。看著來自維也納與薩爾斯堡的報導，我想像八〇年代的勝利者很快會再發起新的公投——這一次不是在歐洲眾目睽睽之下，而是在他們家裡默默進行，就和以前一樣——一九三八年的德奧合併會再次重現。許多已埋藏的事物都會交到一九三九年手裡。

# 9

**德國**仍是最重要，也是最具決定性的謎團。在這裡，歷史跳了段最長最長的舞，而柏林就是舞臺，輕喜劇，駐軍，商店櫥窗與牆，一切都在此地上演。這世紀的前半段整個被截肢，儘管極右翼企圖在空下來的部位裝上義肢。德國不會回到那個年代，還不會，儘管高速公路和福斯汽車在選戰期間已偷偷出現在黑市上[1]。但是接下來的每一個年代都各有機會。社會學家預期一九八〇年代會贏。E從柏林寫信給我，簡直嚇壞了。「你能想像嗎？不是有經濟奇蹟的五〇年代，不是擁有六八運動和其他一切的六〇年代，而是八〇年代，太丟臉了。你知道我是支持九〇年代的，我們不老是說，我們的六〇年代沒在保加利亞出現嗎：愛之夏[2]，布拉格之春，一切的一切。九〇年代就是我們的一九六八年，好吧，也許有點太寒酸，有點二手，但仍然是我們的。我想生活在一九九〇年代初期，如果我們贏了，就請來找我，在柏林或索菲亞……致上愛，E。」

貼心的E。她和我一起度過一九九〇年代最初的那幾年，那是一段喧鬧騷亂的關係，只有在那個年代才會有。我們對六〇年代的等待終於有了回報，她當時哈哈大笑說，從床上遞給我一根菸。

E和我甚至想辦法結了婚，天大的錯誤。一九九〇年代沒有人結婚，只有離婚。好吧，嗯，我們也想辦法在同一個年代矯正這個錯誤——我們離婚，然後她去德國。在保加利亞，德文成績全拿 A 的每一個學生遲早都會去德國。我拿 A 的是保加利亞文，所以我留下來。

然而，她對八〇年代的看法不完全正確，至少德國的部分不正確。當時東西德都有運動在醞釀。Wir sind das Volk！[3]——他們在亞歷山大廣場與東德的廣場吶喊。Atomcraft？Nein danke[4]！他們在西德不停高喊，手拉手，和平遊行，紅色汽球，妮娜[5]，愛滋病，以及龐克。最後，兩邊的發展都很有意思。然而現在，很少有人希望回到八〇年代，因為那樣就必須回到東西分裂的德國。不過也有個解決辦法，他們投票給一九八九年，也就是一九八〇年代結束前夕。希望從那裡延長一年、兩年，或三年。如果可以永遠停留在慶祝的前夕，讓熱情的鯡魚常保新鮮（和俾斯麥偏愛的相反[6]）延遲未來的到來，還有什麼比這更好呢？我想像那道牆永遠拆個不停，拆了之後又祕密重建，就只為了再拆一次。幸福之輪不停轉呀轉。

老實說，一九六八年在德國的勝算也不大。除了死忠但微不足道的一群晚期馬克斯主義者與患關節炎的無政府主義分子（也是無政府主義時代的人）之外，一九六八這個偉大的一年並沒有太多人支持。主要是因為緊接著是一九七〇年代。這不是容易的選擇——有巴爾德–麥茵霍夫集團[7]，以及謀殺、爆炸、綁架、銀行搶案。在毛澤東和老子之間，有《紅旗歌》[8]、切．格拉瓦、馬庫色[9]、杜契克[10]——七〇年代的歐洲一片混亂。而第二次世界大戰結束才只過了二十三年。

有時我們不禁想，有些歷史事件感覺上比真實的時間更遙遠。我出生的時候，第二次世界大戰不過是二十三年前的事，但對我來說，完全是另一個時代了。

就像高斯汀說的：小心，後照鏡裡的歷史實際上總是比看起來更近⋯⋯

最後八〇年代勝出。不，更精確來說，是西德的八〇年代勝出。只是柏林再次成為分裂的城市。很有意思的是，東西雙方都堅持要這樣。

老人投給這個年代，全要歸功於偉大的海爾穆．柯爾，因為他帶來安全與穩定。年輕人，或六〇年代還年輕的人，也就是占大多數的選民，選擇的是八〇年代狄斯可的餘韻。

到頭來，平庸總是勝出，微不足道的事情和缺乏教養的野蠻人遲早會征服有分量的意識形態帝國。公投的大贏家是流行樂圈子的Falco、Nena、Alphaville，整個一九八〇年代的德國足球隊，布賴特納[11]的鬍子，年輕的貝克和葛拉芙[12]，龐大豪華的西方百貨公司[13]，影集《朱門恩怨》、電影《熱舞十七》，以及麥可．傑克遜。這裡每個人都愛麥可．傑克遜，甚至看膩了東德電視《彩色壺》的跨年節目。

「你總是說八〇年代的東歐，製造的大多是無聊與狄斯可，」E在公投之後寫給我的信裡說，「但這顯然就是大家想要的——狄斯可和無聊。」

E說的沒錯，但不只是這樣。大家選擇八〇年代，是因為他們即將迎來的結束。投票有個奇怪的現象，但也給我們很清楚的訊號。選擇某個年代或某一年，事實上也就是選擇了繼之而來的一切。我希望活在八〇年代，這樣就可以期待一九八九年。

（沒有人注意到，在德國東部大半的省分，排名第二的是，邪惡的三〇年代黨。）

# 10

好幾天（好幾個星期？）的時間，我沒和任何人講話。我似乎失去了時間感。我起床，穿衣，去鎮上買魚，因為今天是有市集的日子。我又試過打電話給高斯汀，運氣不好，電話線的另一端只傳來奇怪的訊號聲。我和賣橄欖的人聊了一會兒。他講義大利文，我用蹩腳的德文回答。最後他如願賣給我他想賣的數量。我爬坡回山上的修道院時，他最後講的幾句話，就像橄欖核一樣，在我腦袋裡不停翻轉——「不客氣，橄欖，謝謝，不客氣，橄欖，謝謝。」走到山頂時，我把這些話像橄欖核一樣吐掉。我也買了乳酪和魚。我把魚處理乾淨，酸蘋果切薄片，加橄欖油、羅勒、檸檬，灑一點葡萄酒，一片阿爾卑斯白乳酪。不到半個鐘頭，魚就煮好了。我用我最好的盤子裝，擺在桌上。我把其餘的葡萄酒全倒進酒杯，坐下來，這才發現我無論如何都沒有胃口。

# 11

## 不在場者症候群

有很多地方我並不在。我不在那不勒斯，不在坦吉爾、孔布拉、里斯本、紐約、揚博爾或伊斯坦堡。我不只不在那些地方，而且我還因為不在場而感到痛苦。我不在倫敦下雨的午後，不在傍晚喧嚷的馬德里，不在秋天的布魯克林，不在索菲亞或杜林週日空蕩的街頭，不在一九一八年靜寂的保加利亞小鎮……

我都不在場。這世界充斥著我不在場的地方。人生就在我不在場的地方運轉，無論我人在何方……我不在場，並不只是地理上的不在，也就是說，並不只是空間上的不在場。儘管空間和地理從來也不只是空間與地理。

一九八九年的秋天我不在，一九六八年瘋狂的五月我不在，一九五三年的寒冷夏天，我也不在。一九一〇年十二月，我不在；十九世紀末我不在；東歐的八〇年代我也不在，儘管那個深陷狄斯可節奏的年代，我個人非常不喜歡。

人不應該活在單一軀體與單一時間所構成的牢籠裡。

——高斯汀，《迫在眉睫的新診斷》

# 12

終於輪到**瑞士**了。這個並非成員國的國家願意參與公投，是極討人歡心（如果不是難以理解）的驚喜。

幾個月前，高斯汀和我曾經有如下的爭論——

記住我的話，我說，這些傢伙絕對會眼睛眨也不眨一下，就選擇一九四〇年代，好嚇死其他人。

聽我說，他說，在被戰爭撕裂的歐洲當中，瑞士或許看起來像天堂，但相信我，並非如此。他們隨時都在等著被攻擊，戰機在邊界盤旋。希特勒才不會瞻前顧後。我保證，他肯定有占領瑞士的通盤計畫，一個城市接一個城市征服。

我喜歡高斯汀講得一副他親眼目睹的樣子，雖然有時候也會惹毛我。你要怎麼和講得一副他人就在現場的人爭論呢？

然而，備戰並不等於深陷戰火，對吧？我馬上反擊他。

我並不這麼想，他回答說，有時候備戰更慘。聽聞鄰居碰到各種驚悚慘劇，睡覺要把步槍擺在枕邊，隨時做好戰鬥準備。深入阿爾卑斯山給自己蓋藏身處，也就是所謂的「碉堡」，還要給德國人更多的貸款和特許……尤其是在他們很快就狠狠教訓法國之後。我記得有幾個城市被盟軍轟炸——例如巴賽爾和日內瓦，我沒記錯的話，還有蘇黎士。

那是導航失誤，我反擊說，依據美國空軍的正式說明。就像他們說的，誰會去轟炸放著自己錢的銀行。

但你看看，戰爭結束之後，同樣的這個瑞士挹注多少錢給慈善基金，馬歇爾計畫、日內瓦紅十字會，這點不容否認吧，高斯汀回答說。

然而，他們還是會選擇一九四〇年代，記住我的話。黃金、現金、名畫湧入的數量，前所未有的多。銀行和老派大師們。

話是沒錯，但錢進了銀行，人民卻很窮，特別是在蘇黎世以外的地方。他們不會選擇一九四〇年代的，高斯汀反駁說。

最後，是高斯汀說對了。他向來都是對的。儘管民調顯示，戰爭年代的支持率較高，這點讓布魯塞爾如坐針氈。不過，在最後一刻，公投的老派大師們做了一個決定，非常合乎邏輯，卻也同時出乎眾人意料。瑞士，意外再意外地，選擇中立。是奇特且暫時的中立，可以這麼說。總之，他們選擇這一年的這一個月，公投的這一天。

可是……這不是往日啊，歐盟執行委員會吞吞吐吐地說。恰恰相反，在我們說出口的這一刻，就已經成為往日了，瑞士政府鎮靜答覆。而到了明天，甚至是更明確的往日了。隨著日子一天天過去，就更加明確。

維持中立想來是站在時代之外的手法。我不想隨你的時間起舞——至少是一段特定的時間。但我可以為你測量時間，如果你願意付錢的話，我會用碼錶（當然是瑞士製）替你計時，我會賣你時鐘，我會保護你的名畫、戒指、鑽石和你所有的行囊，在你忙著作樂或作戰的時候。

沒有人可以反對這一點。

幾經辯論，歐洲各國承認，瑞士的決定事實上對每個人都有好處。在這個歷史轉折時刻，有個國家可以讓每個人據以校正時間，這主意並不壞。而提到時鐘，又有什麼比瑞士鐘錶更可靠的呢？有個保存下來的範例很不錯，這是時間的金本位，讓其他人可以從這裡出發。同時，若是有人因為往日而得了嚴重的幽閉恐懼症，瑞士也可以提供暫時的庇護。一個庇護所。

大家同時也決定，監督暫時新國界的獨立歐洲機構最好就設置在這個國家。在這個時間的真空地帶。

13

## 附註 義大利

**義大利**秉持南方人拖沓的個性，終於在最後一刻決定保留六〇年代時，我已經放棄所有的希望了。特別是一開始連半點徵兆都沒有。

如果我們可以回到沒有墨索里尼的墨索里尼時代，那當時就有很多東西可以建立起來，投票前有個人在義大利廣播電視臺上如此說。這人挺著啤酒肚，穿丹寧工作服，靠在他的飛雅特小車旁。還好，在選戰進行期間，這樣的言論變得越來越少，也越來越渺遠，期間有另一種懷舊情緒興起，比墨索里尼的高速公路更近，更親，因為那些高速公路實在不甚好。「領袖」被「甜蜜生活」所取代。

「不是領袖，而是甜蜜生活！」的支持者把這個運動名稱寫在牆上。我們有錢，有青春可以揮霍，有個女人在羅馬的西班牙廣場這麼說，她舔著冰淇淋，講著這句像電影臺詞的話。五〇年代的經濟奇蹟延續到六〇年代，那時有夠多的電視、洗衣機、偉士牌摩托車、飛雅特小車、費里尼、露露布莉姬達[1]、馬斯楚安尼[2]和塞倫塔諾[3]可以滿足大家的需求。

在公投裡，義大利最終選擇布拉格、巴黎與柏林都不敢選的年代。「義大利保留六〇年代」隔天的《晚郵報》與各大重要媒體標題高調宣告。「生命短暫，甜蜜恆久！」

六〇年代很可能像是一部在奇尼奇塔影城[4]拍攝的電影，但誰不想生活在電影裡？有天藍色偉士牌摩托車的義大利，有夜晚、雨衣的義大利，不可能的義大利式離婚[5]，特雷維噴泉[6]；有威尼托街[7]的義大利；有露臺，有傳奇故事流傳的義大利，說年輕的奧爾嘉伯爵夫人在一九五八年十一月初辦私人慶生會，舞者娜娜突然跳起脫衣舞，而現場流出的幾張照片，引起全國的綺想遐思[8]。這說法是杜撰的，但六〇年代已準備就序，在高度需求之下被創造出來。

甜蜜生活，La dolce vita，至少在一個國家可行。

我一直這麼想，年紀越大更是越常這麼想，我有一天要生活在六〇年代的義大利，也許不見得在帕勒摩，而是在托斯卡尼、倫巴底、威內托、艾米利亞－羅曼尼亞、卡拉布里亞……光是在舌尖品嘗這些名字，讓它們像冰淇淋那樣融化，感受那柔軟的 l、gna、m，還有偶爾讓人抓狂的 r，這樣就夠了。

有一回，還很年輕的時候，我在比薩的一個小廣場，領悟了我一直希望自己是什麼樣子……

就是這樣的夜晚，你發現自己不想睡。你走在陌生的街頭，才跨過幾條街，所有的聲音都消失了。這時你找到一個廣場，一座小噴泉，街角還有教堂。一小群朋友，男生女生都有，大半夜裡，他們在沁涼夜色裡聊天。你坐在廣場另一頭的長椅上，聽他們的聲音，這時如果有人問你幸福是什麼，你很可能會默默指著他們。在這樣的廣場上，和你的朋友一起變老，在溫暖的夜裡，在圍成四方形的老建築中間聊天喝啤酒。這聊天的聲音讓你心情平靜，接著又響起笑聲，在這世界上，你已不想要其他的一切，只想保留住這沉默與笑聲的旋律。尤其是在難以逃避的歲月與年紀增長的夜晚。

這樣的歐洲是高斯汀和我所夢想的，在我來說，就是充滿閒聊聲的廣場。早晨是奧匈帝國，夜晚是義大利。沉重與哀傷則是保加利亞。

## 14

### 歐洲新地圖像這樣——

到頭來，在公投的時候，大家選擇的都是自己年輕的時代。現在七十歲的人，在七〇和八〇年代還很年輕，才二、三十歲。老年人選擇他們還年輕的年代，而年輕人，當時甚至還沒出生，卻被迫生活在那樣的年代。選擇下一代所要生活的年代，這有點不符公義，但其實這就是所有選舉都會發生的情況。

年輕人是不是全然無知，那又是另一個問題。出口民調指出，他們大多數——甚至比老年人更多——投選

的是前一個世紀，他們根本沒有任何記憶可言的年代。某種新保守主義，新感傷，讓懷舊的情感一代傳過一代。

一九八〇年代的帝國形成最大，也最有勢力的集團，像脊椎一樣貫穿歐洲中央，涵蓋原本的德國、法國、西班牙、奧地利和波蘭。希臘，這個貧窮版的義大利，也會加入他們的行列。

一九七〇年代的北方聯盟是另一個大集團，包括了瑞典、丹麥和芬蘭。唯一的例外是南方的葡萄牙。但是對七〇年代的北方人來說，有什麼比擁有自己的南方殖民地，以及歐陸另一端的溫暖海灘更好的呢？匈牙利也加入這個聯盟，因為這是社會主義時代「最快樂的營房」。

在大部分國家屈居第二的一九九〇年代，是排名第二的夢想。從某個程度來說，八〇年代帝國光明的未來，事實上一點也沒被忽視。捷克共和國、立陶宛、拉托維亞和愛沙尼亞還沉醉在他們後一九八九年獨立的狂喜之中。斯洛維尼亞和克羅埃西亞最終選擇二十世紀的最後十年，但附加特別條款，只涵蓋南斯拉夫戰爭[1]結束之後的時期。對於懷抱自由理念或民族主義的選民來說，這都是一個好選擇，因為他們都看見未來發展的可能性。在一九九〇年代分裂且躁動不安的國家裡，愛爾蘭之虎[2]伸出援手（還是伸出爪子？）可預期的是會有更多新移民，從其他國家前來。七〇與八〇年代的帝國最終將在此處下錨，只是時間早晚的問題。到頭來，所有的人都將在一九八九年會合。

整個歐陸分成三或四個主要的暫時聯盟，全都在二十世紀後半，被視為是朝未來的統一跨出積極的一步。然而有段時間，所有的國民都留在各自的國界，留在各自獲得最多選票擇定的年代裡。避免不同時期互相混雜了，至少在剛開始時是如此，靜待情況穩定，正常發展。

之後，國界會開放。事實上，對這一點，有很多強烈的不同意見。有個團體，被稱為「歷時主義者」，他們贊成時間重新開始，從最初選擇的年代之後開始自然推展。然而另一個陣營，「共時主義者」，要求各國在各自選擇的年代停留更長的時間。重設時鐘的過程緩慢且沉重，完全不知道可以維持多長的時間……

藏有往日邪魔的潘朵拉盒子已經打開……

## 15

他們在各地找尋他，包括七〇年代和八〇年代……他們遍尋六〇年代，因為那是他最喜歡流連的時代，但找不到他的半點蛛絲馬跡。不在診所，也不在往日社群裡。赫利奧斯大街還有天曉得是哪裡的醫生都打電話給我。而我，一連打了好幾天的電話，但他堅決不接，最後我只好從修道院搭火車到蘇黎士。

這天天氣很好，看不見影跡的鳥兒在樹冠鳴唱。有個女人坐在陽光下，翻開一本書。有個女人在陽臺上看書。這世界依舊沒變。

高斯汀失蹤了，當然，就我和他相處的經驗而言，這不是什麼不尋常的事。但仍然讓我覺得很怪異，在像這樣的時刻，某種程度來說，他是相當不負責任。也許是他察覺到往日整個釋放出來之後，時間炸彈即將引爆？也許他感受到三〇年代物理學家的造原子彈罪惡感？也許往日又再度把他吞沒了？又或者他的失蹤只是短時間的，是暫時進入另一個時代，很快就會從那裡再度現身。有那麼一小段時間，我覺得他是決定結束自己的生命。

但如果我活著，高斯汀可以死嗎？

我回想起四〇年代樓層的那個小房間，我們最後一次見面的地方。那是他最新的祕密辦公室，可以這麼說。在那裡找到他，或沒在那裡找到他，都同樣嚇人。我惶恐不安地打開門。在辦公桌上，飛機模型旁邊，有個寫著我名字的褐色大信封，裡面是一張他手寫與簽名的紙，說和診所與往日村相關的一切都暫時留給我督管，時間沒有期限。還有別的——一本黃色筆記本，十六開大小，有柔軟的封面，寫滿一半了。我晚一點再讀。此外有一張紐約公立圖書館玫瑰主閱覽室的黑白明信片，上面有兩行字，是高斯汀的筆跡。

我必須去一九三九年，我到了之後會寫信。

再見了，你的G.

典型的高斯汀。丟下一切，只留兩行字。（我得承認，他惹到我了）沒有指示，沒有感情，連沒有都沒有。他全部的方案就只進展到這裡。他所有的瘋狂計畫，也可以說是，我自己的瘋狂計畫，因為我也是計畫的一部分，我也介入其中，我和他一起創造了這些計畫。他就這樣從流動的時間中跳出去，從這個世紀跳到另一個世紀。在我們最後一次見面的時候，他就已經知道了，就已經決定了。這也是為什麼，在我說我們戰前六點見的時候，他深深看我一眼的原因。他已經去拆除一九三九年的炸彈。我遲早會跟著他去。

我該拿這些診所和往日村怎麼辦，在往日已經悄悄爬出去，正式在所有的鄰近城市落腳的此時？阿茲海默症患者世界裡的阿茲海默症患者之家怎麼辦呢？我花了好幾個晚上思索這個問題。他可以就這樣把全部的問題丟到我身上嗎？當然，診所繼續開，患者有權利守護他們的往日。特別是考慮到外面世界的混亂。特別是在外面的世界陷入混亂之時。

# 註解

## 2

1 Roland，公元八世紀法國駐守布列塔尼邊界的軍事總督，死於伊比利半島的龍塞斯瓦列斯隘口戰役，事蹟曾載入十一世紀史詩《羅蘭之歌》。

## 3

1 Les trente gloriesses，指一九四五至一九七五年間的法國，經濟快速發展，且建立完整社會福利體系。

2 Alain Resnais（1922-2014），導演，法國新浪潮電影代表人物，作品有《廣島之戀》、《去年在馬倫巴》等。

3 François Truffaut（1932-1984），導演，法國新浪潮電影代表人物，以《四百擊》獲坎城影展最佳導演。

4 Jean-Louis Trintignant（1930-2022），法國演員與導演，曾獲柏林影展、坎城影展最佳男主角獎。

5 Alain Delon（1935-2024），法國演員，五〇年代末開始走紅，成為國際偶像，曾多次獲得重要獎項。

6 Jean-Paul Belmondo（1933-2021），法國演員，代表作有《斷了氣》、《悲慘世界》等。

7 Anouk Aimée（1932-2014），法國女演員，以演出費里尼導演的《生活的甜蜜》、《八又二分之一》等知名。

8 Annie Girardot（1931-2011），法國女演員，曾獲法國凱薩電影獎最佳女主角獎。

9 Joe Dassin（1938-1980），知名法國創作歌手。

10 Georges Perec（1936-1982），法國小說家、詩人、電影製片人。

11 法國在一九六八年發生六八運動，也稱五月風暴，從巴黎大學學生展開反越戰抗議起始，發展成長達七週的學運，並擴及罷工、遊行、占領大學與工廠的行動，亦為全球學生運動的一部分，對法國社會文化影響深遠。

12 Gertrude Stein（1874-1946），美國作家、詩人，長住法國，常在巴黎舉辦沙龍聚會。

13 Sylvia Beach（1887-1962），在巴黎創辦莎士比亞書店，並出版喬伊斯的《尤利西斯》。

14 Ezra Pound（1885-1972），美國詩人，為意象主義詩歌的代表人物。

15 Marine Le Pen（1968-），法國律師，為民族陣線發起人尚・馬里・勒龐（Jean-Marie le Pen, 1928-1972）之女，曾任歐洲議會議員，二〇一一年起擔任民族陣線領袖，並三度參選總統。

16 De Gaulle（1890-1970），法國軍事將領與政治家，一九五九至一九六九擔任法國總統。他主張大法蘭西必須成為獨立自主的強權，外交、軍事、經濟不可過於依附某個國家或體制。

17 Giscard d'Estaing（1926-2020），法國前總統，任期自一九七四至八一年，原為經濟學家，被譽為現代歐元之父。

18 François Mitterrand（1916-1996），法國前總統，任期自一九八一至九五年，為法國第五共和首位左翼總統。

## 4

1 Francisco Franco（1892-1975），西班牙將領，出身軍事世家。一九三六年參與反左派政府武裝叛亂，在德國與義大利支持下成為國民軍大元帥，與政府軍展開三年內戰，成為右派政權的國家元首。佛朗哥雖贏得勝利，但他強烈反對社會主義，實施獨裁統治，抵抗運動持續到一九五〇年代。而直到他一九七五年過世，長達四十年的獨裁統治才告結束。

2 Rif War，一九二一至二六年，西班牙與摩洛哥里夫山脈部落發生的武裝衝突，起因是西班牙修築鐵道遭襲，西班牙於是派兵占領，並進一步將摩納哥納為保護國，此後雙方武裝衝突不斷，後在法國協援下，里夫終於投降。

3 Miguel Primo de Rivera（1870-1930），西班牙軍事將領，於一九二三年發動政變上臺，擔任首相，任內實行獨裁統治。一九三〇年波旁王室復辟，他下臺出走法國。

4 La Movida Madreleña，西班牙結束佛朗哥專制統治後，於一九八〇年代蓬勃迸發的文化活動。

5 Malasaña，馬德里市中心文藝活動蓬勃的區域，是馬德里文化革命的中心。

6 Carnation Revolution，一九七四年四月二十五日發生於葡萄牙里斯本的軍事政變，由中低階軍官組成的武裝部隊，獲得平民支持，推翻了長達四十二年的獨裁政權。政變源於葡萄牙政府在二戰後不願放棄海外殖民地，爆發殖民戰爭，長期作戰與龐大軍費引發社會不滿。康乃馨革命並未發生大規模暴力衝突即獲成功，葡萄牙後來定四月二十五日為「自由日」。

7 Estado Novo，由一九二六年推翻臨時軍政府的國民革命演變而來，後成為第二共和，建立獨裁政權，自一九三三至一九七四年統治葡萄牙。

8 Antonio Salazar（1889-1970），一九三二年至六八年擔任葡萄牙總理，也是最高統治者。

9 Marcello Caetano（1906-1980），葡萄牙「新國家」最後一任總理，在康乃馨運動遭推翻，並被放逐，後流亡巴西。

## 5

1 Astrid Lindgren（1907-2002），瑞典繪本作家，代表作《長襪皮皮》曾獲繪本最高榮譽安徒生獎。

2 ABBA兩名女團員，昂內塔（Agnetha）為金髮，安妮-弗瑞德（Anne-Frid）為深褐色頭髮。

3 〈Dancing Queen〉，ABBA樂團知名暢銷歌曲。

4 Yevgeniy Yevtushenko（1933-2017），俄羅斯詩人。五〇年代其作品因過於「個人化」而遭禁，反倒使他的知名度在西方大幅提升，八〇年代末期解禁。

5 Bella Ahmadulina（1937-2010），俄羅斯女詩人與短篇小說家。

6 原書註：葉夫圖申根和埃瑪杜琳娜是蘇聯時代的兩位傑出詩人，當時正逢赫魯雪夫的解凍（Thaw）政策，他們的作品在對蘇聯政權的溫和批判與對馬克斯-列寧意識形態的忠誠之間審慎保持平衡。

## 6

1 Thomas Tranströmer（1931-2015），瑞典詩人，二〇一一年獲諾貝爾文學獎。

## 7

1 Velvet Revolution，捷克於一九八九年十一月至十二月發生的反共黨統治民主化革命，終結捷克的一黨專政。除了發生當日的衝突之外，並沒有大規模的武裝衝突，和平完成政權更迭，如絲絨般柔順，因此得名。

2 指的是捷克斯洛伐克開國元勳的貝奈斯（Edvard Neneš, 1884-1948），曾任捷克外交部長與總理。一九三八年於總理任內，因德國入侵而同意把蘇臺德區讓給納粹德國。貝奈斯辭職流亡英國，而希特勒違背保持捷克領土完整的承諾，進占捷克其餘領土，成立波希米亞與摩拉維亞保護國。

3 波蘭第二共和指的是第一與第二次世界大戰之間的波蘭政權，在一九一八年重新建立，一九三九年遭納粹德國、蘇聯和斯洛伐克共和國入侵，開啟第二次世界大戰的歐洲戰場。

4 Solidarity，一九八〇年在波蘭格但斯克造船廠成立，由華勒沙領導，為華沙條約簽約國中第一個被國家認可的獨立工會，主張非暴力反抗，成為促成波蘭共產政權下臺，影響東歐各國，間接促使蘇聯解體。

5 Wojciech Jaruzelski（1923-2014），波蘭政治與軍事領袖，曾任波蘭第三共和臨時總統，一九九〇年十二月，將總統職位交給華勒沙。他曾隨父母親被蘇聯流放西伯利亞，在雪地勞動損傷視力，必須戴深色眼鏡。

6 Lech Walesa（1943-），波蘭團結工聯領導人，為波蘭民主化之後首位民選總統。

7 Pope John Paul II（1920-2005），一九七八年獲選為教宗，是第一位波蘭裔教宗。

## 8

1 Securitate，名為治安，其實就是祕密警察，按人口比例計算，他們的祕密警察人數是東方集團中規模最大的。直到一九八九年革命後才解散。

2 Emil Cioran（1911-1995），羅馬尼亞詩人，一九三〇年代遊學法國，因時局動盪，自此旅居法國。上述引文出自齊奧朗的《降生之痲煩》（*The Trouble With Being Born*）。

3 一九一四年奧匈帝國皇太子斐迪南大公夫婦在塞拉耶佛遇刺身亡，導致奧匈帝國向塞爾維亞宣戰，塞爾維亞背後支持者俄羅斯與支持奧匈帝國的德國加入站局，最終引發第一次世界大戰。一戰失敗後，奧匈帝國解體。

4 Anschluss，一九三八年三月，德意志合併奧地利，組成大德意志，直到二戰結束，取消德奧合併，一九五五年，奧地利重新成為獨立的主權國家。

5 Jörg Haider（1950-2008），奧地利極右派政治人物，支持納粹德國，一九八六年領導極右翼政黨奧地利自由黨，一九九九年經選舉進入聯合政府，引發歐盟緊張，二〇〇八年車禍身亡。

## 9

1 德國高速公路的興建與福斯汽車的建廠生產都與希特勒的支持政策有關。

2 Summer of Love，一九六七年夏天，舊金山掀起反主流文化的潮流，吸引十萬多名年輕人從各地前來，擁抱自由戀愛、搖滾樂、毒品與激進主義，成為嬉皮運動的濫觴。

3 原書註：我們是人民！

4 原書註：原子能？不，謝了！

5 Nena（1960-），德國搖滾流行歌手。知名歌曲是〈九十九顆紅氣球〉（99 Luftballons）。

6 這裡指的是「俾斯麥醃魚」，以醃漬保存鯡魚，據說德意志帝國首相俾斯麥（Otto von Bismarck, 1815-1898）喜歡吃，所以得名。

7 Baader-Meinhof，為德國左翼組織，又名紅軍派（Rote Armee Fraktion，RAF），由巴爾德（Berndt Baader，1943-1977）與麥茵霍夫（Ulrike Meinhof, 1934-1976）領導，以南美洲反帝國主義游擊隊為榜

樣，製造恐怖攻擊，造成諸多傷亡，一九七〇年代釀成德國社會危機，被稱為「德意志之秋」。

8 〈Bandiera Rossa〉，義大利工運歌曲，也常為其他國家的左翼活動使用。

9 Herbert Marcuse（1898-1979），法蘭克福學派哲學家，也被稱為「新左派之父」。

10 Alfred Dutschke（1940-1979），一九六八德國學運領袖，在一九七〇年後投入反核運動。

11 Paul Breither（1951-），德國足球員，以左派政治信仰及作風聞名，曾代表德國贏得一九七四年世界盃冠軍。

12 Boris Becker（1967-）與Steffi Graf（1969-），均為德國網球選手，曾分別名列男子與女子單打世界第一。

13 Kaufhaus des Westens，簡稱KaDeWe，位在柏林，創立於一九〇七年，樓板面積在歐洲僅次於倫敦哈洛德百貨公司。

## 13

1 Gina Lollobrigida（1927-2013），義大利演員與雕塑家，是五〇與六〇年代的性感象徵。

2 Marcello Mastroianni（1924-1996），義大利演員，以與導演費里尼的合作為人稱道，曾多次獲國際影展大獎。

3 Adriano Celentanos（1938-），義大利知名歌手、演員、導演。

4 Cinecittà，位於義大利羅馬的大型電影製片場，為義大利電影中心。

5 《義大利式離婚》為馬斯楚安尼主演的電影。

6 Fontana di Trevi，位於羅馬，即知名的許願池，電影《羅馬之戀》（*Three Coins in the Fountain*）即以此為名。

7 Via Veneto 為羅馬精品購物街，也是費里尼經典電影《甜蜜生活》的主要場景。

8 娜娜在這場私人慶生會的豔舞照片據說是費里尼《甜蜜生活》舞蹈場景的靈感來源。

## 14

1 指南斯拉夫共和國解體，各地區爭取獨立而引起的一系列戰爭，包括一九九一年斯洛維尼亞戰爭、一九九一至九五年克羅埃西亞戰爭、一九九二至九五年波士尼亞戰爭等等，直至今日該地區的許多衝突，都還被認為是南斯拉夫內戰的延續。死亡人數據信超過十四萬人，是二戰之後最慘烈的戰爭。

2 Irish Tiger，也稱為Celtic Tiger，指愛爾蘭從一九九五開始的經濟高度成長，被視為經濟奇蹟，但是在二〇〇七年後，因為全球金融危機，經濟成長不再。

第五部

# 低調的怪物

惡魔從往日爬出來之後，
會進到人裡面⋯⋯
——高斯汀，《黃色筆記本》

我不知道是我們之中的哪個人寫了這一頁。
—— 荷黑．路易斯．波赫士，
《波赫士與我》

# 1

## 盒子打開了……

起初，在各國選擇各自幸福的年代之後，有好幾個月的時間，情況相當平順。老電影、音樂專輯、黑膠唱片，以及電唱機生產都顯著增加。當年的雜誌和報紙重新出刊，電報、打字機、複寫紙再度出現……大家已經忘了往日有多少細節，興高采烈地重新發現各式各樣的事物，到地下室挖出老物件，清理乾淨，重新上漆，修復完成。郵票、火柴盒、紙巾、錄音帶的蒐藏品被找了出來。電影院一天二十四小時播放老電影，導演被請來翻拍，復古舞廳如雨後春筍般到處冒出，更常有的狀況是，在東歐街頭看見老式拉達汽車，在西方街頭看見歐寶 Rekord 轎車，輕工業又回來了……

但也有些事情最終會打亂計畫。有時候遺忘比回憶更難。例如，放棄智慧手機、網際網路、社群媒體……有些人樂於這樣做，畢竟這正是整個計畫的重點——遺忘，把某些東西丟開……但比例相當小。虛擬設備已讓人上癮。大部分人，甚至包括投給五〇或六〇年代的人，並不想放棄這些東西。行動通訊供應商和社群媒體帝國也不樂見財富可能出現逆轉，謠傳他們偷偷挹注金錢給抵制新規定的行動。

另一方面，公投「失敗」的一邊也有反叛行動在蠢蠢欲動。例如投票給九〇年代的人，拒絕配合七〇年代的永恆存在。每個人都想要他們支持的那個年代，以及在選舉競逐過程中所喚醒的一切。無政府主義和離心式的動蕩在這些國家浮上表面。突然之間，原本應該如詩如畫的一切開始崩解……意見分歧讓人們裂解成他們各自支持的小團體或一小塊化外之地，圈起一小塊地方，讓他們生活在不同的時間裡。在地化再次變得很重要。

要是有個不熟悉情況的人啟程旅行，很可能會意外發現自己置身於另一個時代，不是任何旅遊指南所標示的時代：某個東歐小村分裂成為早期社會主義時代，有集體農場和老舊拖拉機；某個小鎮有十九世紀末保加利亞復興時代的房舍，已做好充分的準備要起義叛亂；或是一座森林裡有尖頂篷屋、衛星轎車[1]，以及從一九六〇年代紅色西部片[2]直接跑出來的東德印第安人。各式各樣過往的年代在歐陸各地的大街小巷翻騰，混雜在一起，同時發生。

舊的街道地圖成為時間地圖。

## 2

這世界成為混亂的露天往日診所，彷彿牆都已倒下。我很想知道高斯汀是否早就預見這一切——他，老是要我把門關緊，免得不同時代混在一起的他……

一個個年代彷彿流水注入河裡，讓河水高漲，溢過堤岸，淹沒周遭的一切，沖掉窄街，淹過一樓，湧上牆面，沖破窗戶，流進房間裡，拖來樹枝、樹葉、溺斃的貓、海報、街頭魔術師帽、手風琴、照片、報紙、電影場景、桌腳、文章片段、其他人的午後、跳針的唱片……往日的漲潮大浪。

情勢越發清楚，新國家的時間地圖只能維持一段很短的時間。被公投喚醒的惡魔不能再塞回他們的瓶子裡。他們一旦爬出來，就會爬得到處都是，正如海希奧德[1]所描述的——無聲無息，但妖魅誘人……

世界回到初始的渾沌，但不是原始的渾沌，那種渾沌是一切的開始，而如今的渾沌卻是一切的結束，多到殘酷且混亂的結束，把所有可能的時間與創造出來的一切都溺斃……

惡魔被放了出來……

## 3

我挑選兩位有抱負的年輕醫生來負責診所營運。我給自己帶上一大堆書，空白筆記本和鉛筆，回到山上的修道院，在鐘樓底下，在十七世紀的牆裡。從修道院（與十七世紀）的最高點，我可以比較清楚觀察往日洪水沖襲的地方，同時在水沖到我這裡之前，也有多一點時間因應。我也帶上高斯汀留給我的黃色筆記本，裡面寫滿各式各樣的觀察，迫在眉睫的新診斷（他是這麼說的），個人札記，還有似乎是刻意留下的空白。我很快就開始填滿。我先在他的筆記上標註「G.」，我自己的則標上兩個字母（「G. G.」），但後來我不再標記，因為我們的筆跡完全無法區別。

# 4

有沒有可能上帝正在倒轉影片？我們身處在這位開始遺忘的上帝不確定的記憶裡。他對自己最初說過的話，已經完全不復記憶。在一個由名字構成的世界裡，遺忘名字是自然的結果。

上帝未死。上帝遺忘。上帝罹患失憶症。

——《黃色筆記本》，G.

我不敢做（或說）的，都由高斯汀做了。

但是，他說「上帝罹患失憶症」還是太激進了。上帝只是剛開始忘東忘西。有時他會搞混時間，讓自己的記憶混淆，讓往日沒流向正確的方向。

擁有這世界所有故事的上帝，他腦子裡究竟有什麼？有已經發生與未曾發生的一切。我們在這世上每分每秒上演的故事。

——《黃色筆記本》，G. G.

## 5

我不記得從什麼時候起，他變得比我自己還真實。大家讀到高斯汀的故事，非常著迷，期待他下次的現身，他們問我，究竟是什麼事情讓他耽擱這麼久。我不時發表他故事的雜誌，付給我加倍的稿費。我可以看見高斯汀給我一個六〇年代的眨眼：小子，裡頭有一半是我的。你不需要任何東西，我回答說，畢竟，你是我構思出來的，不是嗎？噢，你有嗎？他挑起眉毛。你就不能想點別的，比我這高領毛衣和圓眼鏡更好的東西嗎？你幹麼不替我寫輛淺藍色的龐帝亞克，或至少來輛 Mini Cooper 呢？

去，滾，我會罵他，我給你一輛偉士牌摩托車，沒別的了。

經過這些年，越來越難判別，究竟是誰在寫誰。也許是某個第三者在寫我們兩個，沒特別花功夫，也不太在乎連貫性。有時我是比較快樂，比較善良的那一個，他們是這樣寫我的，讓我都快飛起來了，但到了下一段，他們就折了我的翼，讓我像隻鴿子在塵土裡跛行。我告訴自己：別忘了你是從故事的另一面來的，別忘了你是從故事的另一面來的……是你在寫這個故事，不是故事在寫你。你開始覺得有其他人在寫你的那一秒，你成功的希望就沒了，惡魔逮住你，你最恐懼的東西纏上你，你的腦袋像冬天的穀倉那樣逐漸空了。

不，我還好好的……我仍然把門關得嚴嚴的，至少我是這樣覺得。

我才是動筆寫的那個人……

我寫的時候，我知道我是誰，但一旦停筆，我就不再那麼確定了。

## 6

所有的電臺都播放過往年代的音樂和新聞。今天發生什麼事，再也不重要了。在公投裡選擇了哪個年代也不重要，每個人都活在自己的時間裡。我們以為往日會很有系統，像家庭相簿裡仔細編排的照片：這是我們小時候，這是畢業典禮，這是我當兵的時候，我的第一次婚禮，我女兒出生……根本不是這麼回事。

我找到一個半非法的小電臺，他們試圖播報本日新聞。但這家電臺也被迫要報導往日（儘管在這個無政府狀態裡）。

# 7

我今天想到要煮個我只在小時候煮過東西——用報紙煮蛋。這是我所知道的最簡單的食譜。你拿張報紙放在爐子上，打顆蛋在上面。以前的問題是沒有蛋，現在的問題是沒有報紙。感謝上帝，我找到報紙。我打開爐子，轉到小火，房間馬上瀰漫我從八歲之後就沒聞過的香味。蛋和烘烤過的紙的香味，一種乾乾的香氣。我記得報紙上有些字會轉印到蛋白上，我也記得當時報紙可以拿來做所有的事情。我爺爺會拿報紙包乳酪，所以坐下吃午餐的時候，我可以在一大塊菲達乳酪上讀頭條新聞。

夏天，大家會把報紙放在窗上代替百葉窗，一方面也能讓蒼蠅不弄髒玻璃。說到蒼蠅，我想起村裡天花板吊著一顆沒燈罩的燈泡，因為蒼蠅而變得黏答答的。我奶奶會用報紙做個像燈罩的東西，但那紙罩很快就會變黃，燒焦。

結果報紙煮蛋非常好吃。

## 8

我睡得不好，夢見洪水和野獸，大火……簡而言之，就是舊約的夢，真正的夢魇。最重要的是，我的菸沒了，但我不想出門，我有足夠的菸草存量。我只需要找到捲菸紙。我已經沒有任何報紙了，而筆記本的紙太厚……我以前有一本舊筆記本，紙比較薄，幾乎像米紙，是一九九〇年代的筆記本，寫滿舊的詩，但怎麼看都寫得很爛……

9

## 盲眼維莎症候群

有個病例報告，說有個女孩的左眼只能看見過去，右眼只能看見未來發生的事。有時過去與未來的界線如此之細，以至於她左眼看見月亮下沉，右眼看見太陽上昇。其他時候界線則拉得非常之遠，地球創造之初面目模糊的空蕩表面出現在她左眼，右眼看見的卻是地球的最後時日，慘遭摧殘，再次變得面目模糊。

盲眼維莎症候群，後來在科學研究上以此為名，描述的正是這種同時看見過去與未來，有能力（與厄運）在同一時間看見這世界以前和以後的樣貌，但卻永遠看不見現在，此時此刻此地的現在。這和住在過去或活在未來的人症狀完全不同，比起那些人，這病症加倍嚴重。

臨床表現：因為不屬於任何時代而產生的痛苦感覺，迅速在過去與未來之間來回跳躍，功能性眼盲，但瞳孔功能正常，有自我傷害與自殺傾向。類似所謂的無歸屬症候群。

病人無法在沒人陪伴的狀況下外出，因為他們現在正踏上的這條街，在一隻眼睛裡還不存在，但在另一隻眼睛裡，又變成車輛飛馳而過的高速公路。專家預期，接下來一兩年內，病例出現的頻率將會倍增。

——高斯汀，《迫在眉睫的新診斷》

有時G.——我甚至不想寫出他的全名——真的惹惱我了。他以前也惹惱過我，但好笑的是，他現在人根本不在，卻還是惹惱我。活生生的事實是，他雖然不在這裡，但仍在字裡行間咧嘴笑，這讓人很火大。他不擇手段獨占一切，讓我很生氣。這虛構的傢伙變得肆無忌憚，忘了自己是誰，他是怎麼來的？慢著，等一下，是我把你構思出來的，我也可以把你一筆勾消……只要一個句子就夠了，例如，「高斯汀在九月的第一天過世」，一切就結束了。

我這輩子總是因為我這東南歐的溫暖好心而給人占便宜。

# 10

多年前，我還在四處旅行的時候，在波蘭克拉科夫的一座道明會教堂停下來望週日彌撒。那時是二月，天氣陰霾，很冷，雪花在我四周飛旋。我看見一個穿短大衣的女孩坐在臺階上，爸媽推著嬰兒車，兩個哭哭啼啼的小孩害怕地黏著他們，一名老流浪漢有節奏地甩著鬍子，像個節拍器。一張張擔憂的臉。我覺得我好像見過同樣的這些臉孔，這些身體，同一個場景，在一九四〇年代的某個時間點（但我是在四〇年代之後二十年才出生）。末日來臨時，人們的臉孔看起來會像什麼樣子？這些臉孔上會有某些徵兆，又或者和我們的臉沒什麼兩樣？

幾年後，在歐洲某處又發生恐怖攻擊的某個午後，我在海牙的博物館耗了幾個鐘頭，彷彿置身另一個時代的庇護所。博物館人很多，大家都是為了逃離當天的新聞。一名身穿牛仔褲和毛衣的女孩站在《戴珍珠耳環的女孩》畫作前。我站在離她們大約一步的地方，一動也不動。她們的臉合而為一，一模一樣。看來所謂的時代就只是服裝、耳環……畫廊的警衛跟維梅爾很像。

## 11

我的筆記本畫滿速寫的臉孔。那些不存在的人的臉……在這本筆記本裡也有。在我多年來所用的每一本筆記本裡都有……我完全不知道他們是誰，我也沒去尋找長得相似的人。

你在做什麼？

畫一些並不存在的臉。

他們是還沒出生，還是已經過世了？

他們既還沒出生，也已經過世。

這是軟體生成的，結合臉部五官，設計產生陌生的臉孔，而且絕對真實。其中沒有任何一張臉存在，如同每一張圖片下方文字重複申明確認的。然而我還是覺得我曾在什麼地方見過他們。創造出不存在的人的臉孔，有點嚇

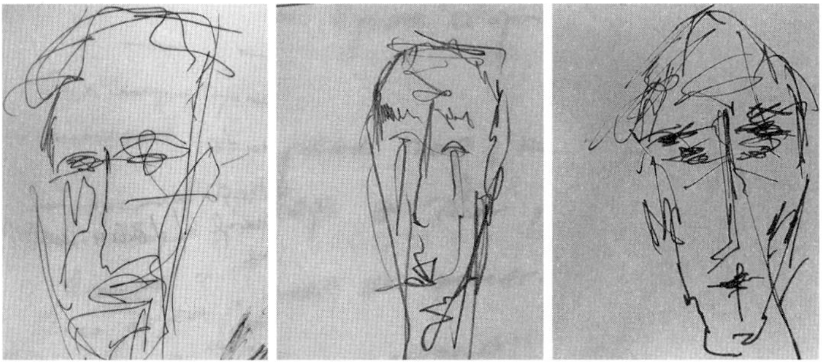

人，但我也說不上來究竟為什麼。

# 12

渴求臉孔。

我十九歲時在保加利亞與希臘邊界擔任防守衛兵。我要在這裡待一整年，在不准任何人出入的真空地帶，要是看見任何一張臉出現，你就該開槍。沒有人有權利跨越邊界。這個崗哨有另外十二名士兵，和一位指揮官——持續出現在你眼前的就只有這幾張臉，不分清晨、中午、夜晚。而這裡甚至不是監獄。

每個月有一天可以休假。大部分士兵都利用這一天來補眠。睡覺對阿兵哥來說是一等一的大事，和食物的重要性不相上下。性愛則是不可得的奢望。我利用這天去附近的鄉下小鎮，人口不到三千人的小地方。我在那裡不認識半個人。我天還沒亮就起床，走上好幾公里，要是在路上碰見馬車，就搭便車，汽車通常不經過這裡。兩個鐘頭之後，抵達鎮上，這個時間只有中心區的咖啡館營業。我坐在外面，點杯檸檬水或汽水，看來來往往的臉孔。我坐在那裡看——「老百姓」的臉孔，我們當時都叫他們「老百姓」。不是軍人的臉孔。我的眼睛自動跟著他們走。這是唯一能帶給我滿足與平靜的事。在這世界上的某個角落，遠離邊境崗哨的地方，還有人過著日常生活。這樣的生活離我如此遙遠，我很怕我永遠無法回去，「帶著完整無缺的身體機能回去」——就像有本書上說的，就是跟防毒面罩一起收在袋子裡的那本書。

知道還有其他的面孔存在，令人安心；但擔心自己不是他們之中的一個，又讓人心生恐懼。怕這一切或許根本就不存在。

# 13

我關在十七世紀的房間裡，靠著二十世紀的無線網路觀察這個世界，在最起碼有百年歷史的木桌上寫字，睡在有金屬床頭床尾板的十九世紀眠床上。我想結束橫亙在眼前的往日。我的回憶變得稀薄，我的心智棄我而去，我所構思出來的一切緊隨著我，追上我，超越我。原諒我，烏托邦的上帝啊，年代混淆在一起，如今你不知道你所說的故事究竟是已經發生，還是尚未發生。

# 14

於是，對已發生與未發生的一切，就此產生重大懷疑……

細膩程度無可比擬，接近程度無可匹敵，有時甚至比原版更真實。再也無人可以辨別何者為真，而何者是擬真……其一流入另一，血濺出，真實溫暖的人血，大家會像在劇院裡那樣鼓掌，而在其他地方使用有毒的硃砂瘁取出紅色染料來代替鮮血，他們理當勃然大怒……

——高斯汀，《時代混淆》

# 15

## 城堡劇院，一九二五／二〇二五

皮爾金，北方的奧德賽，回家……猛烈的狂風暴雨開始大作，閃電撕裂天空，大海巨浪狂湧。船隨時會遇難……

突然之間，在舞臺的狂風暴雨聲中，觀眾席傳來槍響。二樓陽臺包廂有個女人尖叫。一顆子彈穿透她右頰，擦過她舌頭，從另一邊臉頰飛出去。一樓觀眾抬頭。驚悚中的驚悚是，一顆男人的頭掛在欄杆上。正下方坐著兩位年輕小姐，驚恐不已，滴滴鮮血滲進她們霧玫紅的禮服裡。所有的觀眾都站起來，好幾對夫妻往外衝，出口滿滿的人，互相推擠，而其他人僵住不動……

這時，一名嬌小的女人手握槍口仍然冒煙的毛瑟槍，對受傷的人伸出手。凶案受害人抬起流血的頭，他們三個彬彬有禮地對意興高昂的觀眾鞠躬……

悲劇結束。舞臺布幕默默落下，雖然沒有人朝那個方向看。

城堡劇院的《皮爾金》是維也納最大的盛事之一。完整複製一九二五年的製作，結尾落在那年五月八日馬其頓革命組織的托多爾·帕尼察[1]遇害，當時演到第五幕，暴風雨的那一景，臺上正唸出臺詞：「第五幕不會有人死。」一臉受傷的那個女人是他的妻子。殺他的那個嬌小女子是敵方陣營的人，名叫曼佳·卡尼其娃。（她的全名是Melpomena[2]，意思是祭壇的老鼠，真是太諷刺了。）

觀眾之所以來，主要就是為了這幾分鐘——舞臺上的船難和觀眾席的濺血。誰不想嘗嘗一九二五年劇院謀殺案的血腥滋味呢？票在一年前就已售罄。

# 16

親愛的朋友，我們是不是已經花掉未來的支票？那沒背書的未來支票？即使往日**已不再**，而未來**還沒來**——這不正是聖奧古斯丁在《懺悔錄》第十一卷所說的？

在**還沒來**之中**仍然**有著安慰，雖還未到，但終究會來。可是，等未來也**已不再**時，我們該怎麼辦？**還沒來**的未來和**已不再**的未來，究竟有什麼差別？同樣都是不在，但差別如此之大。前一個充滿希望，後一個則是末日……

——高斯汀，《時間盡頭的筆記》

# 17

回憶牢牢抓住你，把你凍結在某個固定的身體輪廓裡，那個你無法離開，形單影隻的軀體裡。遺忘前來解救你。面容失去鮮明定型的五官，模糊讓形貌變得難以辨識。要是我不能明確記得我是誰，那我就可以是任何人，甚至是我自己，甚至是童稚時期的我自己。突然之間，波赫士的手法，你年輕時很喜歡的波赫士雙重性的手法，變成事實，活生生發生在你自己身上。原本是一種隱喻，現在卻成為一種病，讓桑塔格全盤改變。不再有任何隱喻存在，就如同G.所說的，在我們第一次見面的那天，在夜色將盡之際討論蜉蝣之死時所說的。你再也不確定自己站在歷史的哪一面。「我」成為最沒有意義的字，就像一只隨著海浪在岸邊滾動的空貝殼。

你面對最大的離別。他們一個接一個離開你，那一個個曾經是你的軀殼。他們放棄自己，離開了。

離開的那些天使，以及留下的那些天使——有時就是同一個……

# 18

我在黃色筆記本裡讀到以下的註記，讓我好幾天無法平靜下來。

「寫一部關於失去記憶之人的小說時，他自己開始失去記憶……他趁忘記自己正在寫什麼之前，趕緊寫完。」

他是在取笑我，威脅我，還是在提供我點子？

# 19

忘記名字的尷尬……當然，到了某個年紀，每個人都會抱怨這個問題。但我指的是我們最親近、最親愛的人的名字。例如，你不能忘了一直和你住在一起的女人叫什麼名字，那個和你有過好幾年婚姻生活，現在微笑著遞給你一本小說，期待你為她題字簽名的女人。這已經是好一陣子以前的事了，在我很少有的公開露面場合，她排在隊伍裡，而……全然空白。我可以回想起她身體的細節，她哪裡有痣，我們在一起的第一個晚上，在我人生中占有五年時光的那段歲月。

但她的名字……我在腦海裡搜尋十幾個名字，但沒有一個是她的。我不是第一次碰到這樣的情況，但情況從未如此駭人，也從來都不是這麼親近的人。我無助地轉頭看，後面還有一長排的人在等待。我知道碰上這樣的情況，有些技巧可以運用——要是我看見有熟人在附近，可以介紹他們認識，這樣我就可以聽見她說出自己的名字。但很不幸的，這時附近並沒有這樣的人。我還有B計畫。我會題贈一句特別屬於她的文字，但不寫名字。我寫了「給我們共同擁有的往日」之類的句子。我把書交給她，她翻開來，無辜地遞回給我：別這樣嘛，請寫上我的名字……

在焦躁中，我用力抓住檯子的透明桌面，但桌面塌下，玻璃在我腳邊粉碎。我手腕噴出血來，排隊的一個女人昏倒，大家圍住我，書店的女孩倒水在我的傷口上，拿出繃帶，簽書暫停，排隊人群散去，兩名攝影師拚命拍照，明天我肯定會在八卦網站上看到自己的消息……被血淹沒……但對我來說，這讓一切得到解脫……需要我幫忙嗎？我妻子焦急問，不，是我的前妻才對，就因為她，我血流如注，像隻被開膛剖腹的豬。沒事沒事，我說，發現她的書上有一滴血，就在題字旁邊。

你想換一本嗎？書店的女孩問。

噢，不用，謝謝，這樣更專屬於我了，艾瑪說，離開犯罪現場。

艾瑪！艾瑪，她當然是艾瑪……和艾瑪．包法利同名。

## 20

我馬上去見一位神經科醫師朋友。不管發生什麼情況，他都認為我早就有疑病症了。有可能是適應機制暫時出問題，因為壓力。你見很多人，如果再加上你虛構的那些人……

（他說的沒錯，我怎麼也無法不去想，我需要把在書中出沒的每一個角色都留在腦海裡。我是個心軟的人，不像其他人那樣可以輕易殺掉他們，而這讓我更難好好控制他們。）

當然，我們都變得有點消沉，這位醫生說，各處的神經元都出問題，有些連結損毀，似乎已經不見，但有時候又毫無預警的在某一天突然出現了，只是我們急著找的時候卻找不到。就和睡覺一樣——你夜裡躺在床上，越是跟自己說我一定要睡著，我一定要睡著，你睡著的機率就越小。試試看多休息……

我離開診所的時候懷著罪惡感，因為他們覺得我騙人，以為是因為我的疑神疑鬼，編造出這一切。但是，該死，這醫生叫什麼名字？我在走廊上走了幾公尺遠，想了又想，轉身回去看他門上的名字。

就像書上寫的，我們出生之前要喝了忘川的水，才能完全忘記前世。但為什麼我們有時半夜醒來，或者在下午三點，突然閃現某個念頭，覺得我們已經經歷過這件事，而且還知道後來會怎樣？出乎意料的裂縫出現了。讓往日的光線可以流洩進來的裂縫。然而我們理當要忘記一切的呀。

忘川水也和以前不一樣了。

# 21

在神話裡，我找不到偉大的記憶之神，或至少是遺忘之神。像是愛神、火神、復仇之神那樣……我甚至找不到半人半神，或是寧芙。整個希臘神話滿是神、半人半神、人馬、英雄，天曉得還有什麼，但就是忘了放進記憶與遺忘之神。沒錯，是有寧默辛妮，但她更為人所知的身分，是繆斯女神的母親。希臘神話裡也有忘川，但都只是躲在陰影裡的角色。很可能在創造神話的時候，這世界還太年輕，還沒開始遺忘……況且，當時人也都很年輕就死，在年老還沒掏空他們的心智之前。

最後，在人們醒悟到記憶已然不足時，書寫就此開始。

早期記載美索不達米亞楔形文字的泥板，並不如我們所期待的，記載任何有關世界奧祕的智慧之言，全都是些非常實際的資訊，如一群羊的數目，或用以表述「豬」的不同詞彙。第一份文字製品是清單。最開始的時候（以及最後），一直都是清單。

# 22

因為我今年的生活沒什麼大事發生，所以我逐日抄寫去年的日記，有位朋友這麼告訴我。今天，十一月二十六日，我就抄寫去年十一月二十六日發生的事。

我從未聽過比這更讓人沮喪的事。

我自己寫了很長一段時間的日記，沒寫上日期和年分，只標出白天或夜晚，後來從某一天起，我也不再這麼做。

如今，在發現我與自己的回憶更形疏遠時，我覺得這是非常愚蠢的舉動。我甚至失去了年分和月份的小參考點。我閱讀的時候會記起一些事情，但因為是發生在一年或十五年以前，讓我很難再重建當時的情形。其他的事情我完全沒印象，彷彿是發生在全然陌生的人身上，而且是由其他人的手所記錄下來的。

我的筆跡越發凌亂，字越來越小，也越來越尖。我小時候寫的字就像這樣。

有些字我一寫下就忘記，變得莫名其妙，拼字亂七八糟，句子頭尾不分，簡直像神話裡的生物，像匆匆拼湊而成的人馬或徹底變態的蝌蚪。

禱告吧——什麼樣的禱告都行。

我是從哪裡開始的？我究竟想要說什麼？……我想寫完一本關於記憶退化的書……我想趕快寫完，趁我還沒忘記究竟要寫什麼之前。但如果我寫的一切發生了，那我就必須逃向另一個人。

# 23

最初是有幾個字消失。他把這當成是遊戲，那是很久以前的事，他們還在念大學的時候。他對妻子和朋友提起這消失的五、六個字彙，他需要的時候，他們會馬上提醒他——「飛簷」、「商貿」、「迷迭香」、「對峙」……

有一天，或許是因為已和妻子分手，不再和朋友見面，而且這樣的字彙也倍數成長，所以他決定寫下來。起初一張紙還夠，接著是一張紙的正反面。然後又多一張，再多一張……後來他弄了一本筆記本來。他稱為「遺忘的簡要字典」。裡面有一個分類是人名。慢慢的，各種分類越來越多——有個分類專門登載氣味，是會讓他想起他所增添的各種字彙的氣味。有一個分類是聲音，因為很嚴重的問題是，他耳朵就快聾了。（醫生告訴他，聽覺喪失和記憶喪失有關，這兩個知覺在大腦裡位居同一部位。）

最後筆記本上又出現了另一個分類，也許是最重要的分類——記錄下真正發生在他身上的事，這樣他才能把現實與他在書上讀到，或他自己創造出來的事情分辨出來。

所有的事情遲早都會混雜在一起——發生過的事，他讀到的事，以及他所創造的事，都會跳起來大風吹，直到最後慢慢平靜下來，漸漸淡去。但在此時，他還努力維持其間的界線。多年之後，他的前妻會排隊來要他簽書，而他在腦海裡遍尋不到她的名字……

## 24

名字的問題最慘。而必須轉換成語言的時候，更是夢魘。他甚至會為忘記如何使用正確的語法道歉或發問：

對不起，你的名字我想不起來……對不起，你的名字……

每天早上，他拿一張白紙，寫下這一行字。這讓他想起念書的時候被處罰，罰寫他寫錯的字，或犯的小過錯，例如：「我忘了寫作業」，罰寫一百遍。他就這樣又想起以前就發現的事實，也就是反覆做一件事，會改變這事的意義。在書寫中，文字失去了骨架，你所寫出來的句子也失去了意識。反覆寫一百遍，一切（包括罪惡感）都會分解成沒有意義的音節。

但無所謂，他很樂於享受這些回憶。這是如今還留存下來的少數東西，他像對待心愛寵物那般細心照料：他喚它們過來，搓它們的耳朵，對它們講話。

他知道終有一天，他也必須寫下這個句子：

**對不起，我的名字我想不起來。**

## 25

他很想知道，忘記字母的那一刻有多快會來臨。這是他唯一無法忍受的事。他很小就學會寫字，大約四、五歲吧，所以字母也應該要是最後離開他的東西。他想像它們像小生物，好比螞蟻或金龜子，排成一列長長的隊伍離開他的筆記本，離開他藏書室裡的書，到處爬，穿過房間，集體離去。這是字母最大規模的一次遷徙。這是Ш，像蜈蚣那樣爬出去；Б就只是揮揮手，挺著大肚子消失了；О像糞金龜那樣咕嚕滾走；Й脫下他好笑的帽子道別；Ж像青蛙那樣一跳一跳，消失在門外。我隨意翻開書，書頁一片空白，只有幾個e掉落地上，滾到電熱器後面。

藏書室裡只有空白、被拋棄的書——沒有書名，沒有作者，沒有內容。白色的書頁，白板一塊。小孩的心靈是一張白紙，我們一定要在上面寫些什麼。他的老師在一年級的開學典禮上這麼說。他清清楚楚記得這句奇怪的話，因為他並不明白。他的心靈將再次成為白紙一張，只是現在沒法再寫上任何東西。底片已經曝過光了。

# 26

神經元（源自古希臘文：νεῦρον—纖維，神經）是可透過電產生興奮的細胞，負責處理及傳遞資訊。樹狀突接受其他細胞傳來的訊號，而軸突透過成千上萬條枝幹把這些訊號傳給其他神經元，就這樣挨次……（七年級解剖學）

神經元愉悅（或警覺）的交融，持續不斷的運作。閃光，離子的移動，細胞膜的振動，軸突，神經傳導物質，突觸，訊號，脈衝，嗡嗡嗡愉快工作[1]……突然之間，也許沒那麼突然，而是漸進的，它們不再彼此交談，它們不再相互拜訪，不再左鄰右舍互借麵粉和糖，講八卦，不再嗡嗡忙碌，工坊裡的苦工停止了，腐蝕磨損，光熄滅了……

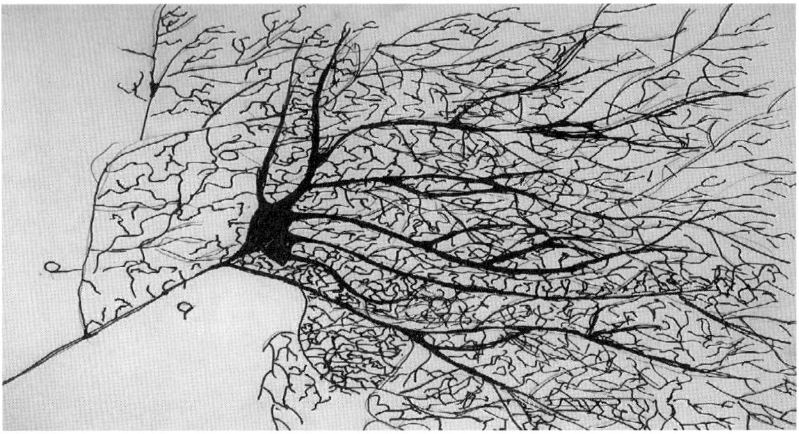

# 27

我有位朋友常提起他母親和岳母的事，這兩位年約八十的老太太，幾乎同時開始失去記憶。別無選擇之下，他們只能把這兩位老人家都接到他們在索菲亞的公寓。每天早晨，就會出現下面的對話——

這位太太是誰？她是打哪裡來的，究竟？有一個會問。

這個嘛，我是從那個，叫什麼來著，那個在海邊的地方。（她們不再記得自己的名字，更別提家鄉的地名。）

噢，是那樣啊，我也是海邊來的，真是巧。妳在這裡做什麼？

我來看兒子。他和太太住在這裡。我也是來看他們的孩子。那麼妳呢，這位太太？

這個嘛，我是來看女兒的。她和丈夫住在這裡。我也來看孫女。

唉唷，真是巧了！孫女多大了，這位太太？

大概七歲還是八歲吧，你們家的呢？

老天爺啊，怎麼會這麼巧，我家的也同樣年紀。這是她的照片。

妳是說真的嗎，太太？另一個大叫，這位是我孫女啊。

有時她們會吵起來，有時她們言歸於好，明白她們是來到同一個家，拜訪同一家人，這女人的女兒嫁給了另一個女人的兒子。

到了隔天早上，我這位朋友說，一切又會從頭再來一遍。

那位太太是從哪裡來的，究竟……？

## 28

# 鹽

古老的神話（以及新的意識形態）不喜歡轉頭回望……因為轉頭回望，奧菲斯永遠失去了尤麗狄絲；轉頭回望所多瑪，羅得的妻子變成了鹽柱[1]；後來，轉頭回望的人，都被關了起來。一切都從一塊乾淨的石板開始，沒有任何記憶。（共產主義的紅星如此之新，在它以前，什麼都沒有，以前的地方黨部書記常常這麼說。）

記住羅得的妻子。所多瑪與蛾摩拉，大火從空中如雨降下。你們怎麼膽敢回頭，這是門徒路加提醒我們的。每個人都當留在他們所在之處。屋頂上的人不該下來。末日來臨時，田野上的人也不該離開。這很像是警方下達的命令。

往日究竟犯了什麼重罪？為什麼不能轉頭回望？為什麼往日如此危險？為什麼轉頭回望罪大惡極到足以讓你變成一根鹽柱？末日來臨，正是為了摧毀往日。離開所多瑪和蛾摩拉還不夠，因為那是最簡單的部分，每個人都逃離災禍。真正的試煉是遺忘，把這一切從你的記憶裡抹去，不再想念。羅得的妻子離開那座城市，但無法遺忘。

時間不是剛剛過去的那最後一秒鐘，而是一連串回到過去（與迎上前來）的失敗，成堆的殘瓦碎礫，正如班雅明所說，歷史天使驚愕地站在往日之前，頭轉開來。有沒有可能歷史天使（克利[2]所畫的《新天使》）其實是羅得的妻子？

她為何停下腳步，轉頭回望？

因為人類就是會這麼做。

她有什麼東西留在那裡？

往日。

為什麼是鹽，究竟？

因為鹽沒有記憶。鹽裡長不出任何東西來。

哈特曼．舍德爾[3]在十五世紀末所出版的《紐倫堡編年史》裡有一幀插圖：前景是一位父親和他的女兒，領頭的是一位愉快對他講話的天使。他們闊步向前，背後是大火燃燒的所多瑪與崩塌的高塔。中景，也就是離開的這群人和焚燒的城市之間，站著一身白衣的女子。她轉頭向後看。事實上，她的視線略微偏向旁邊。往日，就像大火，是不能直視的。她的表情很平靜。沒有驚悸，沒有恐懼，沒有痛苦。只有鹽。她的女兒和老羅得由喋喋不休的天使帶領，甚至沒注意到她不在了。他們已經遺忘她了。

# 29

別為你自己聚積現世的財寶，蠹蟲與鏽蝕會毀壞財寶，竊賊會破門而入偷走。但為你聚積往日的財寶，無論蠹蟲或鏽蝕都毀不了，竊賊也無法破門而入偷走。你的財寶所在，也是你的心之所在。

——高斯汀，《不足為信的變異與新療法》

# 30

最能安撫你心的，莫過於那整整齊齊一排來自不同大陸，但外表一模一樣的百科全書——舊櫻桃紅、褐色與黑色。

這祈禱咒語似的標題可以用來對抗邪靈與時代：

巴斯克自治區[1]通用圖解百科全書

墨西哥百科全書

波多黎各新百科全書

委內瑞拉傳記字典

大英百科全書

紐約公共圖書館，東方藏書

美國南方文學，一六〇七—一九〇〇

世界有毒海洋生物

動物命名學

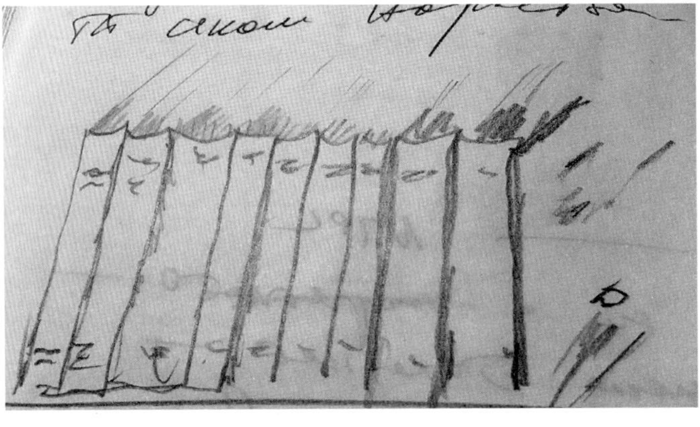

義大利飲食全集
匈牙利美食
古籍拍賣紀錄（倫敦），一九〇五／〇六
一八八〇年前出版之書籍主題索引
終生受用書單大全
英國匿名與筆名文學字典
巴西傳記字典
玻利維亞文獻目錄
英國、蘇格蘭出版之簡短書名目錄大全，一四七五—一六四〇
德國書籍目錄，一四五五—一六〇〇
犯罪小說第四卷：全目錄，一七四九—二〇〇〇
西班牙文世界文學目錄

# 31

在安地斯山某處，那裡的人們至今還相信，未來就在背後。從你背後冒出來，充滿意外，未能預見，而往日一直在眼前，那剛剛發生過的一切。談起往日，艾馬拉人[1]會指著他們前面。你走向過去，而背對未來。在這樣的情況下，羅得妻子的故事又有什麼寓意呢？

我們往前走，踏進寬闊無際的天堂樂土。

我往前走，成為往日。

# 32

我再度做了這個夢。在某個地方，世上的某座圖書館，主閱覽室裡，高聳的天花板有濕壁畫、木桌、車床製作的檯燈散發舊黃金的柔和色澤，有個人坐在翻開的報紙後面。那是很大的一張報紙，因此是舊報紙，就像以前的報紙那樣。我在一張張人臉之中朝他走去（在這個夢裡，我只看見臉孔），而他們的臉都轉向我。男人和女人的臉，隱約覺得熟悉，但他們的名字我早就忘了。我知道（我其實不知道，是感覺得到）每個人都在看我，這是個重要的場景。在頭版，標題印著電報風格的大字……是什麼呢，我還是讀不出來。

看起來很近，但在夢裡，路逕自拉長，我的行動變得更困難，彷彿涉過什麼黏答答的東西，也或許我只是害怕接近他……我的恐懼是雙重的——首先，我怕讀到那上面寫的東西，儘管我內心不知為何竟知道上面寫了什麼。（我熟知這整份報紙。）

我的第二個恐懼是怕走到他面前時，這人會放下報紙，而我會看見我自己的臉。

## 33

有些日子彷彿一切安好，我甚至可以寫作，回想我曾去過的城市與房間，我的心清澄得像桶雨水，接著，一切又開始渾濁，變成沼澤……沒有臉的人出現，他們乒乒乓乓在房間裡走來走去，講話，威脅要讓我變得快樂，事後我不記得任何事情，我眼睛瞪著某一點，沒有力氣轉開視線……

# 34

我在布魯克林剪頭髮，幫我剪髮的賈尼是塔吉克人，嘴裡哼著法蘭克．辛納屈的歌，打開剃刀要刮我脖子的時候，我突然生出一種從太古時代就存在的恐懼，怕像隻羊那樣被宰掉。他拿出熱得讓人受不了的濕毛巾，丟到我臉上，用力按壓。於是，半屠宰，半窒息，最後再灑上薰衣草味道的古龍水當結尾。我張開眼睛，彷彿復活，給他一大筆小費，像是付保我活命的贖金。一踏上店外的人行道，我就在筆記本裡加上理髮店古龍水的氣味，這可以喚醒我理髮的回憶。每個人都有這樣的回憶，也都有這樣的恐懼。每個人都在理髮店的椅子上注意到自己泛灰白的頭髮。

紐約街道的特殊氣味，來自銀杏腐爛的果實。我也寫下這個氣味……紐約的銀杏。這樹擁有什麼樣的記憶啊，它們的記憶從恐龍時代末期留存至今。恐龍，那遠自冰河時期之前就已存在的可移動（且崩塌）摩天大樓。如今，在銀杏旁邊，也有真正的摩天大樓坍塌——那是無法衡量，無比驚恐的回憶。現在你知道你為什麼會做惡夢了吧？我告訴自己，因為你這麼多年來一直給自己吞銀杏，抗拒遺忘，而銀杏記得的，卻是這麼恐怖的事。

我每天往返布魯克林和第五大道與四十二街交叉口的紐約公共圖書館。我慢慢習慣這條路線上的所有細節。從曼哈頓大橋上來，遠處的自由女神像，看見一面面無窗的牆壁、煙囪、水塔，掛著曬衣繩的屋頂大平臺，然後地鐵再次鑽進地下。我在時代廣場下車，站在那裡一分鐘，讀廣告看板，彷彿讀當日報紙的前幾版新聞。寫在那裡的是——某些怪獸，回到未來，拿世界末日來嚇我們的大製作電影，時鐘與貸款……顯然這世上沒什麼好事。我沿四十二街繼續往前走，配合著救火車和警車的原聲帶，就像電影一樣。我走向布萊特公園，經過綠色的桌椅，穿過高大的蕉樹底下。我望向克萊斯勒大樓，那垂直的分離派新藝術，然後潛進圖書館冰冷的洞穴裡，彷彿進入另一個時代，一座時光庇護所。

# 35

電臺播報七月沙漠下雪，雪花堆積在金字塔上，我想像人面獅身像戴上絨線雪帽。雪毀了公共雕塑的外觀，就像奧登寫的。我不禁好奇，飄雪沙漠裡的駱駝都在幹麼。他們拚命搜尋記憶深處，想知道碰到這樣的情況該怎麼辦，但沒有任何紀錄，因為基因的時間膠囊裡沒有這類的東西存在。

有人說時間的盡頭來到時，四季會混淆不清。

# 36

我做過一個夢，只勉強記得其中的一句話：無辜的往日野獸。我忘了那個夢的內容，但這句話始終沒消失。

# 37

## 塞拉耶佛 一九一四／二〇二四

歷史重現變得更加殘酷，更加真實。巴爾幹半島最流行的項目是開著法蘭茲．斐迪南的仿製車——四汽缸的黑色格拉夫與史帝夫飛騰——在塞拉耶佛兜風。還有衣裝，太子的白襯衫、制服、彎刀，行車路線與停車處，司機致命的迷路，一切都和當年那天一模一樣。

「別置身事外，走進歷史來！來一九一四年的塞拉耶佛當加夫里洛．普林齊普[1]或法蘭茲．斐迪南！」

在市政府有人脈的籌辦人，想在謀殺紀念日六月二十八日（陽曆）辦特別的活動。前所未見，且超級真實的活動。那天剛好也是第一次世界大戰爆發的一百一十週年紀念日。成千上萬的本地人投身當臨時演員，有好幾個星期的時間，穿上那個時代的服裝，在大街小巷到處走。細節逼真的歷史重演是依據現存的檔案照片規畫的，並請大學歷史教授當顧問。但還是少了些什麼，沒有懸念，沒有威脅。畢竟，這並不只是皇室人員在晴好的六月到城裡遊玩。他們想辦法追查到皇室的遠親，是皇族裡極不重要的一個旁系，但是，皇室血脈還是需要的，不是嗎？

至於加夫里洛・普林齊普的角色，他們舉行試鏡，找的是年輕、失業、什麼都願意做的無政府主義傾向塞爾維亞人。結果，當年協助暗殺的黑手運動[2]又重新建立了。他們從中挑選了一名男子，提供他吻合史實的手槍——白朗寧 FN M1910，小而扁，很適合偷偷攜帶。裡面沒有子彈，當然，但起碼還是要聽見槍響。

六月二十八日來臨，所有的市民都出來觀賞，有些人買票，其他人則站在附近建築的陽臺上，小孩吊掛在樹枝上。非常巧的是，這天和一九一四年六月二十八日驚人的相似。就連天上的雲都一樣，後來有人拿出照片來比對之後這麼說。微風輕拂，吹來已經飄落的椴樹花香。女人們驕傲地戴上大得像鸛鳥巢的帽子，刻意打扮得像那個行將結束（最主要的原因就是這一天）的時代所流行的風尚。

大公搭著笨重的四汽缸黑色格拉夫與史帝夫飛騰上路。一切都遵照當天上午的情況發展——三輛車一起出發的車隊，第一次炸彈攻擊的失敗，在市政府停車，顯然受驚的大公會說：我來看你們，你們卻用炸彈迎接我。汽車繞到醫院探望傷患，卻開錯路線。拼死一決的加夫里洛・普林齊普正在酒吧門口大口灌啤酒，車隊的忙亂調度就在他眼前上演。這名暗殺凶手抬起目光，看見受害者主動來到他面前。他掏出手槍，跳到像隻金龜子般笨重轉身的車子前，對著大公開槍。

一朵紅玫瑰在他的白襯衫前襟綻放，鮮血從胸口噴出。一切是如此之真實，圍觀的人群全嚇呆了，沒人敢鼓掌。他的妻子蘇菲倒在法蘭茲·斐迪南的腳邊，但沒有人注意她，就像歷史書上記載的那樣。但暗殺者的行動卻有一點點出乎預期。彷彿他自己也不相信這件事竟然發生了。根據腳本，他應該試圖開槍自殺，吞氫化物，卻都沒有成功。但在現場，他只是呆若木雞，一句話都說不出來。

漫長的一秒鐘，漫長的歷史性一秒鐘懸盪在塞拉耶佛市中心，彷彿時間滴答，我們看見加夫里洛·普林齊普手持仍冒著煙的手槍尷尬地站在那裡，群眾在這凍結的一刻倒抽一口氣，然後才一湧而上，想把他撕成碎片，風止息了，什麼聲音都聽不見，有個孩子從樹枝上摔下來，但沒敢哭……

（有那麼一會兒，我覺得我看見丹比的署名，他最新的露天劇場，他的即興悲喜劇。）

大公喘了一口氣，這時，血濺出，宛如噴泉。這人是真的喘了他的最後一口氣。

警衛衝向加夫里洛·普林齊普，或者應該說是扮演加夫里洛·普林齊普的這人，但再也無所謂了，因為一切都開始運轉進行，和當年一樣。槍再次嘶吼一聲，理當沒有子彈的槍射穿一名警衛的腹部。這時群眾真的奔向前將殺手撕成碎片。警笛呼嘯，救護車想辦法擠進現場。警用馬匹甩掉背上的警員，在混亂中踩了好幾位女士和她們的帽子。場面亂到無法控制，完全脫稿演出。

事後沒有人能解釋，原本應該是空的子彈為何會變成真的。一百年才有一次空槍擊發，就像這個地區的傳說一樣，但誰知道……？

奧地利當局立即發出強烈聲明，抗議對他們的國民與大公後裔的謀殺行為。歐洲檢察官辦公室起訴發起歷史重演的主辦者，並要求立即逮捕參與活動的每一個人，調查黑手無政府運動。塞拉耶佛當地居民不等待調查結果，好幾家塞爾維亞公司馬上遭受猛烈抨擊。

歐洲發現自己已處於再度爆發第一次世界大戰的邊緣。

# 38

有些事物改變了，有些事物不一樣了。

我聽到拖沓的腳步聲，沉重的呼吸聲。以前並不是這樣的，以前有的是旋律，是舞蹈，是奔跑。

有那麼一瞬間，在樹葉的蔭影之間，我瞥見一抹疲憊的昨日之光，或是已被遺忘的多年前的午後。有個什麼東西滲進來，一點一滴的，是另一個年代的沉渣。

透過我的味蕾，我嘗到灰燼的味道，透過鼻子，我聞到某種東西燒焦的氣味。像是莊稼殘株或樹林自己起火燃燒……

有些事物改變了，有些事物不一樣了。

透過手指，我摸到另一層皮膚，冰冷粗糙的皮膚。以前是溫暖而光滑，活力盎然，像人的手，而今，卻像是毒蛇蜕下的皮。

你走在炎熱的八月午後，灌木叢裡突然有惡臭撲來。是屍體，很可能是隻腐爛的老鼠，但仍然是一具屍體。

有些事物開始腐壞，變得嗆鼻，有惡臭，變得黑暗，變得冰冷，我以我的第五種感官察覺到。

有些事物改變了，有些事物不再一樣了。

但如果時間停止了，會怎麼樣呢？我們如何知道？時鐘會停止嗎？日曆會卡在某一天嗎？大概不會，它們其實並不是靠時間維持運作的，它們活在時間之外。

那麼，靠時間維生的是什麼？

是所有活著的東西，當然。貓、蜜蜂、水蛇、薊草、食蜥鷹與蜥蜴，公園裡的松鼠，蚯蚓與果蠅，藍鯨與紅魚——所有會游、會爬、會偷偷潛行、爬樹、成長、繁殖、變老和死去的東西。只有這些仰賴時間……又或者是時間仰賴我們。我們是時間的食物。

老天爺啊，就算時間死了，我們也不會注意到。

# 39

再次回到一架架書籍前面，為了讓我自己相信，這世界仍然井井有條。這是第一次世界大戰，包裹在十二本一模一樣紅書皮的某套百科全書裡。這是冷戰，永遠埋在這三大冊灰色的封面與封底之間。西班牙內戰（在書架最上層沉睡）和第二次世界大戰（這兩類擁有整整兩個書架）都不再令人覺得害怕。所有的事物遲早都會進到某本書裡，就像波赫士很愛引用的馬拉美[1]的話。其實想想，這個下場倒也不算太差。

我站在玫瑰主閱覽室裡，頭頂上是委羅內塞[2]風格的懸吊物與濕壁畫天堂。我在歷史書籍的書架附近落坐。彷彿我是為了要有不在場證明似的，取下二〇〇八年出版的冷戰百科全書第一冊，從字母A到D。對於這場戰爭，我發現我可以從前線的角度來講述，我們還是孩童的時候，就已經加入戰爭了。我一頁頁翻過，像個間諜偷瞄周遭的人。你讀了什麼，就會變成什麼。我一眼就看出來坐在我前面那張桌旁的人，是個遊民。對這樣的人，我總是有種難以解釋的親近感。他穿鋪棉冬季外套，很大件（我也有件類似的），頭上的帽子有兩個往外翹的耳罩。閱覽室很暖，但他覺得把全套裝備都穿上比較好，只要有人趕他出去，他就可以馬上離開。

他左邊擺了一堆書。其實，他是我周圍少數幾個真正在看書的人。其他的都在盯著手機看，傳送訊息，等外面的雨停。圖書館是個庇護所，溫暖乾燥，對所有的人開放。很多年前，曾經有過不讓遊民進來的計畫，但管理階層後來放棄了。我好奇得要死，很想知道他究竟在讀什麼，所以我站起來，假裝在附近的書架找書，微微轉頭。他面前的是厚厚一本《野蠻人編年史》，破舊得頁緣都捲了起來。在這本下面的那本書，我勉強看到書脊上的書名：《印度簡史》。而旁邊那疊書最上面的一本……不可能，竟是《高斯汀選集》。我不由自主地伸手去拿，那遊民抬眼，這時我才看清楚封面上的書名——是奧古斯丁，當然。（在這之前，我可以發誓，我真的以為作者是高斯汀。）我道歉，他瞪我一眼，然後又彎腰埋頭讀他拿在手上的那本書，一本十九世紀西班牙大宅的圖錄。

# 40

幾年前，我漸漸喪失聽力。醫生開給我裝精密助聽器的處方，保證我可以再次在早晨聽見烏鶇的叫聲，在夏夜聽見蟋蟀的鳴唱，但幾乎什麼幫助也沒有。透過助聽器，我聽見的全像是用早期留聲機唱片所錄下的聲音，有隱約的金屬回音，不時有喀答聲。感覺像機器複製的聲音，華特・班雅明一定會這麼說。昨日世界的音軌，錄製、播放，無限輪迴。

就算是在戰爭期間，鳥兒也照常啼唱。腦袋裡轉著這個念頭的時候，我正在聽梅湘[1]的《時間終結四重奏》。他的這首曲子第一次演奏，是一九四一年一月在法國的戰俘營。我把音量轉到最大。在這首四重奏的序曲裡，梅湘引用《啟示錄》的文字——天使宣達末日來臨。那天下午寒雨簌簌，音樂會在戶外舉行，但四百名戰俘和警衛，無人離開。鋼琴、單簧管、小提琴和大提琴，是沒人想得到的組合，但戰俘營裡就只有這幾位樂手……第一樂章，〈聖潔的禮拜〉以鳥鳴的甦醒開場，單簧管模仿黑鶇的鳴唱，奏出不可思議的獨奏，接著是小提琴——一隻夜鶯的歌聲，永不休止，反複啼鳴，毫不在意，圓潤甜美，但又帶著警覺，平靜與焦慮同時呈現。

就算是在戰爭期間，鳥兒也照常啼唱。其中有著無比的驚恐……以及撫慰。

# 41

儘管《傳道書》教導我們萬物皆有時，這有時，那也有時，但突然在《聖經》的最後一部，卻告訴我們時間終結了。這是啟示天使宣告的，他一腳踩在海裡，一腳踏在陸地，雙手拿著小書卷，是約翰必須吃掉的書卷。我們說：「我百分之百享受這書」時，隱約可以聽見那聲音的迴響。

拿去，吃掉，天使說，把這書卷交給約翰。你的肚子會發苦，但你口中會甜如蜜。（當年還是個年輕認真讀者的我，曾經吃了一頁，但我不記得是哪一本書，應該是本便宜的詩集吧，我想，因為詩集用的墨最少。但這已足以讓我口中發苦。）

就在這時，《啟示錄》裡的天使宣告，不再有時日了。就這樣，他沒說是世界末日，而只是時間終結。[1]

時日的籠子將打開，所有的時間全聚合為一。

……上帝使已過的事重新再來。[2]

# 42

……我的整個人生是用其他人的人生縫合而成的，就算我正在過的這個人生，也是另一個人生，我不知道是誰的人生。我覺得自己像用不同時代胡亂拼湊而成的怪物。我坐在陌生的城市，這裡不時響起救火車的警笛，彷彿永遠被火燄吞噬。我整天待在這座圖書館，在彩繪天空下的冰冷大廳，周圍是世界上的各種百科全書，紅色封面，金色的字。我讀舊報紙，看人們的臉。我很怕隨時會有某個人出現，四處張望，朝我走來……

我坐在圖書館裡，這座世界的圖書館。每天上午，我讀一九三九年這一天的報紙。對我來說，一切都很熟悉，我來過這裡，在五十二街的小酒館喝過酒，秋天的雨曾落在我身上。報紙只是一道門，進入細瑣小事的門。俗話不都是這麼說的嗎，細鎖小事裡藏著已拆除發條引信的往日。報紙上有季末最後大拍賣，《紐約時報》第三版上有則附了大照片的報導，談德國學校的毒氣面罩。（某所高中的所有學生都站在房子前面，雙手抓著戴在臉上的毒氣面罩，沒有臉。）我瀏覽電影院和夜總會發出的邀請，我會坐在第三十七版的辛扎諾酒吧裡。我會打開我新的愛默生無天線收音機，這個款只賣十九塊九五。我會聽國外的最新消息，我會花整個晚上在小廣告裡找下曼哈頓出租的房間，我會看著在近晚時分從八卦專欄裡走出來的人的面孔。我什麼都不錯過，觸發點到處都是，在這個八月將盡的某個夜晚……

你的朋友，G.

我站在窗邊，手裡一封信，我既是寄信的人，也是收信的人，我讀著信，想著這世界總是定格在九月一日即將來臨之前，夏季的尾巴，有著報紙廣告，以及遠方剛剛開始的戰爭高聲嘶吼的聲音……這世界的午後，我們的影子在漸漸下沉的太陽下越拉越長，在夜晚降臨之前。

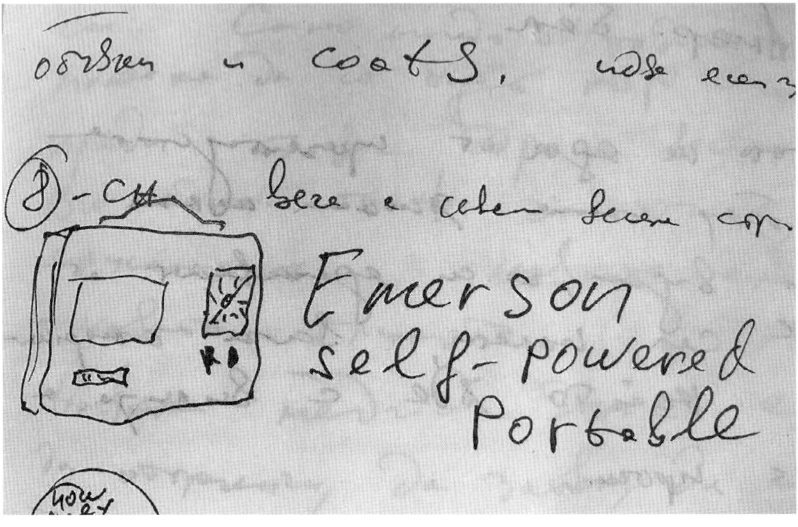

# 43

記憶越少，往日越多。因為你記得越多，時間就越難流逝。就像在夜裡到森林中央點火。惡魔與野狼蹲踞環伺，往日的野獸緊緊圍成一圈，但還不敢踏近前來。這譬喻很簡單。只要記憶的火燄燃燒，你就能主宰。若是火開始漸漸熄滅，咆哮聲就越來越大，野獸也越來越近。那一整群往日。

在終結之前，時間會混雜成一團。因為籠子已打開，所有的人都躡手躡腳出來……日子不正是為我們的生活而存在的嗎，正如有位詩人[1]所問，他的名字叫什麼來著，我又想不起來了。但日子已盡……日曆自行離去，只剩下一個白晝與一個夜晚，不休不止重覆……

——《黃色筆記本》

我記得，所以把往日留在往日……

# 44

我七歲……我們到另一個小鎮的朋友家，當時正在舉行某種慶祝會。那裡有一群又一群的人，我身高只到他們的腰，他們推擠，踩我，有人把葵花子殼吐在我身上，我拉著父親的褲管，後來放開了。我停在一個射擊攤子前，但我的身高還不太搆得著櫃檯，我不記得自己在那裡站了多久，但轉身一看……我的爸爸媽媽都不見了。現在怎麼辦？漢賽爾與葛麗特[1]的父親帶他們在陌生的森林裡散步……等他們轉身，他已經離開了。

我跑過人群，高聲叫喊，擠過一群又一群的人，那時已近黃昏，小鎮街上滿滿的人，大家都正下班回家，我攔下一個和我媽年紀相仿的女人，阿姨，我走丟了，我哭著說。我不記得我們住的那個朋友家的街名與門牌號碼，我只知道大門是綠色的……這個嘛，所有的門都是綠色的，小朋友，我下班正要回家，去問別人吧。我問另一個女人，我不敢攔男人。我趕時間，孩子，我趕時間，這附近應該有好心的警察，別擔心……天已經全黑，汽車呼嘯而過，街道上人少了，也變冷了，沒有人注意我，血開始從我鼻子滴下……突然之間，有隻手抓住我，兩個響亮的巴掌，你不知道我們有多擔心嗎？……我得救了。

# 45

我六歲，我弟弟四歲，我們穿短褲和涼鞋，但頭髮留得很長，像披頭四（我是約翰，他是保羅），在村子的廣場，就在黨的紀念碑前。照片是父親幫我們拍的。一分鐘之後他就帶我們（在村裡的警察陪同下）去找彼德爺爺，因為市長下令要給我們兩個剃掉頭髮。彼德爺爺讓我們坐在一截樹樁上，他的驢子在附近噴鼻子。我看著我的頭髮落下，一圈圈金色的鬈髮，甚至不敢哭喊，我很怕警察。也許他們不准你哭，因為他們不准你留長髮……

最後，我們三個……我爸、我弟和我——頂著剃得像囚犯的頭，噴上彼德爺爺的廉價古龍水，匆匆回家。你們敢哭試試看，我爸咬牙切齒說，他看得出來我們就快要放聲大哭，哭掉我們的頭。

永遠的草莓園……

## 46

我變老了。在老年遙遠空蕩的偏鄉，我流亡到遠方，甚至比童年的羅馬更遠，再也沒有歸途的地方。而羅馬不再回覆我的信。

有時往日存在於你才剛剛離開的某個房子或某條街上，僅僅離開五分鐘，你就發現自己置身陌生城市。有人寫過，往日是個陌生國度。胡說八道。往日是我的祖國。未來才是異國，滿是陌生臉孔的異國。我從未踏足的國度。

讓我回家……我媽叫我別遲到……

# 47

我應該是三歲。身高和花園裡的玫瑰一般高。我站在暖暖的土壤上，拉著我媽的手，茫然盯著玫瑰看了好久。這是我唯一記得的事。最初與最終。

# 48

## 無歸屬者症候群

沒有時間屬於你，沒有地方是你自己的。你所尋找的，並沒在找你；你所夢想的，並不夢想你。你知道在另一個地方，另一個時代，有屬於你的東西，所以你才會縱橫交錯穿過不同的房間與日子。但如果你身在正確的地方，那時間卻不對。而你找到正確的時間，地方又不對了。

不治之症。

——高斯汀，《迫在眉睫的新療法》

# 註解

**1**

1 Tranbant，又譯「拖笨車」，是東德生產的轎車，為東德最常見的汽車。

2 又稱羅宋湯西部片，是蘇聯的東方集團仿照美國西部片，但加入社會主義色彩，例如以原住民角度為敘事主軸等。

**2**

1 Hesiod，古希臘詩人，約與荷馬同一時代。

**15**

1 Todor Panitsa（1879-1925）國際馬其頓革命組織左翼領袖，一九二五年在維也納遭該組織右翼分子槍殺。

2 Mnemosyne，希臘神話主司記憶的女神，是天空之神烏拉諾斯與大地女神蓋亞之女，也是宙斯的情人，為他生下九個繆斯女神。

**26**

1 原書註：引自保加利亞文學之父伊凡．伐佐夫（Ivan Vazov, 1850-1921）的詩作〈我們工作吧〉。

**28**

1 《創世紀》中，所多瑪與蛾摩拉是兩座墮落的城市，在上帝毀滅兩城之前，派天使要羅得帶家人逃走，同時要他們離開時不得回頭。但羅得的妻子不聽訓示，回頭看，於是變成一根鹽柱。

2 Paul Klee（1879-1940），德國超現實主義畫家，畫作《新天使》（*Angelus Novus*）極得班雅明讚賞，稱之為歷史天使（angel of history），並衍生出一套哲學理念。

3 Hartman Schedel（1440-1514），德國歷史學家與醫生，也是最早使用印刷機的製圖師，一生住在紐倫堡，最知名得著作為一四九三年出版的《紐倫堡編年史》（*Nuremberg Cgronicle*），是配有豐富插圖的世界史。

**30**

1 País Vasca，位於西班牙中北部的自治區，成立於一九七九年。

**31**

1 Aymara，居住於安地山脈的原住民，其語言為玻利維亞官方語言。

**37**

1 Gavrilo Princip（1894-1918），塞爾維亞民族主義者，一九一四年塞拉耶佛斐迪南大公遇刺的主謀，也是導致第一次世界大戰的觸因。

2 Black Hand Movement，一九一一年由前塞爾維亞軍人創立的祕密軍事組織，目的在爭取塞爾維亞脫離奧匈帝國獨立，並涉入一九一四年的斐迪南大公暗殺事件。

**39**

1 Stéphane Mallamé（1841-1898），法國詩人與文學評論家，早期象徵主義詩人代表人物。

2 Paolo Veronese（1528-1588），義大利文藝復興時期畫家。

**40**

1 Olivier Messiaen（1908-1992），法國作曲家與鳥類學家。一九四〇年德國占領法國後，曾被囚禁於戰俘營，以獄中僅有的四種樂器：鋼琴、小提琴、大提琴與單簧管，譜寫了《時間終結四重奏》。

**41**

1 以上所述出自《新約聖經》最後一部作品《啟示錄》第十章，約翰指的是耶穌門徒約翰，傳統上認為他是《啟示錄》的作者。

2 這句出自《傳道書》三章十五節。

## 43

1 典出英國詩人拉金（Philip Larkin, 1922-1985）的詩作〈日子〉（Days）。

## 44

1 Hansel and Gretel，童話故事《糖果屋》裡被爸爸遺棄在森林的兄妹。

# 跋

小說與故事可以對於次序與形態提供自欺欺人的撫慰。有人應當掌握所有的行動線索，知道次序與結果，哪個場景會接在哪個場景之後出現。一本真正勇敢的書，勇敢且無可撫慰的書，所有的故事，無論是已發生或未發生，都像太初混沌那般在我們周圍浮游，高聲吶喊，低聲傾訴，苦苦哀求，暗暗竊笑，在黑暗中彼此交會，錯身而過。

小說的結尾就像世界末日，最好能推遲。

死亡在閱讀時被極度關注，但又被遺忘，那把鐮刀[1]已從鋒側鏽蝕。有可能是杜勒[2]的版畫，也可以是波希[3]的精細畫作。

我向來就不喜歡結尾，我不記得任何一本書或任何一部電影的結局。我很好奇，這樣的症狀是不是有病名——無法記得結局的症狀。而結局（總是已經知道的了）又有什麼好記住的呢？

我只記得開頭。

我記得，很長的一段時間，我習慣早早就寢……我記得第一次有人送冰到村子裡來，我爸帶我去看吉普賽人……我忘了他的名字。我記得有場可怕的冬季暴風雪，家裡點著蠟燭，蠟燭燃燒……我記得我面對面盯著看的一株玫瑰，我的身高和它一般高。我記得在某場戰爭裡，穿著濕答答的大衣坐在壕溝，抽著又短又嗆的菸。我坐在五十二街的一家廉價小酒館，不確定且害怕……還有，我綁好涼鞋，舉起我的盾牌，在陽光下閃閃發光的盾牌。

他們說我的人生完全不同了。

我同意，因為這樣才不會惹他們生氣。但我自己並沒有任何不同的人生。

我再也不記得是我構思出高斯汀，又或者是他構思出我。是真的有這樣的往日診所存在，又或者這只是個概念，只是筆記本裡的筆記，只是我偶然找到的報紙一角？而往日來臨這整件事，是已經發生，又或者明天才要開始……

## □ 一九三九／二〇二九

部隊集結，等待。第一槍會由什列斯威格－霍爾斯坦號戰艦射出，攻擊但澤[1]附近西盤半島[2]的軍事駐地。這一切已籌備許久，他們一直在等待正確的時刻，某種紀念日。所有的細節都精確復刻，一個鐘頭一個鐘頭的複製。對於究竟是哪一分鐘發生，在籌備時有過一場小小辯論，有人說是在上午四點四十四分開始，也有人說是在四點四十八分。戰爭的第一名陣亡者是波蘭上士沃切克．納吉薩瑞克。德國空軍從空中支援攻擊行動……好幾艘潛水艇在波羅的海待命。

我知道接下來會發生什麼。一百五十萬大軍已準備就緒，只要一聲槍響，以及……坦克會輾平樹林，舊船會開始行動，隱匿的機關槍網現身，開始答答答射倒所有東西——第一具身體會被撕裂，啊呀，有人用新彈匣換掉空彈匣，另一方開火回擊……瘋狂的狐狸嚎叫，驚恐的烏鴉，信號彈閃光切割天空，一切都在等待，一切都在醞釀，只待打開防洪水閘……我不知道在哪裡看到過，第一天大約有二十個人陣亡，四名波蘭人，十六名德軍，而最後——是數以百萬計……

有史以來最大規模的軍事重現活動，比照真實規模，有一百五十萬名臨時演員扮演德國士兵，駐守在總長一千六百公里的波德邊界，六十二個師，其中五十四個有全面戰鬥的準備，兩千八百部坦克，兩萬架戰機（舊型的容克斯戰鬥機和斯圖卡俯衝轟炸機都出現），砲兵裝置隱匿在森林中待命，潛水艇、戰艦、驅逐艦隊、魚雷艇船隊。

我們重新創造戰爭，以便終結所有的戰爭，收音機上有人會這麼說，這荒謬的自我解釋會讓一切失控。

明天是九月一日。

-1

Жгмцщрт　№№№№№кктррпх　ггфпр111111111. . . .

внггвтгвнгггг777ppp . . .

二〇二〇年二月二十九日，於柏林

# 註解

## 跋

1 傳說中，死神帶著一把大鐮刀收割亡者生命。

2 Albrecht Dürer（1471-1528），神聖羅馬帝國時期的紐倫堡畫家，知名作品為版畫《騎士、死神與魔鬼》。

3 Hieronymus Bosch（1450-1516），荷蘭畫家，以描繪道德沉淪與罪孽的畫作著稱，知名畫作有《死神與守財奴》。

## 口

1 Danzig，原為波蘭國土，在一次世界大戰後成立但澤自由市，二戰後併入波蘭，更名為格但斯克。

2 Westerplatte Peninsula，波蘭格但斯克附近的半島，二戰期間屬於但澤自由市，一九三九年九月一日，原稱友好訪問駛入但澤的德國戰艦什列斯威格—霍爾斯坦號展開攻擊，開啟第二次世界大戰，波蘭軍隊奮勇抵抗的西盤半島戰役也成為第二次世界大戰的第一場戰役。

# 致謝

對一個活在昨日世界的人而言，這本書並不容易。就某種程度來說，這是對往日夢想的道別，也可以說是揮別某些人試圖塑造的往日。從某個程度來說，這也是對未來的道別。

形形色色的地方與庇護所構成了這部小說。

我要感謝紐約公共圖書館的庫爾曼中心（Cullman Center），讓我二〇一七至一八年在那裡享受了十個月閱讀與筆記的快樂時光。

也要感謝蘇黎士文學館二〇一九年邀請我的美意，讓我有時間與新鮮空氣可以寫作。

有人以為寫作是在與世隔絕的情況下完成，但在寫作過程中，我們一直在腦袋裡和其他人、其他書不斷交談。謝謝他們，各位很可能會在小說中發現這些當事人不在場的對話回音。同時也感謝高斯汀，他總是在我的附近。

謝謝在我寫作過程聽我分享想法，或是成為我第一批讀者的每一位：Boyko Penchev、Ivan Krastev、Nadezhda Radulova、Dimiter Kenarov、Bozhana Apostolova、Angela Rodel、Galin Tihanov……

針對研究方面，特別是有關於往日公投的章節，我要感謝 Helle Dalgaard、Marie Vrinat-Nikolov、Maria Vutova、Henrike Schmidt、Magda Pytlak、Jaroslaw Godun、Hellen

Kooijman、Borislava Chakrinova,、Giusppe Dell'Agata、Vesselin Vačkov、Marinela Lipcheva 與 Martin Weiss。

感謝柏林高等研究院，讓我得以在閏年的二〇二〇年二月完成這本書。那裡的多位朋友與同事，如時時與我談波赫士的 Efraín Kristal，以及 Wolf Lepenies、Thorsten Wilhelmy、Barbara Stollberg-Rilinger、Katharina Biegger、Daniel Schönpflug、Stoyan Popkirov、Luca Giuliani、David Motadel、Felix Körner……和他們的交談非常愉快，而且也鼓舞了我。

感謝 Bozhana Apostolova，始終堅定支持這份書稿，一如我之前幾本在 Zhanet-45 出版社出版的書，也都是有她協助。

感謝 Nedko Solakov、Lora Sultanova、Hristo Gochev、Nevena Dishlieva-Krysteva 與 Iva Koleva 在疫情期間，仍為本書努力。

謝謝家父家母的耐心與愛，等待這本書的完成，並容忍我的不在家。

最後，永遠都要感謝，在我寫這部小說期間，在我身邊，忍受我的人——謝謝 Biliana 讀書稿並編輯，感謝 Raya 提出的評論與諒解。（正如她所言，你的人物沒有名字，所以你不會忘記他們。她說得對。）

謝謝在某個午後坐進這本書的時光庇護所的人。

G. G.

二〇二〇年二月二十九日，於柏林

譯後記

# 莫忘，心中的那道光

李靜宜

身為國際關係研究者，不時覺得沮喪挫敗，特別是在世界以瘋狂速度朝四面八方漫無目標狂奔的此時。

求學期間，有位剛從美國頂尖大學拿到博士學位返國任教的年輕老師，對有志從事學術研究的我們再三叮囑：「以後寫博士論文，一定要趁早寫完！」因為他隨口都可以舉出這個那個例子，說某位出色的同門同學，研究最熱門的冷戰議題，論文拖拖拉拉沒寫完，然後一覺醒來發現冷戰突然結束了，多年研究付諸流水，博士學位成為夢幻泡影……

那是一九九〇年代，即將跨進新世紀之前的最後幾年，世界起了地覆天翻的變化：宰制地球幾乎每一個面向的冷戰一夕結束，柏林圍牆倒塌，蘇聯解體，東歐集團瓦解，民族國家紛紛獨立，法蘭西斯．福山的《歷史之終結與最後一人》吶喊著西方民主制度的勝利，代表了人類社會演化的終點。

於是，在邁向新世紀之際，整個世界洋溢著近乎天真的樂觀昂揚，和平已取代衝突，合作將替代對抗，世界貿易組織的成立與歐盟的整合，在在預示了人類歷史無可抵擋的必然發展。

然而，誰也沒想到，輪到我們自己寫博士論文時，研究當時最熱門的區域整合議題，卻拖拖拉拉沒把論文寫完的同學，等來的不是全球經濟整合帶動的政治整合，而是歐盟的實際運作證明跨國整合只是個過度美化的夢幻，於是，我們也有了這位那位出色同學永遠拿不到博士學位的悲哀故事可以講述。

只是，二十世紀末期學術研究的挫敗，迎來的是舊時代惡夢的結束，而二十一世紀面對的，卻是新時代美夢的破碎。歷史並未終結。

想想，國際關係研究者就像在海濱蓋沙堡的人，仔細研究沙石質地，縝密規畫構造格局，認真搭蓋起宏偉城堡。然而，我們自以為透過邏輯理性分析所得的嚴謹理論模型，禁不起一天的潮起潮落。浪濤拍來，退去，矗立的堡壘消失於無形，彷彿不曾存在過。

歷史並未終結，只是朝著我們意想不到的方向奔馳。我們為未來所設想的一切，全都沒發生，而我們以為不會再重蹈覆轍的一切，卻一次又一次在世界各個角落重新萌生。至此，我們幡然醒悟，這個世界經歷一整個世紀的殘酷戰亂與仇恨對峙之後，唯一獲得證實的真實教訓就是，人類永遠不曾從歷史中學到教訓。

總是在這樣的時刻，深深感受到小說家遠比研究者更勇敢，也更有創見。面對無法想像的未來，我們何不從此時此刻往後倒退幾步，回到往日，那麼，我們面對的未來，就會是我們曾經經歷過的日子，儘管是「二手」的未來，但終究是未來，總比一無所知的未來好，吉奧基．戈斯波丁諾夫在《時光庇護所》裡提出了這個有趣的想法。

小說的開始，是在「時間零度」的瑞士專為阿茲海默症患者創設「往日診所」，以還原某個特定年代的房間，讓喪失記憶的人找回他們最舒適自在的時光，度過人生的最後階段。

但是，需要回到往日找尋安慰的，何止是喪失記憶的人，正常人也需要一座庇護所，以熟悉的往日抵禦陌生的時光襲擊。於是，對往日的狂熱開始淹沒世界，越來越多人渴望擁有集體記憶，擁有可以投注共同情感的往日，儘管這樣的集體記憶，有時必須扭曲自己的個人記憶，以符合當下的集體需求。

以一個房間為病患創造往日的診所，有沒有可能擴展成一整座城市，一整個國家，甚至一整個跨越國界的區域呢？一個個隔絕於線性時間之外的往日世界，或投射了我們對往日榮光的嚮往，或反映了我們對現實處境的絕望，小說家以這看似荒謬的故事設定，道出了我們內心最深沉的恐懼：愛的時代已經結束，如今取而代之的是恨的時代。歷史再次倒退，世界再度在硝煙瀰漫中沉淪。

自我毀滅，難道就是我們這個世界的宿命？

初春，偶然得了一把久聞其名，卻是第一次真正眼見的勿忘我。纖巧嬌俏的靛藍花朵生命力堅強，綿綿不絕綻放，宛如神話中在森林裡急著對花神呼喊：「不要忘了我！」的迭聲輕喚。

《時光庇護所》裡，位在蘇黎士湖畔的往日診所大門外，也有星星點點的藍色勿忘我，在鮮翠欲滴的「瑞士綠」草地上連綴成最美的春景。治療阿茲海默症的診所門口開滿勿忘我，是某種諷刺嗎？我想不是的。在春風裡款款輕擺的勿忘我不是諷刺，而是期待。

未來也許是一匹狂飆的野馬，但唯一能給牠套上韁繩，導歸正軌的，只能是人性中或許稀微，卻始終不曾泯滅的某種光，會共情，會悲憫，會為失去的一切哀悼，為可能的未來懷抱渴望的那道光。

正如生命力強韌的勿忘我，會在地底沉睡數十年，靜靜等待時機成熟，才緩緩甦醒，在第一道春風吹過時，萌出新芽，從綠草地裡開出靛藍花朵，提醒我們：「莫忘！」

莫忘，歷史的解答不在於時間的前進倒轉，而在於我們心中的那道光。

莫忘。

Eurasian Publishing Group
圓神出版事業機構
用心與你對話．網野無限寬廣
寂寞出版社
Solo Press
www.booklife.com.tw reader@mail.eurasian.com.tw
Soul 061

# 時光庇護所

作　　者／吉奧基．戈斯波丁諾夫 Georgi Gospodinov
譯　　者／李靜宜
發 行 人／簡志忠
出 版 者／寂寞出版股份有限公司
地　　址／臺北市南京東路四段50號6樓之1
電　　話／(02) 2579-6600．2579-8800．2570-3939
傳　　真／(02) 2579-0338．2577-3220．2570-3636
副 社 長／陳秋月
副 總 編／李宛蓁
責任編輯／朱玉立
校　　對／周婉菁．朱玉立
美術編輯／林雅錚
行銷企畫／陳禹伶．朱智琳
印務統籌／劉鳳剛．高榮祥
監　　印／高榮祥
排　　版／陳采淇
經 銷 商／叩應股份有限公司
郵撥帳號／ 18707239
法律顧問／圓神出版事業機構法律顧問　蕭雄淋律師
印　　刷／祥峯印刷廠
2025年8月1日　初版



定價 460 元　ISBN 978-626-99436-8-5

別假設對社會或宇宙而言，秩序與穩定一定是好的。老舊、僵化必須讓位給新生命和新生事物。在誕生新事物之前，舊的必須消滅。這是個危險的領悟，因爲這代表我們終究得向自己熟悉的一切道別。

——《UBIK尤比克》




國家圖書館出版品預行編目資料

時光庇護所 = Time Shelter /
吉奧基．戈斯波丁諾夫（Georgi Gospodinov）著；李靜宜 譯.
-- 初版. -- 臺北市：寂寞出版社股份有限公司，2025.08
416 面；14.8×20.8公分. --（Soul；61）
譯自：Time Shelter
ISBN 978-626-99436-8-5（平裝）

883.257　　114007694